EINE VERFÜHRERISCHE FREUNDSCHAFT

KYLIE GILMORE

Übersetzt von
ANNA DRAGO

Übersetzt von
KATRIN DOLLE

Eine verführerische Freundschaft: © 2016 von Kylie Gilmore

Covergestaltung The Killion Group

Veröffentlicht von: Extra Fancy Books

Übersetzt von: Anna Drago und Katrin Dolle

ISBN-13: 978-1-947379-57-2

1

———

„Herzlich willkommen, die Damen, zu unserem ersten Buchclub für Singles! Ich bin eure Gastgeberin, Hailey Adams, auch bekannt als Clover Parks einzige und einzigartige Hochzeitsplanerin! Ich hoffe, dass ich für jede einzelne von euch eine Hochzeit ausrichten darf! Jetzt habt ihr vielleicht bemerkt …"

Was um alles in der Welt mache ich eigentlich hier? Julia Turner rutschte unbehaglich auf ihrem Platz hin und her und sah sich in dem Kreis von sechs Frauen (und null Männern) um, die sich im Something's Brewing Café versammelt hatten. Alle hingen an jedem einzelnen Wort, dass Hailey sagte. Julia hatte Hailey nur aus Verzweiflung angerufen. Sie wusste einfach nicht, wie sie bei ihrem besten Freund, Angel Marino, weiterkommen sollte, nicht, bei der verzwickten Geschichte, die sie beide hatten. Außerdem brauchte Angel seine Freiheit. Er hatte seit Brads Tod auf sie aufgepasst. Als wäre es seine Pflicht. Sie hatte ihn kennengelernt, als sie erst achtzehn Jahre alt gewesen war. Ein Teil von ihm würde sie immer als dieses junge Mädchen betrachten. Die einzige Lösung für sie war, dass sie jemand anderen kennenlernte, dadurch wäre Angel frei, jemanden zu finden, der ihn wirklich verdient hatte.

Sie war nun schon seit fünf Jahren Witwe. Fünf Jahre lang

war Angel ein hingebungsvoller Freund gewesen. Fünf Jahre lang war er alles gewesen, was sie gewollt hatte, und alles, was sie nicht haben konnte – verboten.

Hailey warf ihre rotblonden Haare über ihre Schulter und ihre blassblauen Augen strahlten. „Da wir unter uns sind, meine Damen, dachte ich, öffnen wir uns der Liebe mit unserer ersten Auswahl ..." Sie hielt inne, und die Frauen beugten sich vor. „Der Fierce Trilogie!"

„Oh!", riefen die Frauen im Chor. Alle bis auf Julia, die gegen eine über den ganzen Körper sich ausbreitende Röte ankämpfte. Als sie Hailey Anfang des Monats beim Kochkurs kennengelernt hatte, schien Hailey intuitiv zu verstehen, was Julia durchmachte, und hatte ihr eine Visitenkarte in die Hand gedrückt und ihr versprochen, ihr zu helfen. Auf der Karte stand Hailey Adams, Liebesjunkie. Vielleicht hätte das ein Warnsignal sein sollen. Die Tatsache, dass Hailey Clover Parks Hochzeitsplanerin und unverbesserliche Kupplerin war, hätte sie vor der Gefahr warnen sollen. Doch jetzt steckte sie fest. Hailey behandelte sie besonders zuvorkommend, weil sie Witwe war. Sie gab sich unbeschreibliche Mühe, dafür zu sorgen, dass sie sich wohlfühlte. Die Frau hatte sie fest umarmt und sie mitfühlend angesehen, als sie gekommen war, und hatte ihr einen Platz direkt neben sich gesichert. Sie konnte jetzt also unmöglich gehen.

„Ich habe gehört, dass die Fierce-Trilogie richtig gut sein soll!", rief Ally Bloom, eine Lehrerkollegin und Freundin, von Julias anderer Seite. Ally war blond, jung, begeisterungsfähig – fast das genaue Gegenteil von Julia, die brünett war und im Kopf älter als ihr achtundzwanzigjähriges, erschöpftes Ich. Ihre Freundin war dreiundzwanzig und stand neuen Beziehungen bereits jetzt offen gegenüber, nachdem sie sich erst vor Kurzem von ihrem Collegefreund getrennt hatte, mit dem sie viele Jahre zusammen gewesen war. In dem Alter war Julia Witwe geworden. Brad war im letzten Jahr seiner Army-Dienstzeit für sein Land als Held gefallen. Sie hatte ihn mit neunzehn geheiratet.

Als Julia den Buchclub Ally gegenüber erwähnt hatte,

hatte ihre Freundin entschieden, dass sie beide hingehen mussten.

„*Heißes Verlangen*, *Heiße Sehnsucht* und *Heiße Liebe*", verkündete Ally die Titel der Trilogie, und bei jedem Buch hob sich ihre Stimme weiter. „Das klingt so leidenschaftlich!"

Hailey meldete sich zu Wort. „Also, es ist zwar eine erotische Liebesgeschichte, aber es gibt kein BDSM, ich hoffe also, das ist okay für euch Ladies. Sie zeigte auf jede von ihnen und ihr perfekt manikürter rosa Fingernagel forderte sie auf, jetzt zu sprechen oder für immer zu schweigen.

Ally flüsterte Lauren, der Frau neben sich, etwas zu, die darauf flüsternd etwas erwiderte, dann nickten beide begeistert. Genau genommen stimmte jede einzelne der anwesenden Frauen, die alle auf der Suche nach Liebe waren, begeistert zu. Alle, bis auf Mad – Kurzform für Madison –, eine Frau mit kurzen feuerrot gefärbten Haaren und einem schwarzen T-Shirt, auf dem stand *Crazy Bitch*. Mad zuckte mit dem Kinn und sagte: „Was auch immer. Ich bin ohnehin nur hier, weil ich eine Wette verloren habe." Das wussten natürlich alle, denn sie hatte sofort, als sie angekommen war verkündet, dass ihr älterer Bruder sie „hier rein gezwungen hatte", doch sie hatte wohl das Gefühl, dass sie sie doch noch einmal daran erinnern musste, dass sie wirklich nicht hier sein wollte.

Mads älterer Bruder, Josh, der charmante Barkeeper vom Garner's Sports Bar & Grill, sollte der Vorzeigemann des Buchclubs sein, doch Hailey hatte sie vorhin informiert, dass er ihrer Bitte nicht nachgekommen war, alleinstehende männliche Freunde zu ihnen zu schicken. Scheinbar ging sein sonst übliches Interesse daran, die Damenwelt zu unterhalten, nicht so weit, dass er ein Buch lesen würde, das Hailey ausgewählt hatte.

Der rosa Fingernagel schwebte unheilverkündend in Julias Richtung und ließ ihre Körpertemperatur ansteigen. Sie beschäftigte sich mit dem Haargummi in ihrer Handtasche. Wenn sie ihr Haar hochband, würde sie sicher etwas abkühlen, die verräterische Wangenröte würde verblassen, und sie konnte eine überzeugende Antwort formulieren.

Die anderen Frauen – Ally, Lauren, Mad, Carrie, Charlotte und Hailey– wurden plötzlich still.

„Julia", lockte Hailey sie.

Sie hob den Kopf, betrachtete all die fragenden Gesichter und spürte, wie ein Schweißtropfen ihre Wirbelsäule hinunterrann. Sie band ihr Haar zu einem hohen Pferdeschwanz und zog sich den Pullover von ihrem überhitzten Körper. „Was?"

Hailey warf ihr ein geduldiges Lächeln zu. „Ist meine Buchwahl für dich okay? Wir lesen abwechselnd Sachbücher und Romane, es ist also nicht immer verruchtes, *sündiges–*" sie unterbrach sich, um sich Luft zuzufächeln „– pikantes Material. Es ist nur, um offener für eine neue Bekanntschaft zu sein. Um uns in die richtige Stimmung für die Liebe zu bringen." Sie hob einen Finger und sprach den ganzen Raum an. „Ich *werde* Männer für den Buchclub finden." Sie wandte sich wieder Julia zu. „Du bist doch hier, weil du bereit bist, jemanden kennenzulernen, nicht wahr?"

Julia schluckte, öffnete den Mund und schloss ihn wieder. *Nicht richtig.* Sie war nicht wirklich bereit, jemanden kennenzulernen, doch sie musste etwas tun, um das, was sie zwischen sich und Angel verursacht hatte, zu beseitigen. Ihre verkorkste Geschichte belastete sie. Sie hatte eine Grenze überschritten, das musste sie wiedergutmachen.

Sex machte alles kaputt.

Dass sie am Abend von Brads Beerdigung mit Angel geschlafen hatte, war der schlimmste Fehler ihres Lebens gewesen. Sogar schlimmer als das erste Mal, das sie mit Angel geschlafen hatte. Die Schuldgefühle und die Scham, wegen beider Male, waren überwältigend gewesen, doch was sie fast umgebracht hatte, war, dass Angel sie danach sitzengelassen hatte. Beide Male. Jeder, der ihr in ihrem Leben wichtig war, verließ sie – ihre leibliche Mom, Brad und, was am schlimmsten war, Angel.

Das letzte Mal, dass sie miteinander geschlafen hatten, hatte beinahe ihre Freundschaft zerstört. Beinahe sie zerstört. Angel hatte sie nicht mehr besucht, sie nur noch angerufen, und wenn sie sich unterhielten, dann war es distanziert. Sie hatte ihn einen ganzen unerträglichen Monat lang nicht gesehen. Nach dem Verlust von Brad und dann auch noch von Angel hatte sie das Gefühl, sie würde sterben. Als Angel dann endlich bei ihr aufgetaucht war, war er so reserviert gewesen, hatte sie kaum angesehen, und von dem alten Angel, der gerne Spaß gemacht hatte und herumalberte, war keine Spur mehr zu sehen gewesen.

Seitdem hatte er sie nicht berührt, nicht einmal als freundschaftliche Geste. Fünf lange Jahre. Sie wusste, dass er es wahrscheinlich genauso bereute wie sie.

Diese Grenze durften sie nie wieder überschreiten. Verboten.

Sie blinzelte, als Hailey sich in ihrem rosafarbenen Kaschmirpullover und der rosa Hose vor ihr aufbaute und Julia direkt in die Augen sah. Hailey sprach mit vorsichtigem Tonfall, als könnte Julia jede Minute die Fassung verlieren. „Wie wäre es, wenn wir das erste Kapitel des ersten Buches laut vorlesen, um zu sehen, ob das für dich okay ist? Was denkst du?"

Julias Hände schwitzten. Sie war nie gerne im Zentrum der Aufmerksamkeit. Sie konzentrierte sich auf Haileys rosa Schulter, unfähig, direkten Blickkontakt zu halten. Sie war nicht prüde. Sie war nur nicht ganz vorbereitet auf ... das hier.

„Komm schon, Julia", rief Ally. „Sei nicht solch ein braves Mädchen."

Julia war ganz sicher *kein* braves Mädchen. Das war eine peinliche, schmerzhafte Tatsache, mit der sie leben musste.

„Wir bringen hier niemanden in Verlegenheit, Ladies", verkündete Hailey und sah sie alle an. „Wir haben alle so unsere persönlichen Probleme, die, na ja, eben persönlich sein können."

„Können wir einfach weitermachen?", fragte Mad und sank noch tiefer in ihren Sessel, dann legte sie die schwarzen Arbeitsstiefel übereinander. „Mir ist so langweilig, dass ich kotzen könnte."

„Dafür gibt es keinen Anlass", sagte Hailey beleidigt. Sie setzte sich und schürzte ihre rosa Lippen. „Wir hätten gerne deinen Bruder heute hier gesehen."

Mad verdrehte die Augen. „Jeder will meinen Bruder sehen." Sie sah sich im Café um. „Besteht die Möglichkeit, dass ich eine Tasse Kaffee bekomme?"

„Bitte", sagte Hailey. „Möchte sonst noch jemand etwas trinken, während ich mich mit Julia unterhalte?"

Julia verspannte sich. Sie wollte ihr Herz nicht bei dem munteren Energiebündel ausschütten. „Ich bin mir sicher, dass jedes Buch, das du aussuchst, gut sein wird."

„Yay!" Ally klatschte erfreut.

Zehn Minuten später setzten sich alle mit ihren Getränken wieder hin. Hailey stellte sich mit einem E-Book hinter Julias Sessel. „Bereit für *Heißes Verlangen*? Wenn es euch allen gefällt, können wir auch die anderen beiden Bücher besorgen."

„Warte mal", sagte Charlotte, eine Personal Trainerin in einer langen schwarzen Tunika und einer schwarzen Yogahose. „Gibt es einen Cliffhanger?"

„Ich glaube schon", sagte Hailey. „Es ist in allen drei Büchern dasselbe Paar."

„Dann müssen wir ja alle drei lesen", stöhnte Charlotte.

Die anderen murmelten vor sich hin, weil die Geschichte nur in Etappen kam. Julia rutschte auf ihrem Platz hin und her. Wollten sie sich wirklich drei Wochen im Buchclub treffen und sich antörnen lassen … gemeinsam mit anderen? Als sie sich für einen Buchclub für Singles angemeldet hatte, hatte sie nicht gedacht, dass sie vor einem Haufen Frauen angetörnt werden würde. Sie hatte sich eine gepflegte Unterhaltung mit alleinstehenden Männern vorgestellt, unterstützt durch Haileys fröhliche Einlagen. Das hier würde so peinlich werden. Doch dann begann Hailey in ihrer klaren, deutlichen Stimme vorzulesen, und durch sie erwachte die Geschichte zu Leben.

Damon Ryder war ein gewöhnlicher Mann mit außergewöhnlicher Überzeugungskraft. Er brachte Deals unter Dach und Fach, die nicht unter Dach und Fach gebracht werden konnten, handelte unmögliche Deals aus und setzte seine Talente außerdem bei jeder

Frau ein, die er wollte. Und diesmal wollte er die Bibliothekarin Mia Lilly. Es war ihm egal, dass sie die kleine Schwester seines besten Freundes war, ein kleines, unschuldiges zweiundzwanzigjähriges Mädchen im Vergleich zu seinen dreißig Jahren, noch unerfahren mit rauerer Leidenschaft. Er hatte sie schon gewollt, bevor sie ans College gegangen war, und jetzt, da sie wieder zu Hause war, musste er sie haben. Damon Ryder nahm sich, was er wollte.

Julia schlug die Beine eng übereinander und vermied es, den anderen Frauen in die Augen zu sehen.

Hailey las mit leiser Stimme weiter. *Er wartete im Schatten vor der Bibliothek auf Mia. Sie kam schnellen Schrittes den Gehweg entlang, die Handtasche in einer Hand, während sie zu ihrem Wagen ging. Damon packte sie von hinten, zog sie in den Schatten und erstickte ihre Schreie mit seiner Hand.* Hailey senkte die Stimme zu einem rauen Ton, der überraschend wie der eines Mannes klang. *„Mia, du kennst mich. Komm mit mir." Er bat nicht, er befahl, erwartete absoluten Gehorsam.*

Das Pochen zwischen Julias Beinen verstärkte sich. Es war fünf Jahre her, seit sie das letzte Mal mit einem Mann zusammen gewesen war.

Hailey fuhr fort. *Er drehte sie zu sich um. Mias Hand schoss an ihren Hals, doch er konnte das nur schwer unterdrückte Verlangen in ihren braunen Augen sehen. Er wusste, wonach sie sich sehnte, was sie brauchte.*

„Damon, du hast mich erschreckt." Hailey ahmte eine atemlose weibliche Stimme nach. Die Frau sollte Schauspielerin werden. *Damon schlang ihr langes, dunkelbraunes Haar um seine Faust. „Das war nicht meine Absicht." Ihm entging nicht, dass sich ihre Wangen röteten und auch nicht, dass sie schwer atmete. Er neigte ihren Kopf, nutzte seinen Griff in ihrem Haar, um ihre blasse Kehle zu entblößen. Ihr berauschender Duft nach Rosen und Mia erfüllten ihn mit Lust. Er presste seine Lippen auf den pochenden Puls an ihrem Hals, und sie schnappte leise nach Luft. Er hob seinen Kopf, hielt sie jedoch weiter fest. „Steig ein, Mia. Es wird Zeit."*

„Z-Zeit wofür?"

„Zeit, dieses heiße Verlangen zu stillen", knurrte Damon.

„Oh", sagte sie mit zittrigem Atem. Sie benetzte ihre Lippen,

eine Bewegung, die seine Aufmerksamkeit auf sich zog, und sein Puls beschleunigte sich.

„Willst du mich abweisen?", fragte Damon.

„Nein."

Er führte sie zum Wagen, schob sie behutsam hinein und fuhr los. Der Ferrari, wie der Mann, grollte vor kaum gebändigter Macht. „Erinnerst du dich noch an das Sicherheitswort?"

„Wohin fahren wir denn?", quietschte Mia.

„Wir fahren auf mein Anwesen, wo du die Tiefe deiner Leiden-schaft kennenlernen wirst und ich meine stillen werde. Wir können das nur tun, wenn ich weiß, dass du dich an das Wort erinnerst, das du bei deiner Rückkehr nach Longwood gewählt hast. Sag es, und ich höre auf."

Hailey hielt inne.

„Lies weiter!", riefen die Frauen im Chor. Alle außer Julia, die vor Sehnsucht und heißem Verlangen, ganz wie im Titel des Buchs, feucht war. Dass Hailey hinter ihr stand, machte es ihr überraschend einfach, in die Geschichte einzutauchen. Die Stimmen fühlten sich so real an, die Spannung, die Anzie-hung. Sie hielt ihren Blick auf einen kleinen, dunklen Knoten im Holz des Fußbodens gerichtet, wollte nicht, dass die anderen Frauen bemerkten, wie erhitzt sie war.

Hailey legte eine Hand auf Julias Schulter, und sie zuckte zusammen. „Ist es bis jetzt für dich okay, Julia? Ich möchte nicht, dass sich irgendwer unwohl fühlt."

Julia schüttelte den Kopf, ihre Wangen brannten. „Mir geht's gut!", quietschte sie. „Mach dir meinetwegen keine Sorgen. Das ist gut. Großartig. Überhaupt kein Problem."

„Sicher?", fragte Halley.

„Lies einfach weiter!", bellte Mad.

Hailey fuhr mit der dunkel-erotischen Szene fort, die an Damons luxuriösem Esszimmertisch spielte, worauf ein gemeinsames Bad folgte, um Mia zu beruhigen, bevor es zur ultimativen Verführung in seinem Schlafzimmer kommen sollte, wo er noch nie eine andere Frau empfangen hatte. Mia musste ihr Sicherheitswort nicht einmal gebrauchen. Julia hätte es auch nicht getan. Nicht bei einem Mann wie Damon. Sie schob eine klamme Strähne aus ihrer Stirn, als Hailey verkündete: „Und das war Kapitel Eins, Ladies. Lest allein weiter, und wir reden dann bei unserem nächsten Treffen in zwei Wochen darüber."

Auf keinen Fall würde Julia über etwas „reden", das sie so antörnte wie dieses Buch. Wäre sie allein gewesen, hätte sie sehr gut–

„Oder wir könnten auch ein Sachbuch anfangen", sagte Hailey in einem Tonfall, der das als langweilige Wahl unterstrich. Sie setzte sich wieder neben Julia. „Es heißt *Erfrischen Sie Ihr Leben durch Entrümpeln.* Vielleicht gut vor Neujahr." Neujahr war nur zwei Tage entfernt.

„Buh!", riefen die Frauen im Chor.

„Also bitte, mir würde das gefallen", sagte Julia, worauf jede der anderen alleinstehenden Frauen, die auf der Suche nach Liebe waren, ächzte.

Hailey hob eine Hand. „Ich möchte, dass jeder sich wohlfühlt. Dann werden wir nächstes Mal das Sachbuch lesen, wie Julia es sich wünscht. Lest doch bitte *Heißes Verlangen* allein, wenn ihr mögt." Sie grinste kurz. „Ich werde es sicher tun."

Die Frauen sammelten ihre Handtaschen und Jacken ein. Ally lächelte Julia vorsichtig zu. „Ich werde berichten, wie *Heißes Verlangen* ist. Vielleicht überlegst du es dir ja anders."

„Nein, ist schon okay", sagte Julia und wich ihrem Blick aus, während ihre Wangen und ihr Hals brannten. „Genieß du das nur ruhig allein. Ich werde dieses andere Buch kaufen. Bis dann." Sie eilte zu dem Durchgang, der in das Buchgeschäft nebenan führte.

„Frohes neues Jahr!", rief Ally.

„Dir auch!", erwiderte sie mit einem kurzen Blick über die Schulter. Ally winkte fröhlich mit einem breiten Lächeln und ging mit den anderen Frauen zur Tür hinaus. Julia versuchte, sich kühle Gedanken zu machen, während sie zum Bereich mit den Sachbüchern ging.

Hailey tauchte an ihrer Seite auf. „Ich hoffe, ich bin dir mit der Titelwahl nicht zu nahe getreten."

Weit gefehlt. „Überhaupt nicht", erwiderte Julia ernst. „Ich interessiere mich nur eben mehr für Sachbücher." *Nicht wirklich.* Sie nahm sich das Buch, das vor ihr lag, *Erfrischen Sie Ihr*

Leben durch Entrümpeln, und unter diesem Titel war ein gewagtes Versprechen in Großbuchstaben: „Bringen Sie Freude und frischen Wind in Ihr Leben!" Julia starrte einen Moment darauf und hoffte, dass es stimmte. Sie konnte wirklich etwas Freude in ihrem Leben gebrauchen. Ein Teil von ihr war mit ihrem Ehemann gestorben. Seinen Namen – Turner – hatte sie behalten, eine ständige Erinnerung. Obwohl es leicht gewesen wäre, wieder ihren Mädchennamen anzunehmen, MacKendrick, konnte ein Teil von ihr die Erinnerung nicht einfach leugnen, indem sie seinen Namen ablegte. Ohne ihn wäre sie nicht diejenige, die sie heute war. Seine extrovertierte, energische Persönlichkeit hatte sie aus ihrem Schneckenhaus gelockt, sie ins Partyleben eingeführt, ein Gesellschaftsleben, das sie nie zuvor gehabt hatte. Den Großteil ihrer Highschoolzeit hatte sie mit Lesen zu Hause verbracht, manchmal hatte sie gemeinsam mit ihrer ebenso introvertierten besten Freundin gelesen. Sie war selten ausgegangen, hatte nie einen Freund gehabt. Im College, mit Brad an ihrer Seite, hatte sie zum ersten Mal Freundschaft mit anderen geschlossen. Ihre Kehle schnürte sich zu. Verdammt. Sie konnte tatsächlich frischen Wind gebrauchen.

Sie blickte zu Hailey, die lächelte. Die Frau erinnerte Julia an eine Märchenprinzessin. Die Sorte, die den Waldtieren etwas vorsingen würde. „Ich gehe dann mal dafür bezahlen."

Sie brachte das Buch zur Kasse, und Hailey folgte ihr. Es schien, als wäre Hailey noch nicht fertig mit ihr.

„Alles gefunden, was Sie gesucht haben?", fragte die Frau hinter der Kasse. Sie hatte ihr dunkelbraunes Haar zu einem Zopf gebunden und trug eine Brille mit schwarzem Rand. Sie sah ein wenig aus, wie Julia sich die buchverliebte Mia vorstellte, wenn man sich die Brille wegdachte.

„Ja, danke", sagte Julia.

„Sonst noch irgendwas?", hakte die Frau nach. „Wir haben auch die Fierce-Trilogie als Taschenbuch da."

Julia errötete und schüttelte den Kopf.

Hailey meldete sich zu Wort. „Wenn du es dir anders überlegst, kannst du ja das E-Book kaufen."

„Schon gut, danke", sagte Julia und zwang sich, für

Hailey und die andere Frau zu lächeln. Sie reichte ihr ihre Kreditkarte. Ein paar Minuten später ging sie mit dem Buch in der Hand zum Ausgang, dicht gefolgt von Hailey.

„Die erotischen Bücher mal beiseite", sagte Hailey mit leiser Stimme. „Du möchtest doch etwas gegen dein Singledasein tun, oder nicht? Deswegen hast du mich doch angerufen. Alle anderen sind heute hergekommen, weil ich einen Flyer im Buchgeschäft ausgelegt habe, abgesehen von Mad und deiner Freundin. Wie dem auch sei. Ich hatte das Gefühl, dass du wirklich meine Hilfe brauchen könntest."

Julia blieb stehen und atmete einmal tief durch, ihr Bauch verkrampfte sich bereits vor Aufregung. „Ja, schätze schon."

„Es wird nicht schwierig werden, jemanden zu finden, der mit dir ausgehen möchte. Ich meine, sieh dich doch nur mal an!" Hailey hob eine Strähne von Julias Haaren hoch. „Was für wunderbar langes kastanienbraunes Haar–"

„Es ist doch nur dunkelbraun und schulterlang."

Hailey fuhr fort, als hätte Julia gar nichts gesagt. „Mit blauen Augen und makelloser Haut, eine einnehmende Kombination!" Julia errötete, als Hailey sie weiter lobte und mit ihren Händen um Julia herum gestikulierte, als wollte sie gerade die Vorzüge eines neuen Sportwagens hervorheben. „Hohe Wangenknochen, ein anbetungswürdiges, süßes, kleines Kinn, und ich weiß, dass du da einige Kurven versteckst–"

„Hailey, ich flehe dich an, nicht so laut. Und nimm deine Hände runter."

Hailey ließ ihre Hände sinken und fragte mit eifrigem Flüstern, das sicherlich im ganzen Laden zu hören war: „Erinnerst du dich an Josh aus dem Kochkurs? Mads älteren Bruder, den Barkeeper?"

Julia nickte. Josh war gutaussehend, aber flirtete mit allen Frauen. Er hatte ganz klar Erfahrung und genoss die Aufmerksamkeit. Sie war nicht bereit für jemanden wie Josh. „Ich glaube nicht, dass Josh für mich eine gute Wahl ist."

Hailey beugte sich verschwörerisch vor. „Du könntest bei ihm üben. Er fand dich hübsch, und er sucht nichts Ernstes. Könnte doch Spaß machen, findest du nicht? Ein guter Eisbrecher, um zurück in den Dating Pool zu steigen?"

Und obwohl Julia die Übung sicherlich hätte gebrauchen können (ihr einziges Date war ihr Ehemann gewesen), fürchtete sie, dass Josh ein zu großer erster Schritt war. „Ich glaube nicht."

Hailey hob einen Finger mit rosa Nagellack an ihre rosa Lippen und musterte Julia.

„Danke trotzdem", sagte Julia mit, was sie hoffte, einem netten, aber ernstgemeinten Tonfall. „Ich sollte jetzt gehen." Es war ohnehin schwierig genug gewesen, ihre Nervosität zu überwinden und zu dem Buchclub für Singles zu gehen, ohne dass Hailey auch noch versuchte, sie zu einem Techtelmechtel mit Josh zu überreden. Außerdem war Julia immer noch von diesem erotischen ersten Kapitel ganz aufgewühlt. Sie würde mit ihrem getreuen Vibrator, Bob III, weit entfernt von anderen Frauen etwas Druck abbauen müssen.

Sie machte einen Schritt zur Tür, als Hailey sie mit einer Hand an ihrem Arm aufhielt. „In Clover Park gibt es nicht viele alleinstehende Männer. Zumindest keine, die ich kenne. Warum wirfst du nicht ein weiteres Netz aus?" Hailey drückte ein kleines, gefaltetes Stück Papier in Julias Hand. „Das ist eine Online-Dating Seite, die sehr empfohlen wird."

Julia hielt das Stück Papier zwischen den Fingerspitzen, als stünde es in Flammen. „Oh, ich weiß nicht ... Online-Dating scheint mir nicht sicher zu sein." Und der Gedanke, sich mit Fremden zu treffen, bereitete ihr Übelkeit.

Hailey schnappte sich das Papier und schob es in die Öffnung oben in Julias Handtasche. „Du triffst sie an einem öffentlichen Ort und lässt eine Freundin wissen, wo und wann du ihn triffst. Das ist genauso sicher wie jedes andere erste Date." Hailey stieß sie ein wenig in Richtung Tür. „Na los, angel dir einen richtig Guten!"

„Bye", sagte sie stattdessen – *eher friert die Hölle zu, als dass ich das tue.*

„Das nächste Mal, wenn ich dich sehe, will ich einen Bericht hören!", sang Hailey in ihrer fröhlichen Diktatorenstimme.

Julia drückte ihr neues Buch an die Brust, als sie in die eiskalte Winterluft hinaustrat und um die Ecke ging, wo sie ihren Wagen abgestellt hatte. Frischer Wind war das, was sie brauchte, keine Blind Dates. Doch dann fiel ihr ihr Ziel wieder ein. Der einzige Grund, weswegen sie sich überhaupt an Hailey gewandt hatte. Sie musste jemanden finden, der lang genug bei ihr blieb, damit Angel sich auch wieder umsehen konnte. Sein zukünftiges Glück bedeutete ihr mehr als ihre unbehagliche Nervosität.

Sie setzte sich in ihren schwarzen Honda Civic und ließ den Motor an. Sie wartete eine Minute, denn an kalten Tagen lief der alte Wagen nicht so gut. Angel war ihr Fels in der Brandung, und sie konnte es nicht riskieren, ihn als Freund zu verlieren. Ihre Anziehung in schwachen Momenten war etwas, dem sie nachgab und was keiner von ihnen kontrollieren konnte.

Julia war eine schlechte Ehefrau gewesen. Auch eine schlechte Freundin. Aber, verdammt, sie musste eine gute Witwe sein.

2

———

Nachdem Julia von der Feuersbrunst in ihr befreit worden war, die Damon entfacht hatte, blieb sie noch lange wach und las *Erfrischen Sie Ihr Leben durch Entrümpeln*. Am nächsten Morgen, Silvester, rollte sie sich aus dem Bett, inspiriert von dem Buch, sich ans Entrümpeln zu machen. Im neuen Jahr wollte sie immer etwas machen, wodurch sie sich verbesserte. Letztes Jahr war es eine gesündere Ernährungsweise gewesen, mit der sie zwanzig Pfund abgenommen hatte.

Sie duschte kurz, nahm sich ein Stück Toast und machte eine langsame Runde durch das kleine, vollgestopfte Zwei-Zimmer-Ranch-Style-House, in dem sie den Großteil ihres Erwachsenenlebens verbracht hatte, bereits acht Jahre, und versuchte, sich zu entscheiden, in welchem Zimmer sie die schnellsten Ergebnisse erzielen konnte. Sie wollte etwas erreichen, bevor Angel um sechs kam, um mit ihr zu Hause einen ruhigen Silvesterabend mit Snacks und einem Film zu feiern.

Sie blieb an der Tür zum großen Schlafzimmer stehen und hielt inne. Das war das Zimmer, in dem noch die meisten von Brads Dingen waren – seine Hälfte der Kommode, sein Nachtschränkchen, sein Schrank. Sie hatte seine Dinge nicht angerührt und würde es auch jetzt nicht tun. Sie ging zurück ins Wohnzimmer und entschied sich, die beiden raumhohen

Bücherregale in Angriff zu nehmen, die eine Wand dominierten. Sie waren bis zum Überquellen mit Büchern, alten Zeitschriften und verschiedenem Krimskrams, den sie im Laufe der Jahre gesammelt hatte, gerahmten Bildern und DVDs gefüllt. Alles stand in zwei Reihen, eins vor dem anderen oder war aufeinandergestapelt. Das war etwas, das sie jeden Tag ansehen musste, diese Wand voller Unordnung. Sie nahm eine kleine Freiheitsstatue, die sie gekauft hatte, als sie und Brad sie besichtigt hatten. Sie hatten nur einen Monat nach ihrer Hochzeit gehabt, bevor er ins Boot Camp musste und dann seinen obligatorischen Dreijahresauslandseinsatz bei der Army (im College war er im Reserveoffiziers-Ausbildungskorps, kurz ROTC, gewesen) angetreten war. Sie konnte das doch nicht wegwerfen, oder? Alles, was mit Brad zu tun hatte, erschien ihr jetzt heilig. Doch sie musste schließlich irgendwo anfangen. Sie würde es in eine Kiste legen. Im Keller hatte sie eine Menge Kisten.

Sie ging durch die Küche und blieb abrupt vor der Kellertür stehen. Ein Schauer durchfuhr sie, als sie an all die Erinnerungsstücke an Brad dachte – seine Kisten mit den Sachen aus seinem Elternhaus und die Fitnessgeräte. Sie wirbelte herum und begann, stattdessen die Küchenschränke zu durchwühlen. Es gab Unmengen an Hochzeitsgeschenken, die sie nie geöffnet oder genutzt hatten, hauptsächlich Küchengeräte. Bingo! Sie leerte eine große Kiste, in der eine Brotmaschine war. Die würde sie spenden! Eine plötzliche Leichtigkeit erfüllte sie, als wäre der schwere Mantel der Trauer von einer Schulter gerutscht.

Mit neuem Enthusiasmus ging sie mit der leeren Brotmaschinenkiste zurück zum Bücherregal und legte zwei Stapel an – spenden und Kram von Brad. Die meisten Bücher wollte sie spenden. Sie war gnadenlos, wollte leere Regale sehen und nur ihre wertvollsten Schätze, wie ihre abgenutzte Ausgabe von *Sturmhöhe*, eine kleine Sammlung ihrer Lieblingsbücher und die gerahmten Bilder. Sie brauchte keine DVDs. Sie konnte alles streamen. Und mit jedem Teil, das sie weglegte, linste ein kleiner Lichtstrahl in ihr finsteres Leben.

Sie öffnete zum ersten Mal seit einer Ewigkeit die Wohnzimmervorhänge, und das grelle Licht, das vom Schnee reflektiert wurde, ließ sie für einen Moment erblinden.

Sie sah zu den anderen Ranch-Style-Häusern in der Straße hinüber, die in den 1950ern gebaut worden waren, und fragte sich, was ihre Nachbarn gerade taten. Fieldridge, Connecticut, war ein kleiner, verschlafener Vorort, nicht weit entfernt von Clover Park, wo Angel aufgewachsen war. Brad hatte dieses Haus als Überraschungsgeschenk zur Hochzeit für sie gekauft und argumentiert, dass in der Nähe viele von Angels Verwandten waren, die auf sie aufpassen konnten, während er unterwegs war. Seine Logik hatte damals für sie keinen Sinn ergeben. Es war, als hätte Brad erwartet, dass er sterben würde und dass Angels Familie sie aufnehmen würde. Doch warum sollten sie? Sie war schließlich nicht mit Angel verheiratet. Wie dem auch sei, es spielte keine Rolle, denn Angel lud sie niemals ein, an irgendetwas, das mit seiner Familie zu tun hatte, teilzunehmen. Nicht, seitdem Brad gefallen war und es für sie zu schmerzhaft gewesen war, allein zu sein.

Verdammt. Hör auf, an Brad zu denken. Sie war es so leid, diesen schweren Trauermantel auf ihren Schultern zu schleppen. Sie ehrte das Gedächtnis ihres Ehemannes jeden 19. November an seinem Todestag. Seit Jahren hatte sie in stiller Reue gelebt. Wann würde sie endlich weiterleben können?

Sie ging zurück zum Buchregal und blieb vor drei gerahmten Bildern stehen – ihrem Hochzeitsbild, Brad in seiner Ausgehuniform und ihrem Lieblingsbild, Brad, sie und Angel an ihrem Abschlusstag (Brad und Angel waren zwei Jahre älter als sie), wie sie sie in die Sicherheit ihrer Arme, die sie umeinander gelegt hatten, einhüllten. Sie blieb bei dem Hochzeitsbild. Sie sah so jung aus, lächelte für die Kamera, während sie mit einem schlechten Gewissen gekämpft hatte, weil sie sich zum Trauzeugen, Angel, hingezogen fühlte, mit dem sie erst acht Monate zuvor geschlafen hatte, und ihrer Beinahepanik, weil Brad allzu bald in ein Kriegsgebiet aufbrechen musste. Sie war zu jung gewesen, um zu heiraten, doch in ihrem verwirrten emotionalen Zustand von schlechtem

Gewissen und Sorge hatte sie sich eingeredet, dass es das Richtige war, Brad zu heiraten. Er brauchte jemanden, zu dem er nach Hause kommen konnte. Ein überraschender Wutanfall, weil ihr Leben so vermasselt war, brachte sie dazu, die Bilderrahmen zu packen und sie aufs Sofa zu werfen, und dann, mit ausladenden Bewegungen, wischte sie jedes verdammte Regal leer. Wisch, Krach! Wisch, Krach! Bücher, DVDs, Hüllen, jedes Stück Dreck, an dem sie hing, häufte sich auf dem Boden zu einem bergartigen Durcheinander.

Vor Staub hustete sie wie verrückt und trat zurück. Wow. Das fühlte sich gut an.

Eine Stunde später hatte sie die Holzregale sauber geschrubbt, und Zitronenduft erfüllte die Luft. Sie stellte nur ihre Lieblingsbücher und die Bilderrahmen zurück, warf einen Blick auf den Kram am Boden und wusste, dass sie mehr Kisten brauchte. Ihre Knie rasteten ein.

Das hieß Keller.

Geh einfach!

Sie wirbelte herum, ging einen Schritt und wäre beinahe auf der Nase gelandet, als sie über ihren eigenen verdammten Sofatisch stolperte und ihr Schienbein dagegen stieß. *Autsch.* Sie richtete sich auf und ging weiter durch die Küche zur Kellertür, ihre Beine bewegten sich wie mechanisch, als wären sie erstarrt, und Julia musste sie mithilfe ihrer Willenskraft zum Gehen bewegen. Sie öffnete die Kellertür, schaltete das Licht an und ging langsam in den schwach beleuchteten Raum.

Die feuchte Luft ließ sie erschauern, und sie bemerkte den Stapel Kisten, der dort stand, seitdem sie eingezogen waren. Die Umzugsleute hatten für sie gepackt, und auf ihnen stand nichts anderes als „Lager". In vielen von ihnen waren Sachen aus Brads Kindheit. In der Ecke war ein kleiner Fitnessraum eingerichtet – ein Punchingball, eine Rudermaschine, ein Fahrrad – den er wie einen Schatz gehütet hatte. Er musste als Soldat fit bleiben, hatte er immer gesagt. Sie hatte nicht gewollt, dass er Soldat wurde, doch es war das gewesen, was er gewollt hatte, deswegen hatte sie seine Entscheidung unterstützt. Sie nahm sich ein paar leere Kisten und stellte fest, dass sie erstarrte, als eine Kühle ihre geisterhaften Arme um sie schlang, als wollte Brad, dass sie blieb. Sie bekam am ganzen Körper eine Gänsehaut. Halb erwartete sie, seine Stimme zu hören, obwohl es so lange her war, dass sie sich kaum daran erinnern konnte, wie sie klang.

Sie blinzelte im Dämmerlicht, bemühte sich, ihn zu hören, doch sie hörte nur das Hämmern ihres eigenen Herzschlags, das in ihren Ohren pochte. Plötzlich sprang mit knurrendem Motor die Heizung an, und sie wirbelte herum und rannte wieder hinauf. Sie knallte die Kellertür zu, ging in der Küche auf und ab und versuchte, zu Atem zu kommen.

Okay, okay, das ist nur deine hyperaktive Fantasie.

Ein Zittern fuhr durch ihren ganzen Körper, und sie schoss ins Wohnzimmer. Musik würde helfen. Sie holte ihr Handy hervor, steckte ihre Earbuds ein und machte sich zu den beruhigenden Klängen von Coldplay wieder an die Arbeit. Als sie fertig war, aß sie kurz zu Mittag, ließ sich aufs Sofa fallen und starrte auf ihre Arbeit – zwei saubere, entrümpelte Bücherregale, in denen nur ihre Lieblingsdinge waren. Sie war erschöpft, aber auf gute Weise. Ein Raum pro Tag, mehr konnte sie sich nicht antun. Es war körperlich und emotional zu auszehrend, um mehr zu tun. Ihr Handy summte in ihrer Handtasche. Sie holte es heraus und sah, dass sie eine Nachricht von Hailey hatte. Sie bereute es bitterlich, dass sie dieser Frau ihre Handynummer gegeben hatte. Sie war wie eine Bulldogge mit einem kleinen Prinzessinnengesicht. *Hast du dein Profil erstellt?*, fragte Hailey.

Welches Profil?

Für eLoveMatch?

Julia biss sich auf die Lippe. *Noch nicht.*

Soll ich dir helfen?

Ich schaff das schon.

Schreib mir, wenn du damit fertig bist, dann helfe ich dir, passende Kandidaten auszusuchen.

Ihre Welt verblasste zu einem merkwürdig entfernten Summen in ihren Ohren, ihr Kopf war überwältigt und schaltete ab. Sie legte sich sofort aufs Sofa, rollte sich auf der Seite zusammen und schlief ein.

Als sie erwachte, schloss sie die Vorhänge wieder, atmete einmal tief ein und holte ihren Laptop. Sie musste Angel zuliebe stark sein. Sie rief eLoveMatch auf, sah sich kurz die Anweisungen an und erstellte ihr Profil. In der Minute, in der sie auf Senden drückte, brach bei ihr der Schweiß aus, sie lief ins Badezimmer und übergab sich. Verdammt, dieses Weiterleben war ätzend.

Drei Stunden später hatte Julia geputzt und sich beruhigt, indem sie ein paar Cracker geknabbert und sich für ihre jährliche Silvesterfeier mit Angel fertig gemacht hatte. Sie bereitete ein paar Snacks vor und stellte den Champagner kalt. Dann zog sie ihren Lieblingsfleecepyjama mit den schwarzen Punkten an.

Angel kam genau pünktlich und klopfte höflich an, obwohl sie ihm schon vor Jahren einen Schlüssel gegeben hatte. Er wohnte in der gleichen Stadt, nur fünf Minuten mit dem Auto entfernt.

Sie öffnete die Tür, betrachtete seine vertrauten Züge – das dunkelbraune zerzauste Haar, die warmen schokoladenbraunen Augen, die klassische, gut aussehende italienische Nase und die Wangenknochen – und eine Woge der Zuneigung durchströmte sie. Allein ihn zu sehen brachte ihre Welt dazu, sich wiederaufzurichten. Sie wollte ihre Arme um ihn werfen und ihn umarmen, doch sie wusste, dass sie das nicht konnte. Er hatte sie seit fünf Jahren nicht berührt, und sie würde ganz sicherlich nicht diejenige sein, die diese Grenze überschritt. Dennoch zögerte sie, die Wärme seines Blicks hielt sie gefangen. Nichts spielt eine Rolle, außer, dass Angel da war.

Er schenkte ihr ein Lächeln mit Grübchen, zeigte leuchtend weiße Zähne gegen gebräunte Haut und dunklere Nachmittagsstoppeln an seinem kantigen Kinn. „Wirst du mich reinlassen?"

Sie schüttelte den Kopf und lachte. „Ja! Komm rein." Sie trat zurück. Er ging an ihr vorbei, nah genug, dass sie seinen Duft einatmen konnte - Leder, Ozean von seinem

Parfum und Angel. Ehrlich gesagt war sie überrascht, dass er noch niemanden gefunden hatte. Mit dreißig sah er immer noch jung und fit aus, hatte von seinem Training definierte Muskeln. Vielleicht deshalb, weil er nie der Typ gewesen war, der gerne auf Partys oder in Clubs ging. Im College hatte er keinen Alkohol angerührt, obwohl er jetzt hin und wieder ein Bier trank. Er war immer ihr Fahrer gewesen. Das war Angel in wenigen Worten – immer der Gute.

Er schlüpfte aus seiner schwarzen Lederjacke, unter der ein marineblaues Hemd mit langen Ärmeln zum Vorschein kam, das seine schlanke, muskulöse Statur perfekt betonte. Sie hielt den Atem an. Warum begehrte sie plötzlich ihren besten Freund? Weckte die Erfrischungskur durch Entrümpeln ihre Libido? Ihr Vibrator diente mehr dem Stressabbau, als dass er ein Ventil für ihr Verlangen war. Hui! Das Buch war gefährlich.

Vielleicht war es aber auch Damon, der ihre Libido in *Fierce Longing* erweckt hatte.

So oder so, als Angel sich umdrehte, um seine Jacke an einen Haken an der Tür zu hängen, konnte sie nicht anders, als auch seinen Hintern anzustarren. Er drehte sich zurück, und sie riss ihr Kinn hoch und sah ihm in die Augen. Er sah nicht aus, als hätte er es bemerkt. Sie musste sich unter Kontrolle bringen. Sie waren beste Freunde. Sie konnte sich nicht leisten, noch mehr zwischen ihnen zu vermasseln als ohnehin schon. Und definitiv konnte sie nicht damit umgehen, wenn er ihr wieder aus dem Weg ging.

„Frohes neues Jahr", sagte er.

„Frohes neues Jahr. Was schauen wir uns an?"

Er hielt eine DVD in die Höhe. *„Der Marsianer, der Manhattan fraß."* Er liebte schlechte B-Movies, fand sie saukomisch.

„Das klingt grässlich."

Er grinste, und ihr Puls gab Gas. „1973 hat er die schlechtesten Bewertungen bekommen."

Sie riss ihren Blick von ihm los. Das war überhaupt nicht der Plan.

Sie wedelte mit einer Hand durch die Luft. „Nun, du hast wirklich ein gutes Händchen dafür."

Langsam ging er zum Bücherregal hinüber. „Wow. Julia, hier sieht es ja großartig aus. Gefällt mir, wie du die Bücher nach Farbe und Größe sortiert hast. Und all deine Lieblingsbücher." Sie war ein vollkommener Bücherwurm und hatte ihre eigenen Geschichten in Notizbücher gekritzelt, seitdem sie einen Stift halten konnte. Das war notwendig bei ihrer überaktiven Fantasie. Entweder das, oder das Chaos in ihrem Kopf hätte sie in den Wahnsinn getrieben – Stimmen, Szenen, verdrängte Emotionen – sie mussten irgendwie ein Ventil finden. Angel wusste von ihren Geschichten, obwohl sie sie ihm nie zu lesen gab.

Sie gesellte sich zu ihm, freute sich, dass ihm ihre Mühe aufgefallen war, und sie war ziemlich stolz auf sich, weil sie das geschafft hatte. „Vorher war's ein bisschen wie in einem Rattennest, richtig?"

Er drehte sich zu ihr um, und ein kleines Lächeln umspielte seine Lippen. „So schlimm war es nicht. Nur ein wenig unsortiert."

„Ich habe da dieses neue Buch, *Erfrischen Sie Ihr Leben durch Entrümpeln*."

Er hob eine Braue. „Und hat es dich erfrischt?"

„Tatsächlich, ja."

Er trat näher an das Regal, wo die drei gerahmten Bilder allein an ihrem Ehrenplatz standen. „Du siehst auf diesem Hochzeitsbild so jung aus."

„Ich war ja auch jung. Neunzehn."

Er starrte das Bild von ihnen dreien an, vermied es, das Porträt von Brad anzusehen. „Und jetzt bist du alt und achtundzwanzig."

„Hey, du wirst immer noch älter sein."

Ein Mundwinkel hob sich. „Das stimmt." Er schnupperte. „Was hast du gekocht? Irgendetwas mit Käse?"

„Käsegebäck."

„Ja!" Er legte die DVD auf den Sofatisch und ging zur Küche. „Was sonst noch?"

Sie schlurfte hinter ihm auf ihren Socken herein und

achtete darauf, ihren Blick über seiner Taille zu halten. „Gefüllte Pilze, Mozzarellasticks und Mini Hot Dogs."

Er drehte sich um und tätschelte seinen flachen Bauch. „Doch nicht bei meiner gesunden Ernährung."

„Ist doch ein Feiertag."

Er setzte ein Lächeln auf, das sein Gesicht zum Strahlen brachte. Ihr stockte der Atem. „Das stimmt. Irgendwelche guten Vorsätze fürs neue Jahr?"

Sie rauschte an ihm vorbei und beschäftigte sich damit, im beleuchteten Ofen nach dem Käsegebäck zu schauen. „Genau genommen ja."

„Gewicht musst du jedenfalls nicht verlieren, das kannst du streichen."

Sie richtete sich auf. „Danke", sagte sie trocken und stellte den Timer noch ein paar Minuten weiter. Das war letztes Silvester ihr Vorsatz gewesen, und Angel hatte ihr dabei geholfen, indem er sich genauso gesund ernährte. Sie hatte zwanzig Pfund verloren, er fünf. Sie hatte zehn Monate dafür gebraucht, er zwei Wochen. Das war so unfair.

Angel murmelte etwas.

„Bitte?" Sie drehte sich um und trat näher. Er zuckte zurück. Ihr war gar nicht aufgefallen, wie nahe er bei ihr stand. Er achtete so verdammt genau darauf, sie nicht zu berühren. Eine ständige Erinnerung an das schmachvolle Bedauern, das sie beide mit sich herumschleppen. Was ihren Entschluss, ihren Plan in die Tat umzusetzen, nur festigte, das hieß: Online-Dating.

Sie atmete einmal tief ein und zögerte. Konnte sie das wirklich durchziehen? Denn, indem sie Angel frei ließ, würde sie sich dem öffnen, was auch immer da draußen in der wahren Welt auf sie wartete. Sie war so lange in ihrem sicheren Kokon eingehüllt gewesen, dass ihr ganz schwindlig wurde, wenn sie daran dachte, einen Fremden zu einem Date zu treffen.

Angel zog einen Küchenstuhl vor. „Hey, setz dich. Geht es dir gut?" Er deutete auf den Stuhl, und sie rührte sich nicht, also kam er an ihre Seite und führte sie irgendwie hin, schaffte es gerade so, sie nicht anzufassen. Er war zehn Zentimeter größer als sie, und mit seinem größeren Körper schirmte er sie ab und führte sie, ohne einen tatsächlichen Kontakt herzustellen. Sie gehorchte und ließ sich auf den Platz fallen. Er ging zur Spüle und holte ihr ein Glas Wasser.

Sie nahm einen langen Schluck und stellte das Glas ab. Er setzte sich neben sie und beugte sich vor, seine dunkelbraunen Augen waren voller Freundlichkeit und Sorge. Er war in derselben Schule, in der sie unterrichtete, Sozialarbeiter und ein exzellenter Zuhörer. „Besser?", fragte er.

Sie nickte. Der Timer am Ofen piepste.

„Bleib sitzen", sagte er. „Ich mach das schon."

Er holte die Topflappen aus der mittleren Schublade links neben dem Ofen und holte das Käsegebäck heraus. Dann schob er das Blech mit den Mozzarellasticks hinein, das sie vorbereitet hatte.

„Vier fünfundzwanzig", sagte sie ihm. Er korrigierte die Temperatur und nahm sich ein Bier aus dem Kühlschrank. Sie hatte seine Lieblingsmarke stets vorrätig. Sie sah zu, wie er den Flaschenöffner aus der dritten Schublade rechts nahm. So vertraut, wie er mit ihrer Küche war, stellte sie fest, dass sie und Angel wie ein altes Ehepaar waren, nur ohne Sex. Sie hatte das lang genug zugelassen. Angel verdiente so viel mehr.

Er blieb stehen, nahm einen Schluck von seinem Bier und beobachtete sie über den Rand. „Was ist los?"

Sie legte verkrampft ihre Hände ineinander, war plötzlich nervös, dass Angel sich deswegen mit ihr streiten würde. Seit Brads Tod hatte er so sehr auf sie aufgepasst. „Ich, ähm, habe mich auf einer Online-Dating Seite angemeldet."

Seine Kinnlade fiel herunter, und das Bier rutschte ihm aus seiner Hand, schlug mit einem dumpfen Geräusch auf dem alten Linoleumboden auf und sprang hoch. Bier spritzte in alle Richtungen. Sie sprang auf, schnappte sich ein paar Papiertücher und beeilte sich, alles aufzuwischen. Angel stand wie erstarrt da und sagte nichts. Das bereitete ihr eine Höllenangst. Sie hatte noch nie gesehen, dass er so schockiert war, dass er sprachlos war.

Sie wischte auf, was sie konnte – fast eine ganze Flasche –

und warf die Tücher und die Flasche in den Müll. Dann nahm sie sich weitere Papiertücher, in der Küche war es immer noch unheimlich still. „Angel? Sag doch bitte etwas."

Immer noch nichts.

Sie sah zu ihm hinüber, betrachtete seinen verkrampften Kiefer, seine Lippen eine flache Linie, und schluckte kräftig. Er schwieg, während sie zu seinen Füßen kniete und den Rest des nassen Bodens wischte. Sie kreischte kurz, als er sie plötzlich an den Oberarmen packte und sie auf ihre Füße zog. Nicht nur, weil er sie seit fünf Jahren nicht berührt hatte und seine Finger sich durch die dünne Baumwolle brannten, es war sein Griff, der fest und unversöhnlich war. Ihre Finger verkrampften sich um die klitschnassen Papiertücher, Bier tropfte dazwischen hindurch, befeuchteten den Boden, befeuchteten ihre Socken.

„Lass mich die wegwerfen", sagte sie, ihre Stimme unnatürlich schrill. Angel verlor bei ihr nie die Beherrschung. Bei Brad, ja, aber nie bei ihr.

Er schüttelte sie ein wenig, und sie quietschte. „Du bist bereit zu daten?", fragte er durch zusammengebissene Zähne.

Sie sog hörbar Luft ein. Nein, absolut nicht, aber sie musste alles richtig machen. Ihn befreien. „Ich-ich möchte es probieren."

Er beugte sich vor, und sie ließ die Tücher fallen, ihr Herz hämmerte gegen ihren Brustkorb. Angel so nahe zu haben überwältigte ihre Sinne jedes Mal, doch der finstere Blick seiner Augen erweckte ein düsteres Verlangen, das sie mit Scham erfüllte.

„Mit einem Fremden?", brachte er zwischen den Zähnen hervor. „Irgendeinem zufälligen Arschloch, das du im Internet getroffen hast?"

Sie wandte den Blick ab. „Auch nette Leute sind online."

Er ließ ihre Arme los und ging auf die andere Seite der Küche, möglichst weit weg von ihr.

„Es ist so am besten", sagte sie, und ihre Stimme zitterte. „Ich ..." Bei seinem harten, wilden Blick sprach sie nicht zu Ende. Das war nicht der Angel, den sie kannte. Ihr Angel war nett, gut, unerträglich süß und stets zart. Abgesehen von einigen Malen, als sie die Grenze überschritten hatte. Da waren sie beide Tiere gewesen, eingenommen von ihrem urtümlichen Bedürfnis, das noch verstärkt wurde durch den Reiz des Verbotenen.

Er kam wieder zu ihr, und sie wappnete sich. *Bleib stark. Tue einmal in deinem Leben das Richtige, wenn es um Angel geht.* Keinen halben Meter vor ihr blieb er stehen. „Nein. Das werde ich nicht zulassen."

Seine autoritäre Stimme ließ sie erschauern. „Du … du hast dazu nichts zu sagen."

„Und ob."

„Beste Freunde sollen–"

Er packte sie und zog sie ganz nah, ihr weicher Körper presste sich an seine harten Flächen und erfüllten sie mit einer verräterischen Hitze. Er hatte sie nie als erster berührt. Das war immer sie gewesen.

„Bitte nicht", sagte sie und schluchzte beinahe, wandte den Kopf ab. Das würde ihnen beiden nicht helfen. Ein Kuss, und sie wären nackt. Darüber hatten sie keine Kontrolle. Doch Angel und Sex, das war immer falsch gewesen. Immer ihr schwacher Punkt. Brad hatte keine Ahnung gehabt, was für eine Ehefrau sie gewesen war. Was für eine Freundin. Doch jetzt war es sogar noch schlimmer. Mit ihrer verzwickten Vergangenheit konnten sie und Angel nicht … Ihr wurde schwindelig. Dieses Mal würde er für immer verschwinden. Allein der Gedanke daran, Angel für immer zu verlieren, nahm ihr den Atem.

„Julia." Das eine Wort war ein harscher Befehl und zugleich ein Hauch Frustration. „Sieh mich an."

„Bitte", flüsterte sie. „Du bist der einzige Mensch, auf den ich mich verlassen kann. Das einzige, was mir geholfen hat, nicht den Verstand zu verlieren, als die Trauer zu viel war." Sie befeuchtete ihre trockenen Lippen. „Du verdienst …" Sie sprach nicht weiter, als er sich vorbeugte und ihr Kopf plötzlich leer war.

„Was verdiene ich?", fragte er, seine Stimme ein raues Rumpeln in ihrem Ohr.

„Wir hätten niemals zusammen sein dürfen", platzte sie

heraus. Die Worte flogen aus ihrem Mund, bevor sie sie mildern konnte.

Er löste sich von ihr. Dass sie ihn verlor, seine Hitze, seinen felsenfesten Körper ließ sie beinahe wimmern.

Er rieb sich den Nacken und wich ihrem Blick aus. Ihr drehte sich der Magen um. Sie hatte ihn nicht verletzen wollen. „Angel, es tut mir so leid."

Er sah zur Tür. „Ich sollte gehen."

„Bitte nicht. Silvester wird ohne dich nicht dasselbe sein." Seit zehn Jahren hatten sie Silvester gemeinsam gefeiert. Manchmal mit anderen Leuten, aber immer gemeinsam.

Ein Muskel zuckte in seinem Kiefer, sein Blick immer noch auf der Tür. Die Zeit lief ihr davon, die Dinge zwischen ihnen noch heute Abend geradezubiegen. Sie fürchtete, die Zeit lief ihr davon, die Dinge zwischen ihnen überhaupt noch einmal geradezubiegen, Punkt.

„Können wir nicht noch mal von vorn beginnen?", fragte sie verzweifelt. Das hatten sie ein paar Mal bereits gemacht – Angels Idee – als sie es gemusst hatten … die Grenzen ihrer Freundschaft neu zu bestimmen.

Er stieß einen Finger in ihre Richtung. „Du willst mich nicht? Na schön! Aber Internet Dating ist ein Fehler. Du weißt nicht, wer vor deiner Tür auftaucht."

Sie hatte ihn immer gewollt. Das war nicht das Problem. Das Problem war, dass ihre Freundschaft keine weitere wilde Nacht überstehen konnte, die in Scham und Bedauern endete. Das letzte Mal, nach Brads Beerdigung … Sie hatte gemeint, sterben zu müssen, so kühl und distanziert war Angel gewesen. Es hatte Monate gedauert, bis ihre alte Freundschaft auch nur annähernd wiederhergestellt war. Und so sorgfältig er seitdem darauf achtete, ihr nicht zu nahe zu kommen, wie er bei der kleinsten Gelegenheit sie zu berühren zurückzuckte, war eine unangenehme Erinnerung nicht nur an das, was sie getan hatten, sondern an das, was sie als Freunde verloren hatten. Keine unbekümmerte Zuneigung mehr, kein Necken, kein Umarmen nach einem anstrengenden Tag. Nichts.

Sie holte geräuschvoll Luft . „Es ist bloß–"

„Scheiß drauf. Ich will's nicht hören." Er stürmte aus der

Küche. Einen Moment später schlug die Haustür hinter ihm zu.

Sie zuckte zusammen. Sie hätte das besser anstellen müssen. Es ihm besser erklären müssen.

Verdammt. Warum fand sie nur keinen Weg, um sie beide weiterleben zu lassen?

3

Vor zehn Jahren ...

Angel hatte nie an Liebe auf den ersten Blick geglaubt, bis er Julia MacKendrick traf. Es war die erste Woche eines neuen Jahres am College, und sie hatte allein im Aufenthaltsraum des gemischtgeschlechtlichen Wohnheims gesessen, in dem er wohnte – reserviert für Studenten mit einem Stipendium – ihre Nase in einem Buch. Ihr Haar war dunkelbraun, wellte sich sanft um ihr kantiges Gesicht mit den hohen Wangenknochen und dem niedlichen spitzen Kinn und ragte gerade noch über ihre Schultern. Sie saß im Schneidersitz da und schien das laute Geplapper einer anderen Gruppe von Studenten auf der anderen Seite des Raums gar nicht zu bemerken. Er wusste gleich zwei Dinge – sie war schüchtern, er musste sie kennenlernen.

Er blieb vor ihr stehen, warf einen kurzen Blick auf ihr Buch und brachte den besten Spruch, der ihm gerade einfiel, von Bücherwurm zu Bücherwurm. „Gutes Buch."

Ihr Kopf zuckte hoch, ihre dunkelblauen Augen weiteten sich überrascht, ihre Haut war cremig weiß wie die Porzellanpuppe, die seiner Stiefmutter gehörte, ihre Wangen ein blasses Rosa. Sie nahm ihm den Atem. Dann sprach sie, und ihre Stimme war sanft und unsicher und entlockte ihm einen Beschützerinstinkt, von dem er nicht gewusst hatte, dass er ihn besaß. „Du magst *Sturmhöhe*?"

Er räusperte sich. Er wollte ihre Bekanntschaft nicht mit einer Lüge beginnen, er hatte es nie wirklich gelesen. Auf dem Cover war eine Frau aus lange vergangenen Zeiten abgebildet, wie ein altes Gemälde. „Ich habe gute Dinge darüber gehört. Bist du hier neu? Erstsemester?"

Die laute Gruppe ging und stürmte zur Tür hinaus. Es war fast Abendessenszeit. Alle gingen in die Mensa.

Sie schob sich eine Locke hinter das Ohr. „Ja."

„Ich bin im dritten Jahr. Ich könnte dir alles zeigen." Er hielt ihr seine Hand entgegen. „Angel Marino."

Sie schüttelte ihm die Hand mit schwachem Griff, die Berührung funkte zwischen ihnen. Mit leichter Überraschung sah sie ihm in die Augen, dann zog sie ihre Hand zurück. Sie hatte es ebenfalls gespürt. „Julia MacKendrick."

„Schön, dich kennenzulernen, Julia."

„Freut mich auch." Sie legte ihr Lesezeichen ins Buch. „Ich finde mich schon ganz gut auf dem Campus zurecht", ergänzte sie rasch.

Er zuckte mit dem Daumen zur Tür. „Ich treffe mich mit einem Freund zum Abendessen. Möchtest du mitkommen?"

Sie packte ihr Buch fest mit den Händen. „Ich will nicht stören."

Er spürte, dass sie gerne kommen wollte, aber nervös war. Schließlich war er zwei Jahre über ihr, und sie kannte ihn nicht. Doch sie würde ihn kennenlernen.

„Kein bisschen." Er bot ihr seinen Arm, knickte ihn am Ellbogen und beugte sich vor.

Sie stand auf, war nur wenige Zentimeter kleiner als seine einsachtzig, und sie sahen einander in die Augen. Ein langer elektrischer Moment verging, eine Verbindung von einer Seele zur anderen, bevor sie sich abwandte und ihr Buch in ihre Tasche schob. „Okay, meine Mitbewohnerin hat bereits gegessen, also ..." Sie sprach nicht zu Ende und ging Richtung Tür.

Er lief vor und hielt ihr die Tür offen. Sie gingen hinaus in den kühlen Sonnenschein eines Septembers in Connecticut. Die Bäume wechselten gerade ihre Farbe, leuchtendes Gelb drang durch das Grün, der Himmel war strahlend blau, die Wolken weiß und flauschig - ein perfekter Herbsttag. Er führte sie zur Mensa und zermarterte sich das Gehirn, was er sagen könnte, um sie ungezwungen um eine Verabredung zu bitten. Er hatte noch nie so gut wie seine älteren Brüder mit Mädchen umgehen können, deswegen platzte er schließlich heraus: „Erzähl mir von dir."

„Oh–" Sie lachte „– da gibt es wirklich nicht viel zu erzählen."

„Was ist dein Hauptfach?"

„Lehramt Grundschule. Ich möchte Lehrerin werden." Das gefiel ihm. Sie mochte Kinder. Er auch.

„Ich überlege, ob ich Familiensozialarbeiter werden soll", erzählt er ihr.

„Das ist eine wirklich wichtige Arbeit", sagte sie.

„Oder Psychologe", fügte er hinzu. „Ich habe mich noch nicht entschieden. Man sagt, dass ich gut zuhören könne."

Sie musterte ihn einen Moment. „Das sehe ich dir an."

Als sie ihr Essen hatten – und er viel zu viel Zeit damit zugebracht hatte, den Duft ihres Fruchtshampoos einzuatmen –, war er so voller Lust, dass er kaum noch zusammenhängend reden konnte. Sie fanden einen leeren Tisch in der Ecke. Sein bester Freund, Brad Turner, war wie immer spät dran. Der große Depp. Sie hatten sich im ersten Jahr in Psychologie 101 kennengelernt, als Brad ihm die Zeichnung des Professors zugeschoben hatte – eines gesetzten älteren Herrn –, wie er auf einem Esel ritt, nackt. Brad hatte ihn damit erobert, er erinnerte ihn an seinen Stiefbruder Jared, der zum Studieren in einen anderen Staat gezogen war. Der arme Brad musste Sommerkurse belegen, um nicht ständig durchzufallen, und war akademisch gesehen auf Bewährung.

Angel stellte ihr ununterbrochen Fragen, sowohl, weil er sie kennenlernen wollte, doch auch, weil er gegen die Nervosität ankämpfen wollte, sie um eine Verabredung zu bitten. Sie entspannte sich allmählich, erzählte ihm von ihren Lieblingsbüchern und Fernsehsendungen, sah ihm öfter in die Augen. Das erfüllte ihn mit Stolz, seine Fähigkeit, dafür zu sorgen, dass ein anderer sich in einer Unterhaltung wohlfühlte.

„Wie ist es mit deiner Familie?", fragte er. „Hast du Brüder oder Schwestern?" Er kam aus einer großen, eng gestrickten Familie mit seinem Dad, seiner Stiefmutter, zwei leiblichen Brüdern und drei Stiefbrüdern. Er war der Jüngste. Er hoffte, dass auch für sie Familie wichtig war.

Sie schob ihre Haare hinter beide Ohren. „Nein, genau genommen konnte meine Mom keine Kinder bekommen."

„Oh. Dann …" Meinte sie überhaupt nicht? Oder nachdem sie Julia bekommen hatte?

Sie starrte auf den Tisch. „Ich bin adoptiert."

„Oh. Und wie ist das? Magst du deine Adoptiveltern? Ich meine, natürlich tust du das. Entschuldige."

Sie sah ihm mit schwachem Lächeln in die Augen. „Das ist okay. Ich muss mich selbst noch daran gewöhnen. Ich habe es erst erfahren, als ich im Juni achtzehn wurde."

„Vor drei Monaten?"

Sie nickte.

„Das muss ein Schock gewesen sein."

„War es auch." Ihre blauen Augen blitzten. „Ich bin immer noch angepisst. Das war eine ganz schöne Bombe, die sie an meinem Abschlusstag haben fallen lassen. Herzlichen Glückwunsch! Du bist nicht von uns, und wo du herkommst, gibt es nichts mehr." Sie biss sich auf die Lippe. „Meine leibliche Mutter war vor Jahren gestorben. Und man hatte mir nichts gesagt." Sie schenkte ihm ein verwässertes Lächeln, und seine Brust zog sich zusammen. „Ich bin nicht die, die ich gedacht habe."

„Aber du bist doch immer noch du. Nur mit einer neuen Perspektive."

Sie schüttelte den Kopf. „Du verstehst das nicht."

„Du hast recht, aber ich kann gut zuhören. Wollen wir irgendwo hingehen, um uns zu unterhalten?"

Sie sah ihn lange an, versuchte ihn einzuschätzen, vermutete er. „Wohin?"

„Hinter dem Gebäude für Agrarwissenschaften ist ein Teich."

„Du bist aber nicht … gefährlich, oder doch?"

„Kluges Mädchen." Er lächelte, wusste, dass sein Lächeln mit den Grübchen ihn so engelsgleich erscheinen ließ, wie sein Spitzname verkündete, Angel, kurz für Angelo. „Ich bin harmlos, das verspreche ich."

Wieder musterte sie ihn, und er musste sich bemühen, die Lust zu verbergen, die nur stärker wurde, je mehr Zeit er mit ihr verbrachte. „Okay", sagte sie. „Du hast ein vertrauenswürdiges Gesicht."

Er stand auf, der stille Sieger. „Habe ich, nicht wahr? Lass uns gehen."

Sie unterhielten sich stundenlang, saßen auf dem Grashügel am Teich, hauptsächlich sprach Julia, die noch damit klarkommen musste, dass sie adoptiert worden war, und die sich mit der Wut und der Trauer für ihre leibliche Mutter herumschlug, die gestorben war, als sie acht war. Seine eigene leibliche Mutter war gestorben, als er fünf war, doch das behielt er für sich, denn jetzt ging es um sie und ihre Gefühle. Er hatte in seinem fortgeschrittenen Psychologiekurs von der Wichtigkeit erfahren, Gefühle wertzuschätzen. Julia brach in Tränen aus, und er saß als stiller Tröster dabei, sehnte sich danach, sie zu halten, doch er wusste, dass das zu früh war. Schließlich wurde sie still.

„Tut mir leid", sagte sie mit leiser Stimme. „Ich schätze, mir war nicht klar, wie sehr mich das noch belastet."

„Das ist noch sehr frisch für dich." Jetzt konnte er sie nicht um eine Verabredung bitten. Sie war zu traurig.

Sie rieb sich ihren Arm. „Die Mücken kommen. Wir sollten zurückgehen."

Er stand auf und begleitete sie zurück zum Wohnheim. Brad war im Aufenthaltsraum und spielte Tischfußball mit Mike, wartete vermutlich auf ihn. Brad entdeckte ihn, betrachtete Julia mit anerkennendem Blick und kam zu ihnen herüber. Angel war gleich argwöhnisch. Brad mit seinen goldenen Locken und seiner einnehmenden Persönlichkeit stellte Angel mit Leichtigkeit in den Schatten, immer, wenn sie eine Gruppe Mädchen trafen, und zog immer alle Aufmerksamkeit auf sich. Doch das hier war ein Mädchen, von dem er nicht wollte, dass Brad sich für es interessierte.

„Du hast mich sitzenlassen, du Idiot!" Brad schlug Angel auf den Arm. „Ich konnte dich in der Mensa nicht finden."

„Du bist zu spät gekommen", sagte Angel.

„Ich wurde von Eseln großgezogen", scherzte Brad. „Einem Haufen Arschlöcher." Er zwinkerte Julia zu. „Adoptiert, natürlich."

„Ich bin adoptiert", sagte Julia leise.

„Oh." Brad wurde ungewöhnlich ernst. „Ähm, ich auch. Es ist ein wenig wie *fick dich*, dass die echte Mom einen einfach weggibt, stimmt's?" War Brad adoptiert? Das hatte er nie zuvor erwähnt.

Julia strahlte. „Das größte *Fick dich*, das es gibt."

Brad grinste und näherte sich Julia, woraufhin ihre Wangen leuchtend rot wurden. „Brauchst du eine Ablenkung?"

Angels Beschützerinstinkt meldete sich zu Wort. „Brad, das ist ihre erste Woche. Sie ist ein Erstsemester."

Brad warf ihm einen finsteren Blick zu. „Still, Chorknabe."

„Ja", sagte Julia.

Brad grinste. „Komm mit. Ich habe einen Sixpack in meinem Zimmer. Auf der anderen Seite des Campus'. Für Stipendien bin ich nicht geeignet." Brad stürmte zur Tür hinaus, in Richtung seines Wohnheims. Julia rannte hinter ihm her, und Angel folgte ihnen, um sicherzustellen, dass sie in Sicherheit war.

Später begleitete Angel eine betrunkene Julia zurück zu ihrem Zimmer, sie war unberührt von beiden. Brad war auf seinem Bett umgekippt, nachdem er in schneller Folge vier Bier runtergekippt hatte. Julia hatte zwei, und Angel hatte verzichtet, um auf sie achten zu können. Sie wurde fröhlich, wenn sie getrunken hatte, und plapperte glücklich über ihre beiden neuen besten Freunde – ihn und Brad. Er begleitete sie noch in ihr Zimmer und ging dann zu seinem eigenen, denn er wusste, dass er, was Julia anging, seinen Claim abstecken musste. Er hatte nicht solch eine Wirkung wie Brad, doch er fühlte tief im Inneren, dass er und Julia ein Ganzes ergaben. Allein, wenn er in ihrer Nähe sein konnte, fühlte sich das umwerfend an. Man musste sich nur vorstellen, was wäre, wenn er sie tatsächlich hätte berühren können.

Am nächsten Tag ging er mittags zu Brads Zimmer, zu ihrer üblichen Zeit, zu der sie sich samstags immer zum Mittagessen trafen.

Er warf einen Blick auf seinen besten Freund und platzte heraus: „Ich habe Julia zuerst gesehen."

Brad sagte nichts, was ungewöhnlich für ihn war, legte nur seinen Controller hin und stand vom Bett auf, schob seine Füße in Sneaker.

„Ich werde sie um eine Verabredung bitten", sagte Angel.

Brad sah ihn an, war ernster als er ihn in den beiden Jahren, die er ihn jetzt kannte, jemals gesehen hatte. „Wir werden Julia entscheiden lassen, wen sie will."

Eine ungewöhnliche Wut wallte in ihm auf. „Nein. Zieh dich zurück." Angel versetzte Brad, der drei Zentimeter kleiner, aber stark und kräftig war, einen Schubs.

Brad stieß Angel zurück. „Zieh du dich zurück."

„Ich habe sie zuerst gesehen!"

„Sie ist doch kein verdammtes Spielzeug. Sie ist ein Mensch."

„Du wirst sie nur ausnutzen! Such dir jemand anderen, mit dem du schlafen kannst." Brad war bekannt dafür, dass er mit Mädchen schlief und sie dann fallen ließ.

Brad stürmte an ihm vorbei in den Flur, stampfte zur Treppe.

Angel folgte ihm. „Wohin gehst du?"

„Zu Julias Zimmer." Julia hatte ihnen in ihrem betrunkenen Zustand ihre Zimmernummer genannt und sie eingeladen, jederzeit vorbeizukommen, um einfach nur rumzuhängen.

In wutentbrannter Stille marschierten sie geradewegs aus Brads Wohnheim hinüber zum Wohnheim für die Stipendiaten. Brad erreichte die Tür als erster und klopfte an.

Julia öffnete die Tür, ihre langen, dunkelbraunen Haare fielen in einer sanften Welle um ihre Schultern, ihre dunkelblauen Augen sahen neugierig von Brad zu Angel. „Hey, Jungs, was ist los?"

Angel war für einen Moment sprachlos, weil seine Emotionen sich beim Anblick ihrer Schönheit verwirrten. Sein Herz pochte in seinen Ohren.

Brad meldete sich zu Wort. „Zwei Streuner wie wir sollten feiern–"

„Bist du überhaupt adoptiert?", fragte Angel Brad.

Brad ignorierte ihn. „Hast du heute Abend Lust? Ich hole dich um neun ab."

Julia sah zu Angel. „Wirst du auch da sein?"

Sein Herz füllte sich mit Hoffnung. „Ja."

„Großartig!" Sie drehte sich zu ihrer Mitbewohnerin um, einem hübschen blonden Mädchen in engen Jeans. Das war schon eher Brads üblicher Typ. „Mandy, wir gehen zu einer Party."

„Klasse", sagte Mandy.

„Bis heute Abend", sagte Brad. Dann packte er Julia und küsste sie tief, seine Zunge musste halb in ihrem Hals gesteckt haben. Angel wollte Brad schon von ihr losreißen, als Julia ihre Arme um Brads Nacken legte. Angel trat zurück.

Julia sah benommen aus, als Brad sie losließ, ihre Finger lagen auf ihren Lippen. Von dem Moment an hatte Julia nur noch Augen für Brad.

Angel hasste Brad mit jeder Faser seines Daseins. Ihre Freundschaft endete augenblicklich.

Und doch kam Brad vier Monate später in Angels Zimmer und entschuldigte sich. Er sagte, dass er es ernst mit Julia meinte und sogar dem Army ROTC beigetreten war, um der Mann zu sein, den Julia verdiente. Angel sah seinem früheren Freund die Veränderung an – seine Ernsthaftigkeit, seinen Antrieb, es besser zu machen, seine guten Noten, und, nachdem Brad ihm anvertraut hatte, dass er Julia am Abschlusstag einen Antrag machen wollte, wusste Angel, dass, welchen Anspruch er auch immer auf Julia hatte, er für immer verloren war. Er vergab Brad.

Die drei wurden unzertrennlich. Es waren immer Julia, Brad und Angel. Er und Brad machten da weiter, wo sie aufgehört hatten. Er und Julia lernten sich als Freunde kennen und standen einander sehr, sehr nahe. Julia wandte sich immer, wenn sie jemanden zum Reden brauchte, an Angel, immer, wenn es ein Problem mit Brad gab; wann immer oder wie immer sie ihn brauchte, er war da. Und in dem Moment, als Brad nicht mehr im Bild war, im September, als er mit schlimmem Pfeifferschen Drüsenfieber in ihrem Abschluss-jahr zu Hause war, gaben Angel und Julia der Versuchung nach, die sie beide sich bemüht hatten zu ignorieren.

Es war falsch und so richtig und höllisch heiß.

Dieses Wochenende lebte lang in seiner Erinnerung. Das musste es.

Bis zum nächsten Mal.

4

———

Julias Magen war verknotet, und ihre Hände zitterten ein wenig, doch sie war entschlossen, das Blind Date durchzuziehen. Jemand, Anthony, hatte auf ihr Profil geantwortet und sie zu einem Kaffee eingeladen. Sie war erst seit zwei Tagen bei der Dating Website, doch wahrscheinlich gab es viele Singles, die entschlossen waren, im neuen Jahr ihr Singledasein zu ändern. Sie hatte so lange kein Date mehr gehabt, dass sie nicht einmal sicher war, ob sie wusste, was zu tun war.

Angel war gestern, am Neujahrstag, vorbeigekommen und hatte sie eingeladen, mit ihm und seinen Brüdern die kranken Kinder auf der Krebsstation zu besuchen. Sie nahm das als Friedensangebot und ging gerne mit. Außerdem wollte sie sich in der Gemeinde mehr engagieren. Sie verbrachte zu viel Zeit mit ihren Gedanken. Auf der Fahrt dorthin hatte Angel sie nach der Online-Datingseite gefragt, und es hatte mehr neugierig als wütend geklungen, also hatte sie ihm von ihrem Profil mit einem Lehrerbild von sich erzählt und von den Interessen, die sie sich ausgedacht hatte – Kochen und Wandern. Sie fand, dass das besser klang als die Wahrheit, und sie wollte auf einen Mann, der auf so etwas bei einer Frau stand, anziehend wirken. Sie musste Angel versprechen, ihm zu sagen, wo und wann sie jemanden treffen würde, und ihn anzurufen, wenn sie sich aus irgend-einem Grund unbehaglich fühlte.

Sie atmete einmal tief ein und machte sich dann daran, sich etwas zum Anziehen auszusuchen, entschied sich schließlich für einen schlichten dunkelblauen Pullover mit V-Ausschnitt, der zu ihren Augen passte, dazu einen schwarzen Bleistiftrock und kniehohe schwarze Lederstiefel. Sie hoffte, das Outfit sagte locker, hipp und dabei. Obwohl sie so weit davon entfernt war, wie es nur ging. Sie trug Make-up auf und sprach sich leise Mut zu. *Das muss nichts Großes sein. Nur ein winziger Schritt.*

Sie nahm sich ihr Handy, weil sie unbedingt Angels Stimme hören wollte. Er beruhigte sie immer, wenn sie sich zu sehr in etwas hineinsteigerte, doch sie wusste, sie musste aufhören damit, immer zu ihm zu laufen bei jedem einzelnen Problem, das sie in ihrem Leben hatte. Sie spielte seine letzte Nachricht an sie ab, da sie seine tiefe, vertraute Bariton-stimme hören musste. „Hey, Julia, ruf mich an, wenn du von deinem Date zurückkommst." Es folgte eine lange Pause. „Ich bin stolz auf dich. Okay, bye."

Tränen traten ihr in die Augen. Er wäre nicht stolz, wenn er wüsste, was für ein Wrack sie war. Vielleicht sollte sie absa-gen. Sie hatte noch eine Stunde, bevor sie aufbrechen musste.

Es klingelte an der Tür. Mist! Ihr Herz raste. Was sollte sie tun?

Sie ging ins Wohnzimmer und starrte auf die Tür. Moment. Sie sollte ihr Date im Café treffen. Anthony kannte ihre Adresse nicht.

Sie linste durch den Spion. Es war niemand da. Vielleicht war es eine Lieferung. Sie öffnete die Tür und sah hinab. Kein Päckchen. Ein Ping war an der Regenrinne seitlich am Haus zu hören. Sie sah auf, hagelte es? Plötzlich war sie blind, ein weiches Tuch bedeckte ihre Augen und legte sich von hinten um ihren Kopf. Sie kreischte, und eine Hand bedeckte ihren Mund. Sie wehrte sich gegen ihren Angreifer, stieß ihm den Ellbogen in den Magen und wurde ganz eng an eine harte männliche Brust gezogen.

„Schh", sagte er an ihrem Ohr.

Angel! Sie hörte auf, sich zu wehren, doch ihr Herz raste immer noch und wechselte von Angst zu Erregung, als sie sich an Damon aus *Heißes Verlangen* erinnerte, und wie er Mia von hinten gepackt hatte, seine Hand auf ihrem Mund, bevor er sie zu seinem Besitz brachte und sie auf böse, böse Art nahm.

Er drehte sie zu sich um, seine Hände hielten ihre Arme an den Seiten und hielten sie davon ab, das Tuch von ihren Augen zu ziehen.

Ihr Puls pochte in ihren Ohren. „Was zum Teufel tust du denn? Du hast mir Angst eingejagt!"

Er hielt sie weiter fest, und ihre Gedanken zuckten zum Esszimmertisch, wo Damon Mia dazu verführte, sich ihm zu ergeben. „Ich heiße Angelo, und ich bin dein Blind Date."

Sie rang sich ein Lächeln ab. „Hast du mir deswegen die Augen verbunden? Ich glaube, so funktionieren Blind Dates nicht."

„Ich bin jemand Neues, den du triffst, und wir haben gerade unser erstes Date." Sie hörte das Lächeln in seiner Stimme und spürte, wie sie es erwiderte.

Sie hatten noch nie ein richtiges Date gehabt. Sie hatten zweimal miteinander geschlafen und einmal beinahe, was Angel unterbunden hatte, und zehn Jahre Freundschaft, aber kein Date.

„Und was ist mit meinem richtigen Date?", fragte sie.

„Ich habe im Café ausrichten lassen, dass du für immer absagst."

„Angel!" Sie kämpfte darum, ihre Arme zu heben und die Augenbinde abzunehmen, doch er war stärker und entschlossen.

„Gib's auf. Und antworte mir ehrlich, wolltest du diesen Typen wirklich treffen oder hast du dich davor gefürchtet?"

Sie presste die Lippen aufeinander, wollte die Wahrheit nicht eingestehen. Er kannte sie zu gut.

„Dachte ich's mir doch", sagte er stolz. „Warte hier, ich hole deinen Mantel und deine Handtasche, und du darfst nicht linsen."

Sie hörte, wie sich die Haustür öffnete, dann, ein paar

Augenblicke später, war er zurück und schloss für sie ab. Er half ihr dabei, den Mantel anzuziehen und den Handtaschenriemen über ihre Schulter zu legen. Ein erregter Schauer durchfuhr sie. Er hielt sie am Ellbogen, seine andere Hand lag an ihrem unteren Rücken, während er sie die vorderen Stufen der Veranda hinunter und zu seinem Wagen führte.

„Wohin fahren wir?", fragte sie.

„An einen besonderen Ort."

Sie hörte, wie sich die Tür seines Honda Civic quietschend öffnete. Sie hatten vor Jahren identische Wagen gekauft, um einen besseren Deal zu bekommen. Er half ihr hinein, legte seine Hand auf ihren Kopf, damit sie ihn nicht anstieß. Sein Duft lag im Wagen und wurde noch durch die Augenbinde verstärkt, ein wenig seines Parfums – Ozean und leichte Würze – und viel Angel.

Als er eingestiegen war und den Motor startete, meldete sie sich zu Wort. „Weißt du, warum ich mich fürs Online-Dating angemeldet habe?"

„Ja, weil du bereit bist, wieder zu daten." Er fuhr rückwärts aus ihrer Einfahrt und bog auf die Straße. „Ist dir warm genug?" Er drehte die Heizung an, doch in dem alten Wagen dauerte es ewig, bis es wirklich warm wurde.

„Mir geht es gut. Angel, ich … bitte, versteh das jetzt nicht falsch–"

„Ich heiße Angelo, und was auch immer der Grund ist, warum du dich bei dieser Dating Seite angemeldet hast, es ist mir egal. Du wolltest jemand Neuen kennenlernen, und heute Abend wirst du jemand Neuen kennenlernen."

„Aber ich weiß doch, dass du es bist. Kann ich bitte die Augenbinde abnehmen?"

„Nein. Das ist Teil der Überraschung."

Sie merkte, dass sie lächelte. „Ist es Burger Shack?" Sie gingen oft zu besonderen Anlässen dorthin. Sie hatten beide nicht viel Geld. Das Geld, das sie bei Brads Tod bekommen hatte, hatte sie der Wounded Veterans Alliance gestiftet, um anderen Soldaten zu helfen, wieder auf die Beine zu kommen. Sie wollte aus seinem Tod keinen Nutzen ziehen. Nicht, nachdem sie ihm das angetan hatte.

„Klingt das nach einer Überraschung?", fragte Angel. „Nein, an einen schicken Ort, wie du ihn verdienst."

„Angel", sagte sie leise. Sie wollte nicht, dass er für sie viel Geld ausgab.

„Angelo", korrigierte er.

„Angelo–" Der Name fühlte sich fremd und neu auf ihrer Zunge an „– das kannst du dir nicht leisten."

„Ich habe Geld gespart."

„Für dein Haus!" Er hatte jahrelang für ein Haus gespart.

„Das hier ist wichtiger. Du bist wichtiger."

Sie schwieg. Das Letzte, was sie wollte, war, ihren besten Freund zu verletzen. Aber machte dieses Date ihm nicht nur noch mehr Hoffnung?

„Ang–"

„Sag den ganzen Namen, sonst antworte ich nicht."

Sein Befehlston ließ sie zusammenzucken. „Angelo", sagte sie verkrampft, „ich bin mir nicht sicher, was du meinst, was dieses … Date ist, aber–"

„Was dachtest du denn, wie dein Blind Date heute sein würde?"

„Grässlich", gestand sie.

Er lachte bellend. „Wusste ich's doch. Möchtest du wissen, was heute Abend ist? Das ist unser Neuanfang. Und zwar so richtig. Wir haben uns gerade kennengelernt. Ich halte dich für die schönste Frau, die ich je gesehen habe, und ich brenne darauf, dich zu berühren." Er nahm ihre Hand, seine größere Hand umschloss ihre mit seiner Wärme, der feste Griff entspannte sie gleich. Sie hatte seine Berührung so sehr vermisst, selbst, wenn es falsch war, sich danach zu sehen.

„Du gehst aber ganz schön ran, Angelo. Wir haben uns doch gerade erst kennengelernt."

Er schmunzelte. „Ich werde der perfekte Gentleman sein, ich verspreche es."

„Du sollst es nicht bereuen–"

„Ich bereue nichts", sagte er ganz ernst. „Nicht eine Sache, die ich je getan habe." Er unterbrach sich und fuhr dann in entspannterem Ton fort. „Erzähl mir, was du tust, wenn du Spaß haben möchtest."

„Ich koche gern, gehe wandern und mag Sonnenuntergänge."

Er lachte. „Ich auch. Und ich bin in einem Motorradclub."

„Das wusste ich gleich, als ich deine schwarze Lederjacke sah."

„Hast du doch gelinst? Denn ich glaube, dass du das ganze Blind Date über diese Augenbinde getragen hast."

Sie griff hinüber, um den Ärmel der vertrauten Lederjacke zu berühren, und fand stattdessen den weichen Stoff einer Anzugjacke. „Wie schick ist denn das Lokal?"

„Wirst du schon sehen."

Sie schüttelte lächelnd den Kopf. Das hier war so viel besser als die Qual, von der sie gedacht hatte, dass sie sie heute Abend durchstehen musste, und dennoch … War es richtig? Sie lehnte ihren Kopf zurück gegen die Kopfstütze und stellte sich einen Moment lang vor, dass sie bei einem ersten Date mit einem Mann namens Angelo war. Dass er sie an einen besonderen Ort brachte. Dass er sie für schön hielt. Und er war lustig und nett und duftete wundervoll. Was würde sie in einer solchen Situation tun? Nur eine kurze Weile wollte sie so tun als ob, um das zu genießen, was er ihr bot.

„Woher kommst du, Angelo?"

„Ich komme aus Clover Park, Connecticut, Sohn zweier liebender Eltern, fünf ältere Brüder haben mir den Rücken gestärkt und eine ganze Gemeinde von Leuten, denen wirklich etwas an mir lag. Wie ist es mit dir?"

„Ich wurde von zwei liebevollen Eltern adoptiert und habe mir immer eine Schwester gewünscht." Angel hatte ihr dabei geholfen, ihre Adoption zu akzeptieren, und was ihr außerdem geholfen hatte, war, dass auch Brad adoptiert worden war. Das gemeinsame Gefühl, im Stich gelassen worden zu sein von ihren Müttern war das, was sie und Brad eng aneinandergebunden hatte. Seine Situation war viel schlimmer gewesen, denn bis er fünf Jahre alt gewesen war, hatte er in einem Waisenheim gelebt, dann war er in einer Reihe Pflegefamilien gewesen, bis er mit zehn endlich von einem strengen Paar adoptiert worden war, dem er scheinbar nichts recht machen konnte. Obwohl er sein Bestes tat, damit sie froh waren, ihn adoptiert zu haben, hatten sie sich niemals nahegestanden. Brad hatte sie gebeten, seine Adoptionsprobleme niemals bei ihren oder seinen Eltern anzusprechen. Das war ein sensibles Thema und etwas, das er nur mit ihr teilen wollte. Sie war einverstanden gewesen, tief berührt davon, dass er ihr seine schmerzhafte Vergangenheit anvertraut hatte. Es war nicht schwierig, sein Geständnis für sich zu behalten, denn sie beide standen ihren Eltern nicht sehr nahe. Seitdem hatte sich ihre Beziehung zu ihren Eltern gebessert, obwohl das Gefühl, verlassen worden zu sein, sie ewig verfolgte. Dadurch klammerte sie sich nur fester an das, was sie hatte, wodurch Brads Tod für sie umso schwieriger wurde.

„Mein Ehemann wurde auch adoptiert", fügte sie hinzu. Sie hielt den Atem an und fragte sich, ob es erlaubt war, die Sprache auf Brad zu bringen. Wenn sie bei einem wirklichen ersten Date gewesen wäre, hätte sie das auch getan, vor allem, weil sie in ihrem Profil geschrieben hatte, dass sie Witwe war. Sie war darauf vorbereitet gewesen, darüber zu sprechen.

Es folgte eine lange Stille.

„Vergiss, dass ich das gesagt habe", platzte es aus ihr heraus.

„Ich freue mich für euch beide, dass ihr Familien gefunden habt, bei denen ihr bleiben konntet. Ich erinnere mich, dass du in deinem Profil geschrieben hast, dass du Witwe bist. Darf ich fragen, was mit deinem Mann passiert ist?"

„Er ist als Held gestorben, hat sich auf einen Sprengkörper geworfen, um seine Einheit zu retten." Sie hatte diese Zeile geübt, um sie ohne Probleme hervorzubringen. Es war die Wahrheit, doch es fiel ihr immer noch schwer, das zu sagen. Sie hatte deswegen jahrelang Albträume gehabt. Ihr Ehemann war ein Held, und sie hatte ihn betrogen. Das schwere Schuldbewusstsein lastete auf ihr, und es fiel ihr schwer zu atmen.

Angel drang in ihre finsteren Gedanken. „Atme."

Das tat sie und versuchte, nicht daran zu denken, wie gut er sie kannte, ihre Schwächen kannte und sie akzeptierte.

„Tut mir leid, das von deinem Ehemann zu hören", sagte er. „Wie lange ist es her?"

„Fünf Jahre."

„Und bist du bereit für eine neue Beziehung?"

Die Frage hing in der Luft. War sie bereit? Ihr ganzes Erwachsenenleben hatte sich um Brad gedreht. Er war ihr erster Kuss gewesen, ihr erster Liebhaber, ihr erster alles. Wie verrückt war das? Sie war achtundzwanzig, und das hier war erst ihr zweites „neues" Date in ihrem ganzen Leben.

„Du musst darauf nicht antworten", sagte Angel. „Lass uns einfach sehen, wie es heute Abend läuft. Kein Druck. Magst du Katzen? Ich habe drei."

Sie brach in Lachen aus. Hatte er nicht. Aber er war wirklich kreativ. „Ich liebe Katzen. Ich habe zehn."

„Zehn, wie? Wir sollten eine Katzenparty veranstalten. Katzenminze und Federspielzeug, das volle Programm."

„Das würde meinen Katzen gefallen."

„Lebst du gern in Fieldridge?"

„Ist okay."

Angel, der den Part des Angelo so richtig auskostete, ließ den Small Talk niemals enden, wie es wohl bei einem ersten Date auch war in ihrer Vorstellung. Ihr erstes Date mit Brad hatte sie betrunken auf einer Party in einem Apartment verbracht, das nicht auf dem Campus war.

Kurz darauf kamen sie an einem Restaurant an, in dem gedämpfte Musik spielte und man sich leise unterhielt. Sie hoffte, dass sie nicht underdressed war. Angel sprach leise mit jemandem, und dann führte er sie zu ihrem Platz, eine Hand unten an ihrem Rücken. Er nahm ihr die Augenbinde ab, während er hinter ihr stand. Sie blinzelte, gewöhnte sich ans Licht und sah ein schickes französisches Restaurant mit weißen Tischtüchern und viel zu viel Besteck.

„Oh", hauchte sie. „Das ist so hübsch."

Er setzte sich ihr gegenüber, und sie brach in Lachen aus.

„Was?" Er verkniff sich ein Lächeln, und seine Grübchen zeigten sich in seinen glatt rasierten Wangen. Er trug einen dicken, falschen Schnurrbart, der sich an den Enden hochzwirbelte.

„Nimm den ab", brachte sie lachend hervor.

Er neigte fragend seinen Kopf. „Was soll ich abnehmen?"

Sie konnte nicht aufhören zu lachen.

„Was? Ich brauchte doch eine Verkleidung, damit es sich frisch anfühlt. Du hast gerade Angelo kennengelernt. Hey, es ist nicht höflich, sein Blinddate auszulachen."

Sie versuchte, sich zusammenzureißen. Er sah aus, als käme er gerade aus einer Disco. „Und wo ist meine Verkleidung?"

Er hob einen Finger und griff unter den Tisch. Dann hielt er eine Brille mit schwarzem Rahmen und sauberen Gläsern in die Höhe und reichte sie ihr. Sie trug Kontaktlinsen, um keine solche Brille tragen zu müssen, was zu ihren peinlichen, nerdigen Highschooljahren gehörte.

„Setz die auf", beharrte er.

„Was versteckst du noch unter dem Tisch?"

„Mach dir darum keine Gedanken. Setz sie auf."

Sie setzte die Brille auf. „Wie sehe ich aus?"

Er schenkte ihr ein teuflisches Lächeln. „Wie eine Stripperin."

Sie schnaubte. „Und du siehst aus wie ein Pornostar aus den Siebzigern."

Er verschränkte die Arme. „Das war auch meine Absicht."

Sie kicherte. „Du bist wirklich was Besonderes, Angelo."

Er beugte sich über den Tisch, seine dunklen Augen funkelten vor Verschlagenheit. „Du auch, Julie."

„Julia."

Er richtete sich auf. „Ah, tut mir leid. Ich muss mich noch an den Namen gewöhnen. Julia." Er schenkte ihr ein warmes Lächeln. Ihre Kehle zog sich zusammen. Egal, wie sehr sie so taten, es änderte nichts an der Tatsache, dass ihre Freundschaft genau das bleiben musste.

Er nahm die Speisekarte und sah sie über deren Rand an. „Was, meinst du, essen Pornostars?"

„Austern?"

„Ich denke an ein Steak. Ein schönes, *saftiges* Steak." Er schnappte mit seinen Zähnen nach ihr.

Sie errötete und nahm sich ihre Speisekarte.

„Bestell dir, was immer du willst, Jill."

„Danke, Andrew."

Sie brachen beide in Lachen aus, und die Spannung ließ nach. Sie hatten eine schöne Zeit miteinander, probierten das Essen des anderen und teilten sich das Dessert. Sie spürte eine Leichtigkeit und Unbeschwertheit zwischen ihnen, die sie lange nicht gespürt hatte.

Als sie zurück an ihrem Haus waren, begleitete Angelo sie zur Tür. Plötzlich wurde sie nervös. Wenn er sie küsste, würde sie nachgeben. Das wusste sie. Sie wollte diesen beschämenden Weg nicht noch einmal gehen, nachdem sie eine so schöne Zeit miteinander verbracht hatten. Und sie wusste, dass das der Todesstoß für ihre Freundschaft wäre.

Sie streckte ihm ihre Hand entgegen. „Danke für das nette Abendessen, Angelo."

Er nahm ihre Hand, hob sie an seine Lippen und küsste ihren Handrücken, sein falscher Schnurrbart kitzelte ihre Finger, seine Lippen waren wie warmer Samt. „Es war mir ein Vergnügen, Julia." Bei den seidigen Worten wurde ihr Gehirn ganz umnebelt. Sie konnte nichts anderes tun als dastehen und starren.

Dann drehte er sich um und ging.

Auf zittrigen Beinen ging sie ins Haus und schloss leise die Tür. Sie linste noch durch die Wohnzimmervorhänge, um ihm hinterherzuschauen, und sah, wie Angel mit einer Faust in die Luft schlug, bevor er dann zu seinem Wagen marschierte, einstieg und davonfuhr. Wie ein Zombie ging sie zum Sofa und ließ sich darauf fallen.

Was zum Teufel war gerade geschehen?

5

Für sein Date mit Julia hatte Angel zum ersten Mal seit Jahren das sonntägliche Familienabendessen verpasst, und er dachte nicht weiter darüber nach, bis ihm sein Stiefbruder Jared später am Abend schrieb. *Wo warst du heute Abend?*

Er hatte niemandem davon erzählen wollen, dass er Zeit mit Julia verbringen wollte. Die Situation war zu heikel, und seine Familie war nicht gerade für ihre Subtilität bekannt. Er schrieb zurück: *Ich habe Mom doch gesagt, dass es mir nicht gut geht. Hat sie es euch nicht erzählt?*

Meinst du wirklich, ich kaufe dir diese lahme Ausrede ab? Bist du verkatert?

Nein.

Spar einfach meine Zeit und sag mir, was los ist. Emily sieht mich so gierig an.

Angel schmunzelte. Emily war die Verlobte seines Stiefbruders, eine Krankenschwester im gleichen Krankenhaus, in dem Jared als orthopädischer Chirurg arbeitete. Wenn überhaupt, war Jared derjenige, der sie gierig ansah, als sie vom Sonntagsessen zurückkamen, nicht andersrum. Sein Bruder war ein schrecklich geiler Bock. Verdammt, das waren sie alle, jeder seine Brüder. Er auch, doch er hatte sich besser unter Kontrolle. Für gewöhnlich. Sobald er ein Signal von Julia bekäme, würde er für nichts mehr garantieren. In dem

Moment, als er sich entschieden hatte, ihr Blind Date zu sein, hatte er ein Kondom in sein Portmonee gesteckt. Jetzt, da er die Nicht-Berühren-Zone überschritten hatte, konnte die Sache jeden Moment von null auf explosiv wechseln.

Los, gib ihr, was sie will, schrieb Angel.

Das werde ich. Keine Sorge. Hast du jemanden kennengelernt?

Er zögerte.

Spuck schon aus.

Ja. Er log nur ungern. Andererseits würde Jared ihn gnadenlos aufziehen und es innerhalb weniger Minuten dem Familientratsch übergeben.

Wen? Ist es Julia?

Angel hielt den Atem an, auf unsicherem Grund zwischen Ehrlichkeit und vollkommenem Desaster. *Wie könnte ich sie denn kennenlernen? Ich kenne sie doch schon.* Haarspalterei, was soll's.

Name, bitte.

Er antwortete nicht. Einen Moment später klingelte sein Handy. Jared. „Deinetwegen verpasse ich Emilys Annäherungsversuche–"

„Jared!", brüllte Emily im Hintergrund. „Ich sehe doch bloß fern!"

Angel lachte.

„Hör nicht auf sie", sagte Jared. „Die Frau ist heiß auf mich. Mehr als auf jeden anderen, den sie jemals getroffen hat, richtig, Em?"

„Zweifellos", erwiderte Emily lachend.

Er schüttelte den Kopf. Angel war vor einem Jahr mal mit Emily zusammen gewesen, und Jared versuchte immer noch, mit der Tatsache klarzukommen, dass Emily zuerst mit Angel geschlafen hatte. Angel hatte hin und wieder gedatet, seitdem er Julia vor so langer Zeit kennengelernt hatte, doch keine blieb, denn Julia hatte sein Herz fest im Griff. Eine schmerzhafte Tatsache. Er hatte die Beziehung mit Emily nach vier Monaten beendet, die längste, die er jemals gehabt hatte, denn auch wenn sie großartig war, eine hübsche Kinderkrankenschwester mit einem Herz für Kinder, wusste er, dass er sie niemals so lieben würde, wie er Julia liebte. Nicht, dass er

Julia jemals gesagt hätte, dass er sie liebte. Zuerst konnte er das nicht, weil sie mit Brad zusammen war. Und dann war sie vor Trauer am Boden zerstört und nicht bereit gewesen, es zu hören. Vielleicht wäre dieser Neuanfang zwischen ihnen –

„Hast du sie genagelt?", fragte Jared.

Angel rieb sich mit einer Hand über das Gesicht. „Himmel, Jare. Ich hatte ein erstes Date, okay? Nicht jeder stürzt gleich ins Bett."

„Magst du sie? Mehr als …" Sein Bruder zeigte ungewöhnliche Sensibilität, indem er Julias Namen nicht aussprach. In einer Nachricht, ja, doch im Hinblick auf die heikle Situation war er zurückgerudert. Scheinbar hatte das Verliebtsein in Emily Jared ein wenig weicher werden lassen. Doch heute machte es Angel nichts, ihren Namen zu hören. Überhaupt nicht.

„Ja, ich habe sie mehr als die alte Julia gemocht." Die neue Julia war viel besser als die alte Julia.

„Na, verdammt, das sind ja mal großartige Neuigkeiten, Brüderchen. Halt mich auf dem Laufenden. Ich muss los, die Frau strippt."

„Tue ich nicht!", brüllte Emily.

„Dann mach dich jetzt ran, Frau", sagte Jared. „Bye." Er beendete das Gespräch.

Angel starrte auf sein Handy, wollte Julia anrufen, um nach ihr zu hören, doch etwas hielt ihn zurück. Wenn er wirklich so tun wollte, als hätten sie gerade ihr erstes Date gehabt, einen Neuanfang, konnte er sie nicht gleich anrufen. Er würde einen Tag, vielleicht zwei warten, bis er sich bei ihr meldete.

Konnte er mit Julia wirklich von vorne anfangen?

Gott, das hoffte er. Er meinte, nicht mehr länger mit diesem ewigen Verlangen nach ihr leben zu können. Es musste etwas passieren.

~

Julia ging in ihrem Wohnzimmer auf und ab, das Adrenalin pumpte durch ihre Venen. Sie wusste nicht so recht, was sie mit sich anfangen sollte. Nur ein schlichter Kuss auf die Hand und Angels seidiger Tonfall erfüllten sie mit gefährlicher Lust. Angel und Sex waren immer falsch gewesen.

Eine Erinnerung an das erste Mal, das sie mit Angel zusammen gewesen war, blitzte so lebhaft in ihr auf, dass sie sich setzen musste. Brad hatte es zu Beginn seines Abschlussjahres nicht rechtzeitig zurück an den Campus geschafft, weil er mit dem Pfeifferschen Drüsenfieber krank darniederlag. Ironischerweise war auch noch sie es gewesen, von der er es hatte (sie war fast den ganzen Sommer krank gewesen). Er war das erste Wochenende zurück auf dem Campus, und sie hatte Angel irgendwie ganz schrecklich vermisst. Er hatte den ganzen Sommer gearbeitet. Deswegen und wegen ihrer Krankheit hatte sie überhaupt nichts mit ihm zu tun gehabt. Doch jetzt hatte sie ihn ganz für sich allein, und Brad war zu Hause und erholte sich bei seinen Eltern.

Sie lud Angel in ihr Zimmer ein, denn sie wusste, dass ihre Mitbewohnerin nicht da sein würde. Und obwohl er zu ihr kam, machte er nicht den ersten Schritt. Stattdessen redeten sie den ganzen Abend, vertieften sich in philosophische Diskussionen darüber, warum wir hier auf der Erde sind. Was ist unser Zweck? Was ist der Sinn des Lebens? Als es spät wurde, wollten sie beide nicht die Verbindung auflösen, diese Geistesnähe, die sie beide auf einer tiefen Ebene verband. Sie hatte sich ein T-Shirt und eine Jogginghose angezogen, er behielt sein T-Shirt und seine Jeans an, und sie machten es sich bequem und kuschelten sich ins Bett, während sie bis in die tiefste Nacht hinein redeten. Schließlich legten sie sich auf die Seite, sahen einander an, sprachen und sprachen und sprachen. Angels Kopf verdeckte fast das ganze Licht von ihrem Nachttischchen, wodurch er eine Aura bekam, die für sie fast wie ein Heiligenschein aussah. Ihr Angel, immer so gut zu ihr. Ganz anders als Brad, der sie manchmal zum Weinen brachte mit seinen unsensiblen Bemerkungen, die er zum Scherz von sich gab und die ihr empfindliches Herz immer noch tief trafen.

Irgendwann musste Angel wohl das Licht ausgeschaltet haben, denn das nächste, was sie wusste, war, dass es bereits

Morgen war und die ersten Lichtstrahlen durch die dünnen Vorhänge drangen. Langsam wurde ihr bewusst, dass Angel in Löffelchenstellung von hinten an ihr lag und einen Arm um sie gelegt hatte. Sie lagen auf der Tagesdecke, als hätten sie geredet, bis sie einfach eingeschlafen waren. Langsam drehte sie sich zu ihm um. Er schlief tief und fest. Sie betrachtete ihn, tat einen Moment lang so, als gäbe es nur sie beide auf der Welt. Sie lauschte seinem Atmen, der so regelmäßig und beruhigend war wie der Mann selbst. Sein dunkelbraunes Haar war anbetungswürdig zerzaust, die Stoppeln an seinem Kinn waren deutlich zu sehen, seine dunklen Wimpern lagen auf seinen Wangen. Sie ließ ihren Blick tiefer wandern. Er hatte seine Jeans ausgezogen und trug nur ein T-Shirt und marineblaue Boxershorts. Seine gebräunte Haut glänzte vor Gesundheit, seine Muskeln waren von seinem Bizeps bis zu seinem flachen Bauch und seinen Beinen definiert, harte, männliche Perfektion. Es juckte ihr in den Fingern, sie wollte ihn berühren. Sie vergaß sich, vergaß, dass sie am Ende des Schuljahres Brad heiraten sollte. Obwohl Brad ihr noch keinen Antrag gemacht hatte, war das selbstverständlich. Sie streckte die Hand aus, um sein dichtes, lockiges Haar vorsichtig zu streicheln. Sie fuhr mit ihren Fingern hindurch und um die weiche Welle in seinem Nacken, die sie immer unbedingt spüren wollte. Sein Haar war so dick und doch so weich.

Wieder streichelte sie seine Haare, während sie ausgiebig sein hübsches Gesicht betrachtete. Plötzlich öffneten sich seine Augen, die Hitze in ihnen kam von einem tiefen urtümlichen Level. Das Verlangen flutete sie, und ihr wurde schwindelig, all ihre Nervenenden kribbelten, und sie sehnte sich nach seiner Berührung. Instinktiv umfasste sie seinen Nacken und zog ihn an sich, drückte einen sanften Kuss auf seine warmen Lippen. Ein Elektrostoß durchfuhr sie bei der Berührung, ihrem ersten Kuss, und sie sah ihm zugleich schockiert und überrascht in die Augen.

„Julia", sagte er mit rauer Stimme. Dieses eine Wort einer Warnung – Gefahr im Verzug. Allein von dem Kokon des schwachen Morgenlichts eingehüllt fühlte sich nichts richtiger an als das, was sie als Nächstes tat, als sie ihm zeigte, was sie wollte, denn sie konnte es nicht aussprechen. Sie setzte sich auf und zog ihr T-Shirt über den Kopf.

Auch er setzte sich auf und betrachtete sie einen langen, erhitzten Moment, dann zog er mit einer schnellen Bewegung sein eigenes T-Shirt aus. Sie ließ ihn gierig auf sich wirken, von seinen breiten Schultern zu seiner schönen Brust mit den dunklen Haaren, die immer dünner wurden in Richtung seiner Boxershorts, die sich mit einer riesigen Erektion vorwölbten. Er stöhnte, und dann berührte er sie endlich, seine Finger legten sich in ihre Haare, als sein Mund den ihren mit einem festen, besitzergreifenden Kuss eroberte. Ein rohes, fleischliches Verlangen nahm sie ein. Sie drückte sich näher an ihn, ihre Hände ganz versessen darauf, ihn überall zu berühren, danach verlangend, sich mit ihm zu vereinen. Ein frustriert sehnsuchtsvolles Wimmern drang hinten aus ihrer Kehle, als sie an seinen Boxershorts zerrte. Er zog sie aus, und dann war er auf ihr, sein Mund fordernd, seine Hände rau und überall an ihr, das Feuer zwischen ihnen außer Kontrolle, als sie zurück auf die Matratze fielen, ihre Münder miteinander verschmolzen. Er löste sich gerade lang genug, um ihre Jogginghose und das Höschen hinunter- und wegzuziehen, bevor er in sie stieß. In Ekstase warf sie ihren Kopf zurück. Er stieß tief zu, wieder und wieder, beide keuchten, ihre Nägel kratzten an seinem Rücken hinab, als sich der Druck aufbaute und sie in einen zitternden Zustand versetzte, den sie nie zuvor erlebt hatte, als würde sie jeden Moment zerfallen. Überrascht und euphorisch riss sie die Augen auf, erwiderte Angels dunklen, erhitzten Blick in einer Verbindung von Körper und Seele, gegen die sie sich nicht wehren konnte, die sie fast hinunterzog, verloren in ihr, verloren in ihm, als sie gemeinsam zu dem rasten, was sie sich beide ersehnten. Ihr Höhepunkt traf sie in einem scharfen und hohen Punkt, der Raum um sie herum wurde dunkler, und dann flog sie, schwebte in einem Strom voller Lust. Das Zimmer kam zurück in ihren Fokus, während Angel noch in sie pumpte, sie noch durch die Nachwehen ihres Orgasmus' zitterte, bis er in ihr explodierte. Er blieb tief in ihr vergraben, sein angestrengter Atem klang nah an ihrem Ohr.

Langsam wurde es ihr bewusst – Angel, der schwer auf ihr lag, zwischen ihren Beinen war sie klebrig von dem falschen Mann, immer noch zittrig von einer Erlösung, die ihr Herz pochen ließ. Sie bemerkte sein dunkles Haar, das so anders war als das goldene Blond von Brad. *Der falsche Mann,* schrie ihr Gehirn. Eine überwältigende Reue und ein schlechtes Gewissen packten sie, machten es ihr schwer zu atmen. Sie stieß ihm mit aller Kraft mit beiden Händen gegen seine Schultern. Er rollte von ihr herunter, doch er ging nicht. Stattdessen hielt er sie Seite an Seite, Brust an Brust, und seine Hand streichelte ihr Haar, ihren Rücken hinab, beruhigte sie. Ihre Atmung wurde ruhiger, sie schloss die Augen, eingelullt von seinem sanften Streicheln. Eine lange Zeit verging so. Ihr Herz begann wieder regelmäßig zu klopfen, ihre Glieder wurden schwer, ihr Körper schmolz an sein Herz.

„Julia", sagte er schließlich, „sag mir bitte, dass du die Pille nimmst." In ihrem verzweifelten Verlangen hatte keiner von ihnen an Verhütung gedacht.

„Tue ich." Wieder nagte das Schuldbewusstsein an ihr, und sie verspannte sich. Sie nahm die Pille, weil sie eine feste Beziehung mit Brad hatte. Sie schluckte den Kloß in ihrer Kehle herunter. Was hatte sie getan? „Du solltest gehen."

„Das sollte ich, werde ich aber nicht."

„Das war falsch", flüsterte sie. „Wir dürfen das nie wieder tun."

Angel küsste sie wild, grob, nahm ihr den Atem. Sie verlor sich, überwältigt von all dem, was er sie fühlen ließ. Einen langen Moment später löste er sich von ihr und sagte etwas, die Worte ein heißes Flüstern an ihren zarten Lippen. „Was wir haben, ist richtig und gut."

„Es ist falsch!", rief sie.

Sein Mund legte sich auf ihren, dieses Mal sanfter, sie verschmolzen miteinander, während er ihren Hinterkopf hielt. Seine Zunge stieß hinein und entlockte ihr ein gieriges Wimmern aus der Kehle. Er vertiefte den Kuss, als seine Hand an ihrem Rücken hinabglitt, ihren Hintern umfasste und sie kräftig gegen seine Härte drückte. Ihr Körper verging vor pochender Lust, ein überwältigendes Verlangen ließ sie ihre Hüfte rastlos gegen ihn drücken, obwohl ihr Gehirn schrie, sie sollte diesem Wahnsinn ein Ende machen. Sie hatte Brad niemals so begehrt, einmal war bei ihm genug gewesen. Der Grund musste sein, dass Angel verboten war. Ihr bester Freund. Brads bester Freund. Angel bewegte sich seitlich an ihrem Hals, knabberte und beruhigte ihn mit seiner Zunge, seine rauen Stoppel kratzten an ihr. Sie zwang sich, die Augen zu öffnen, und versuchte nachzudenken. Noch eine Sache war klar – Brad lag krank im Bett, und sie schlief mit seinem besten Freund. Was noch schlimmer war - sie wollte es noch einmal tun. Verzweifelt.

Sie rollte sich von Angel fort, drehte ihm den Rücken zu, und er drückte sie an sich, hielt sie von hinten. Nicht fordernd, nicht drängend nach irgendetwas, er hielt sie bloß, spendete ihr Trost. Sie wusste nicht, wie lange er sie hielt. Ihr Körper entspannte sich so tief, dass sie hin und wieder bewusstlos schwebte, eingelullt von seiner Hitze, in seinen Armen, wo die äußere Welt sie nicht berühren konnte. Sie atmete seinen Duft ein, Angel, dazu der Moschusduft von Sex, beides ein wirksames Aphrodisiakum und eine Erinnerung daran, was sie Falsches getan hatten. Langsam wurde sie sich seiner Härte an ihrer Hüfte bewusst, seine Hand lag nun ausgebreitet auf ihrem Bauch, und ihr Verlangen schmerzte. Sie redete sich zu, sie solle sich von ihm lösen, doch ihr sündiger Körper hatte andere Vorstellungen. Sie hob ihr Bein und legte es über seins, sagte ihm ohne Worte, was sie wollte. Er zögerte nicht, stieß ganz und tief mit einem Stoß zu. Sie schloss die Augen, tat so, als wäre er ein geheimnisvoller Liebhaber in einer anderen Welt, wo ihre Vereinigung richtig war. Ein Stöhnen drang von ihren Lippen, als sie sich erneut dem finsteren Verlangen hingab, was ihn nur antrieb, noch fester zuzustoßen, ihn auf sich zurückzuziehen, um ihn fester aufzunehmen, woraufhin sie ganz vergaß, dass das hier ihr zurückhaltender Angel war. Seine Finger waren geschickt, kreisten und streichelten, zogen sie auf schwindelerregende Höhen und schoben sie über den Rand zu einem zerschmetternden Aufprall, der sie keuchen und zittern ließ. Er nahm sich noch etwas mehr, die Lust war immer noch intensiv, als er seine eigene explosive Erlösung erreichte, seine Zähne sanken in die Sehne an ihrem Hals in einem urtümlichen Griff, der sie mit einem überraschten Schrei erneut über die Klippe stieß.

Danach beruhigte er sie mit langem Streicheln seiner warmen Hand, schob ihre Haare zurück, streichelte ihren Arm und ihre Hüfte, über ihren Schenkel hinab. Die rhythmische Berührung beruhigte die Schärfe ihrer sündigen Lust, die sie zittern ließ, zog sie aus ihrem Schuldgefühl und ihrer Reue und bereitete ihr Frieden.

Sie konnte nicht aufhören, ihn zu wollen. Dafür sorgte er.

Das ganze Wochenende über drängte Angel sie von einem Extrem ins nächste und erschütterte sie abwechselnd bis ins Mark und beruhigte sie in einen friedlichen Zustand der Zufriedenheit. Das Schuldgefühl ließ rasch nach und wurde durch ein starkes Verlangen ersetzt, auf das Angel mit starker Intensität reagierte. Und jedes Mal, wenn der Zweifel sie beschlich, spürte er ihr schlechtes Gewissen in dem Moment, wenn sie ihn ansah. Und dann nahm er sie und küsste sie, dann sagte er zwischen den wilden Küssen, dass das, was sie hatten, richtig und gut war. Doch die Worte funktionierten bei ihr nicht, sie konnte nicht überzeugt werden. Damit zeigte sie ihm nur, ohne es zu wollen, dass sie am besten reagierte, wenn er einfach die Kontrolle übernahm, es waren keine Worte nötig. Wenn er sich einfach von hinten an sie drückte und sie nicht in das Gesicht ihrer Sünde blicken konnte.

Und dann, am Tag nach ihrem sexerfüllten Wochenende, landete Brad im Krankenhaus, und Angel verschwand.

Sie sprang auf die Füße. Sie wusste nicht, was sie mit all diesen Gefühlen und Sehnsüchten, die Angel entfacht hatte, tun sollte, doch das eine, was dafür sorgte, dass sie sich gut und kontrolliert fühlte, war das Entrümpeln. Es war egal, dass es bereits neun Uhr abends war und sie am nächsten Tag arbeiten musste. Sie konnte mit dem Chaos in ihrem Kopf auf keinen Fall schlafen. Sie hatte noch die Küche, das Badezimmer, zwei Schlafzimmer und den Keller vor sich. Sie erbebte, wenn sie an den Keller dachte. Da war mehr Brad als in jedem anderen Raum im Haus, es gab einfach zu viele Erinnerungen. Natürlich hatte auch das Schlafzimmer seine eigenen Erinnerungen, obwohl sie nur einen Monat gemeinsam dort hatten, bevor er aufgebrochen war. Er hatte nur einmal im Jahr Urlaub bekommen. Im allerletzten Jahr seines Dienstes, als er so nah dran gewesen war, von dort wegzukommen, war er getötet worden. Sie träumte nicht mehr von ihm. Was noch schlimmer war, seine Stimme und sein Aussehen waren in ihrer Erinnerung verblasst.

Sie ging ins große Schlafzimmer und setzte sich auf seine Bettseite. Seit Langem schlief sie ausgebreitet mitten auf dem Queen Size Bett, doch das hier war seine Seite mit dem Nachtschränkchen. Sie drehte sich um und betrachtete die lange Kommode mit dem Spiegel darüber am Fußende. Eine Schublade. Sie würde eine seiner Schubladen leeren – die Sockenschublade. Es gab nichts Sichereres als eine Sockenschublade. Sie ging zur Kommode, öffnete die oberste Schublade auf seiner Seite und linste hinein auf die ordentliche Reihe von Socken, Boxershorts und ein paar Jogginghosen, die zusammengerollt waren, damit sie hineinpassten, und in denen er geschlafen hatte. Genauso, wie sie sie hineingelegt hatte, bevor er aufgebrochen war. Er hatte nur das absolut Nötigste mitgenommen.

Sie trat zurück. Waren das Dinge, die sie verwahren musste? Nein. Auch bei der Kleidersammlung wollte sie wahrscheinlich niemand haben. Sie nahm eine große Mülltüte und kam zurück. Einen Moment lang stand sie da, erstarrt, dann schüttelte sie den Kopf. *Es sind bloß Socken und Unterwäsche. Nichts wird dich beißen.* Sie benahm sich dumm. Sie hatte ganz andere Erinnerungsstücke an Brad als seine Socken. Sie nahm sich einige Paare und warf sie in die Tüte. Das war gar nicht so schwierig. Sie machte weiter, genoss das leise Geräusch jedes Paares, das in die Tüte fiel, und mochte den hübschen, leeren Raum in der Schublade.

Etwas am Entrümpeln war wirklich spirituell befreiend. Sie hatte keine Ahnung wieso, doch sie war froh, dass sie dieses Buch gekauft hatte. Sie machte weiter – Socken, check;

Unterwäsche, check; Hosen. Moment die Hosen sollte sie spenden. Vielleicht könnte sie jemand gebrauchen. Sie legte die Erste oben auf die Kommode, griff nach der Zweiten, die weiter hinten lag, und etwas kratzte an ihrer Hand. Sie tastete herum. Etwas aus Papier. Sie bückte sich und sah in die obere Schublade hinein. Ein Umschlag mit ihrem Namen in Brads winziger Handschrift war dort festgeklebt. Ihre Hand flog an ihren Mund. Heilige Scheiße. Er hatte ihr einen Brief hinterlassen. Ihr lief es eiskalt den Rücken hinunter. O Gott. Sie hatte nie gedacht, dass sie noch einmal von ihm hören würde. Wie lang war er schon da? Fünf Jahre? Acht Jahre, bevor er aufgebrochen war?

Mit zitternden Fingern zog sie vorsichtig den Umschlag aus der Schublade und ließ sich zu Boden sinken. Sie lehnte sich zurück gegen das Bett und starrte entsetzt auf ihren Namen, bevor sie in Tränen ausbrach. Es war, als würde Brad sie vom Himmel aus beobachten und wüsste, dass sie mit Angel ausgegangen war. Schuldbewusstsein und Schande überschwemmten sie. Er war ein Held. Sie war eine Sünderin. Was hatte sie getan?

Sie nahm einen tiefen, zitternden Atemzug, öffnete den Umschlag und zog ein gefaltetes Stück liniertes Papier heraus. Das Datum nannte den Tag vor acht Jahren, als er zum Einsatz aufgebrochen war.

Liebe Julia,

wenn du das hier liest, bin ich schon lange nicht mehr da. (Für den unwahrscheinlichen Fall, dass du dies liest und ich immer noch aktiv im Dienst bin, leg ihn einfach zurück, wir sprechen uns später.) Wie ich dich kenne, hast du all meine Sachen genauso gelassen, wie sie waren, weil du es magst, wenn alles gleich bleibt. Unglücklicherweise funktioniert die Welt so nicht. Wie dem auch sei, angenommen, dass ich tot bin, solltest du bitte wissen, dass alles, was ich getan habe, immer nur für dich war. Ich weiß, dass du, wenn du meinen unordentlichen Kram durchsiehst, bereit bist weiterzuleben. Ich hoffe, es hat nicht zu lange gedauert. Hier ist, was ich möchte. Das letzte Mal, dass ich dich um etwas bitte, ich möchte, dass du das Haus verkaufst und noch einmal von vorn anfängst. Ich kenne dich, Julia, du hängst an der Vergangenheit, schau dir an, wie lange es gedauert hat, bis du deinen Eltern verziehen hast. Ich werde immer ein Teil von dir sein, wie du immer ein Teil von mir sein wirst. Ich liebe dich. Du warst immer die bessere Hälfte von uns.

In Liebe
Brad

P.S. Fahr bitte zu meinen Eltern. Nimm dir den Brief, der in meinem alten Zimmer oben in der Schublade klebt. Lies ihn mit meinen Eltern. Ich weiß, das sind schon zwei Dinge, um die ich dich bitte, aber mit einem Toten kannst du dich nicht mehr streiten. Haha. Grüß Angel von mir. Ich rate ihm, gut auf dich aufzupassen, wie er es versprochen hat.

Sie schlug sich eine Hand vor den Mund. Sie konnte Brads Stimme hören, taghell, diese Nach-mir-die-Sintflut-Haltung, wie er seine Emotionen ausdrückte, nur selten, doch so ernst, dass sie sich um ihr Herz legten. Sie blinzelte ein paarmal, als ihr allmählich klar wurde, dass ihr Verdacht stimmte. Angel war wirklich die letzten fünf Jahre in ihrer Nähe gewesen, weil Brad ihn darum gebeten hatte. Sie war seine Verantwortung, seine Pflicht. Angel und Brad hatten immer sehr auf sie geachtet. Sie hatten sie kennengelernt, als sie noch verletzliche achtzehn gewesen war und immer noch mit dem Schock zu kämpfen gehabt hatte, dass sie adoptiert worden war. Offensichtlich konnte sie niemals wieder ernsthaft mit Angel von vorne beginnen. Er würde in ihr immer das junge Mädchen sehen, auf das er aufpassen musste.

Sie las den Brief ein zweites Mal. Brad hatte immer noch das Sagen, selbst vom Jenseits aus. Er hatte das Haus ausgesucht. Jetzt gab er ihr ganz klar den Weg für ihr Leben vor, zum ersten Mal seit Jahren. Ihr gefielen diese Anweisungen sogar. Sie hatte schon viel zu lange in diesem dunklen kleinen

Haus festgesessen. Für Brad war es okay, wenn sie es losließ. Sie würde es verkaufen und ein Haus kaufen, das ihr gefiel. Ein Neuanfang klang für sie im Moment richtig gut. Mit fast manischer Energie machte Julia sich wie wild daran, das Schlafzimmer zu entrümpeln. Sie hörte nicht auf, bis sie vor Erschöpfung schließlich zusammenbrach.

Am nächsten Abend wiederholte sie das Ganze im anderen Schlafzimmer. Und jedes Mal, wenn ihre Energie nachließ, las sie erneut den Brief, hörte Brads Stimme, die sie drängte, neu anzufangen, und machte sich gleich wieder daran. Einen Abend nach dem anderen. Am Samstagabend war das Haus beinahe leer, nur noch ein Minimum an Möbeln und ihre wertvollsten Stücke. Abgesehen vom Keller, dorthin zu gehen war sie noch nicht bereit, dennoch … genug, um ihr das Selbstvertrauen zu geben, einen Immobilienmakler anzurufen und einen Termin auszumachen.

Weiter konnte sie die Sache mit dem Weiterleben nicht betreiben, und sie fand, sie hatte schon eine Menge erreicht. Sie war noch nicht bereit, Brads Eltern zu sehen. War nicht bereit, noch einmal in seinem alten Kinderzimmer zu sein. Und definitiv war sie nicht bereit, noch einen Brief von ihm zu finden. Sie würde es tun. Sie brauchte nur mehr Zeit, um starke Nerven zu bekommen, damit sie mit dem emotionalen Aufruhr umgehen konnte.

6

Angel fuhr am Samstagmorgen nach seinem Unterricht bei Julia vorbei, um mit ihr zu Mittag zu essen und nach ihr zu sehen. Die letzten Male, wenn er angerufen hatte, war sie zu müde gewesen, um zu reden, und er wollte sich vergewissern, dass es ihr gut ging. Er hoffte wirklich, dass sie ihm nicht wegen ihres ersten Dates aus dem Weg ging.

Er klopfte und wartete. Von drinnen konnte er Musik dröhnen hören, den Hardcore Heavy Metal Kram, den Brad gemocht hatte, nicht Julia. Er pochte an die Tür. Sank sie Brads wegen zurück in eine Depression? Sie behielt immer noch seine Sachen, klammerte sich an das, was sie noch von ihm besaß.

„Julia!", rief er durch die Tür. „Julia!"

Er klopfte noch einige Minuten länger, dann nahm er den Ersatzschlüssel von seinem Schlüsselbund und öffnete die Tür selbst. Sie erstarrte im Wohnzimmer, wo sie mit einer Flasche Putzmittel stand, ihr Haar zu einem unordentlichen Knoten oben auf ihrem Kopf, in T-Shirt und Shorts, barfuß im Januar. So viele Dinge waren an diesem Bild falsch.

„Hi!", sagte sie fröhlich. „Tut mir leid, ich hab die Tür nicht gehört."

Sie zog ihr Handy aus der Tasche ihrer Shorts, hielt es in Richtung der neuen Lautsprecher, die auf dem leeren Buchregal standen, und drehte die Musik etwas leiser. Er näherte sich ihr. Sie war schweißgebadet. Kurz blitzte die Erinnerung an sich und Julia bei ihrem Sexmarathon auf, wie sie gefickt hatten, gefickt, gefickt. Sein Blut erhitzte sich, Julia, wie sie unter ihm keuchte, das Klatschen von schweißnasser Haut, ihre ekstatischen Schreie. Er musste sie berühren. Er hob eine Hand und nahm entfernt wahr, dass sie etwas gesagt hatte.

Er schob sich eine verschwitzte Strähne aus dem Gesicht. „Bitte?"

Sie sah ihn besorgt an. „Ich sagte, geht es dir gut?"

„Geht es *dir* gut?" Er zwang sich, sich auf ihre dunkelblauen Augen zu konzentrieren, nicht die glitschige, weiche Haut, die für seinen Mund und seine Hände entblößt war. Und für seine Zunge.

„Mir geht es großartig!"

„Hast du trainiert?" Etwas war merkwürdig. Diese Musik fühlte sich an, als wäre Brad hier. Seinem Kopf fiel es verdammt schwer, angetörnt zu sein, während er sah, dass Julia fröhlich der Musik ihres toten Ehemanns lauschte. Er zog seine Jacke aus und warf sie über die Sofalehne.

Sie lachte. „Ich weiß, man kann es kaum glauben, richtig? Ich habe geputzt und beim Putzen getanzt."

„Okay. Kannst du die Musik ausstellen?"

Sie nickte und schaltete sie aus.

Zum ersten Mal sah er sich um. Wow. Das Haus sah brandneu aus. Er bemerkte, dass die Vorhänge geöffnet waren. Sonnenschein strömte herein, betonte die Holzoberflächen der Bücherregale, die des Couchtisches und der Beistelltische, die sie auf Hochglanz poliert hatte. Jede Oberfläche war von ihrem üblichen Haufen Dinge befreit. Der Fußboden war gewischt und nur ordentliche Linien vom Staubsauger waren noch zu sehen. „Was ist hier los?", fragte er erstaunt.

Sie strahlte. „Ich habe geputzt."

Er ging zur Küche und zuckte zurück. Er konnte sich nicht erinnern, die Küche seit ihrem Einzug jemals so gesehen zu haben. Auf der kleinen Arbeitsfläche stand nichts mehr, an der Kühlschranktür waren keine Magnete und keine Zettel, und auf dem runden Küchentisch lagen keine Papiere. Es war eine alte Küche, zum letzten Mal in den Siebzigern erneuert, doch sie hatte dafür gesorgt, dass der kleine Raum offener wirkte, benutzerfreundlicher. „Wow."

Sie kicherte, ein Geräusch, das er viel zu lange nicht gehört hatte. Ein sorgloses Lachen einer jungen Frau. Es erfüllte ihn mit Freude.

„Öffne die Schränke!", rief sie.

Das tat er und er arbeitete sich von einem zum nächsten. Leer. Leer. Ein paar Teller, Schüsseln und Becher. Die Hälfte der alten Kaffeebecher war verschwunden. „Beeindruckend", sagte er.

„Komm weiter, sieh dir die Schlafzimmer und das Badezimmer an."

Er folgte ihr und warf einen Blick in das Gästezimmer, das sonst als Abstellraum für alles benutzt worden war, und in dem jetzt ein einzelnes schmales Doppelbett stand, ein Nachtschränkchen und eine Kommode aus ihrem Kinderzimmer.

Sie wedelte mit einer Hand Richtung Raum. „Ich dachte, ich spende die Möbel, doch dann fand ich, dass man es mit Möbeln drin besser präsentieren kann."

Er wollte schon fragen, was sie meinte, doch dann drehte sie sich um und schenkte ihm ein strahlendes Lächeln, das ihn vor Lust elektrisierte. Er wollte ihr dieses Oberteil vom Leib reißen –

„Komm weiter!" Sie bedeutete ihm, ihr zu folgen.

Im Badezimmer gab es einen neuen Duschvorhang – leuchtend royalblau mit einem silbernen Zickzackmuster – mit passendem Seifenspender, Zahnbürstenhalter und Kosmetikeimer. „Wofür ist das alles?", fragte er.

„Letzter Halt!", rief sie über ihre Schulter und ging bereits ins große Schlafzimmer.

Er blieb in der Tür stehen. Das war der Raum, bei dem er sich unbehaglich fühlte, wenn er ihn betrat. Es fühlte sich an, als lebte Brad darin. Das war ihr Bett. „Sehr schön", sagte er.

„Gefällt dir die neue Tagesdecke?", fragte sie und klang plötzlich unsicher.

Sie war sehr mädchenhaft – lila und blassgrün mit großen,

merkwürdig geformten Blumen. „Da sind interessante Blumen drauf."

„Das sind keine Blumen. Das ist Paisley."

Er ging zurück ins sichere Wohnzimmer und rätselte über diese ungewöhnliche Veränderung in Julia und dem Haus. „Was ist denn los?", fragte er, als sie zurückkam.

Sie biss sich auf die Lippe, und er verkniff sich ein Stöhnen. So sexy, so segensreich ahnungslos über ihre eigene Ausstrahlung. „Gefällt es dir nicht?"

„Es ist großartig. Beeindruckend, was du in einer Woche geschafft hast. Wodurch ist das ausgelöst worden?" Ein Teil von ihm hoffte, dass es ihr Date war. Sie bewegte sich von Brad fort, umarmte das Leben. Vielleicht umarmte sie ihn.

„Oh!" Sie ging zum Bücherregal und reichte ihm ein Buch. *Erfrischen Sie Ihr Leben durch Entrümpeln.* „Das hat mein Leben verändert!"

Er konnte sich nicht an das letzte Mal erinnern, dass Julia wirklich wegen irgendetwas aufgeregt gewesen war. „Ja? Vielleicht sollte ich das mal probieren."

„Oh, das solltest du definitiv! Ich hab es aus dem Buchclub. Niemand sonst war so aufgeregt deswegen, doch ich hab mir gesagt, es ist Neujahr, ich könnte eine Erfrischung brauchen."

„Was für ein Buchclub?"

„Erinnerst du dich noch an Hailey von dem Weihnachtskochkurs, den wir in Ludbury House besucht haben?" Das war das historische Herrenhaus, das Clover Park gehörte und in dem zahlreiche Veranstaltungen stattfanden – hauptsächlich Hochzeiten im Haus, in letzter Zeit auch einige Kochkurse. Feste zu verschiedenen Anlässen wurden in dem riesigen Landschaftspark gefeiert.

„Ja, an die erinnere ich mich." Hailey war Hochzeitsplanerin und hatte gesagt, dass sie Julia in Liebesdingen helfen würde. Er hatte gehofft, dass das in seine Richtung gehen würde.

„Sie hat mich zu einem Buchclub für Singles eingeladen."

„Buchclub für Singles", echote er. Warum hatte er nichts

davon gewusst? Julia erzählte ihm für gewöhnlich alles. Traf sie sich in diesem Buchclub mit einem Typen?

„Ja. Ich glaube, sie dachte, es würden auch Männer kommen, doch letzten Endes sind nur Frauen aufgetaucht."

Er entspannte sich enorm. „Vielleicht sollte ich mitmachen."

Sie runzelte die Stirn. „Äh, dir würde es vermutlich nicht gefallen."

„Warum nicht? Ihr lest dort lebensverändernde, erfrischende Bücher."

Ihre Wangen leuchteten rot auf. Merkwürdig, dass er sie erröten ließ, während sie doch beim Erzählen ganz unbekümmert gewirkt hatte. Er wurde gleich misstrauisch, warum sie ihm nicht von dem Buchclub erzählt hatte.

„Julia", sagte er mit neckender Stimme, „was für Bücher lest ihr denn da?"

Das Rosa kroch in ihren Hals. „Romane und Sachbücher."

Er trat näher. „Was für Romane?"

Sie murmelte etwas Unverständliches, und das Rosa wurde zu Purpur. Interessant. Er stellte sich direkt vor sie und wartete. Sie hob ihren Blick zu ihm, ihre Augen sprachen von einem Geheimnis. Er wusste es, wenn sie etwas verbarg, und er wusste auch, dass er es ihr entlocken konnte. „Julia", versuchte er es.

Sie sah auf einen Punkt über seiner Schulter und murmelte: „*Heißes Verlangen*."

Beinahe hätte er gelacht. Er hatte gehört, wie einige Frauen in der Lehrerkantine über dieses Buch gesprochen hatten. Es war offensichtlich sehr anzüglich, und sie sprachen nur flüsternd darüber. Es fiel ihm schwer, sich Julia dabei vorzustellen, wie sie es mit einem Haufen anderer Frauen zusammen las. Nicht, dass er ihr nicht zutraute zu lesen, sie war eine begeisterte Leserin jeglicher Genres, nur nicht in einer solchen Gruppe. Sie war eine sehr zurückgezogene Person. „Ich habe in der Lehrerkantine gehört, wie sie über dieses Buch sprechen", sagte er. „Ziemlich anzüglicher Kram."

Sie bekam große Augen. „Wirklich? Was haben sie gesagt?" Sie wandte den Blick ab. „Ach egal."

Er lachte. „Ja, wirklich. Es hat ihnen gefallen."

Sie errötete noch mehr und ging unsicher davon, hielt nur an, um den bereits glänzenden Sofatisch noch einmal zu polieren. Irgendetwas gefiel ihm dabei nicht. In einer Woche hatte sie dieses Haus auf den Kopf gestellt und fertiggebracht, was sie in fünf Jahren nicht geschafft hatte. Verdammt, acht Jahren, wenn er jetzt so darüber nachdachte.

„Was hat es mit dieser Putzaktion auf sich?", fragte er.

Sie polierte weiter, weiter und weiter. „Ich werde das Haus verkaufen."

Euphorie erfüllte ihn. Sie war bereit, das Haus, das sie mit Brad geteilt hatte, hinter sich zu lassen. Das war großartig. Er setzte sich ihr gegenüber aufs Sofa, wo sie immer noch das Holz zu Tode polierte. Er stützte seine Ellbogen auf die Knie und sprach mit beruhigender Stimme: „Das ist fantastisch. Ein großer Schritt vorwärts für dich."

Sie hörte mit dem Polieren auf und sah ihm in die Augen. „Es ist Zeit für einen Neubeginn. Ich möchte ein Haus, das ich mag. Etwas Modernes mit offenen Räumen."

„Das sind alles gute Neuigkeiten. Wie ist es dazu gekommen?" War sie bereit für ihn? Dafür, dass sie endlich zusammen waren?

Sie schenkte ihm ein unsicheres Lächeln. „Ich habe einen Brief von Brad gefunden."

Seine Hoffnungen gingen auf Tauchgang. „Im Ernst? Jetzt gerade? Wo war er?"

Sie schüttelte den Kopf und lächelte vor sich hin. „In seiner Sockenschublade."

„Ernsthaft?" Es fiel ihm schwer, sich vorzustellen, dass sie gerade erst, fünf Jahre nach seinem Tod, einen Brief von ihm gefunden hatte. Doch dann wurde ihm klar, dass sie bis jetzt nicht bereit gewesen war, Brads Dinge anzurühren. „Was stand darin?"

„Ich werde ihn holen." Sie ging. Er lehnte sich auf dem Sofa zurück, erstaunt und sich wundernd, was das bedeutete. Hatte Brad endlich reinen Tisch gemacht? Die Möglichkeit wies er gleich von sich. Dann wäre sie traurig gewesen und würde nicht so fröhlich das Haus putzen, um es zu verkaufen.

Sie kam zurück und setzte sich neben ihn aufs Sofa, während er den Brief las. Er las den Teil über den Hausverkauf, und sein Mund war zu einer ernsten Linie zusammengepresst. War das nicht wieder typisch Brad, dass er versuchte, noch aus dem Grab heraus ihr Leben zu kontrollieren? Angel hätte ihr vor Jahren sagen können, sie solle das Haus verkaufen, doch er respektierte sie, weil er ihr zutraute, ihre eigenen Entscheidungen zu treffen, sobald sie so weit war. Doch es musste funktioniert haben, denn Julia schien glücklich zu sein, diese Richtungsangabe zu haben. Vielleicht war Angel das mit seinem Hände-Weg-Vorgehen falsch angegangen. Vielleicht hätte er sie drängen sollen. Er kam zu dem PS und war gleich in Rage. Brad schickte sie auf eine Schnitzeljagd nach Briefen und hatte einen im Haus seiner Eltern versteckt. Für ihn war alles ein verdammtes Spiel. Dann sank ihm der Magen in die Kniekehle, als er den Teil las, in dem Brad erwähnte, dass Angel versprochen hatte, auf sie aufzupassen. Er hatte am Abend vor ihrer Hochzeit dieses Versprechen gegeben, doch aus seinen eigenen egoistischen Gründen. Er wollte mit ihr zusammen sein. Ein Pflichtgefühl, selbst das Versprechen an einen Freund bedeutete nichts im Vergleich zu seinem Verlangen nach ihr. Doch Julia konnte mit Leichtigkeit Angels Platz in ihrem Leben missverstehen.

Er legte den Brief auf den Sofatisch und drehte sich zu ihr um. „Julia–"

„Hat Brad dich versprechen lassen, dass du auf mich aufpasst?", fragte sie leise.

„Ja, aber …" Zischend atmete sie aus. Er sah ihr mit all der Liebe, die er vom ersten Tag ihres Kennenlernens für sie gehabt hatte, in die Augen. „Ich wäre ohnehin geblieben. Hast du dich jemals gefragt, warum Brad dieses Haus gekauft hat?"

Verwirrt zog sie die Brauen zusammen, bevor sie langsam sagte: „Er meinte, es wäre perfekt für uns. Ein schönes Haus in einer schönen Stadt."

„Er wollte, dass du in meiner Nähe lebst, für den Fall, dass er nicht zurückkam. Das hat er mir geradeheraus gesagt. Er wusste, dass ich in der Nähe aufgewachsen bin und hier viel Familie habe."

Sie rang sich die Hände. „Er hat erwähnt, dass du hier Familie hast, aber das habe ich nie wirklich verstanden. Willst du damit sagen, Brad wollte, dass ich–"

„Er wollte sichergehen, dass man sich um dich kümmert, und er wusste, dass er sich dabei auf mich verlassen konnte."

Sie starrte auf den Brief. „Ich hatte irgendwie gehofft, dass du wirklich mein bester Freund sein wolltest."

„Das tue ich."

„Aber du hast das aus Pflichtgefühl getan." Sie klang resigniert.

„Ich hab es getan, weil ich dich in meinem Leben haben wollte."

Tränen kullerten aus ihren Augen. Sie war bei all dem, was sie durchgemacht hatte, immer noch verletzlich, die Trauer immer noch nahe an der Oberfläche. Er zog sie an sich, obwohl sie auf die Art letztes Mal tief in Schwierigkeiten geraten waren, an dem Abend von Brads Beerdigung.

Sie schniefte und setzte sich auf. „Ich brauche wirklich einen Neuanfang. Ich habe einen Master in Pädagogik. Ich überlege, ob ich mich als stellvertretende Schulleiterin bewerben soll."

„Wo?"

„Überall. Wo immer sie jemanden brauchen. Eine Beförderung, einen Neuanfang. Das klingt, als brauchte ich das."

„Und was ist mit mir?"

Sie atmete einmal tief ein und aus und traf ihn dann mit einer niederschmetternden Bemerkung. „Du bist frei, Angel. Du musst nicht mehr auf mich aufpassen."

„Ich passe nicht auf dich auf."

„Doch, das tust du."

„Ich bin für dich da, weil ich …" Er unterbrach sich. Sie war nicht bereit zu hören, dass er sie liebte. Er war angepisst, dass Brad mehr denn je unsauber kämpfte und sie ihm einfach so wegnahm und dabei die Trümmer zurückließ.

Verdammt. Wie konnte er auf einen Toten wütend sein? Er war als Held für sein Land gestorben.

„Was?", fragte Julia.

„Schau, ich bin ja für eine Beförderung, ein neues Haus, die Arbeit, lass mich nur nicht einfach hängen, okay?"

„Natürlich werde ich das nicht. Du bist der erste, dem ich alles erzähle. Du bist mein bester Freund."

„Siehst du, das weißt du tief in deinem Inneren. Und niemand, der bei Verstand wäre, würde aus Pflichtgefühl so lange bleiben wie ich."

Sie schenkte ihm ein kleines Lächeln. „Ich weiß nicht. Du bist so schrecklich gut."

Er schob eine Hand durch sein Haar. Er war es so leid, dass man ihn für den Guten hielt. Selbst seine Familie hatte ihn als Engel gebrandmarkt, bezeichnete ihn als Priester. Verdammt. Das wollte er nicht mehr sein. Das hier war kein verdammter Nicholas Sparks Roman (nicht, dass er die gelesen hätte). Das hier war das wahre Leben! Und er war es leid zu warten. Die Zeit für ihn und Julia war jetzt.

Er sah sie an und rang mit sich, was er als Nächstes tun sollte. Er wollte sie unbedingt an das erinnern, was sie hatten, sie nackt ausziehen, sich tief in ihr vergraben, doch er wollte sie nicht drängen, während sie so verwundbar war. Darauf würde sie nur alle möglichen emotionalen Schutzmauern aufbauen. Sie musste ein gutes Gefühl bei ihrem Zusammensein haben, kein reuevolles. Sie mussten nur noch Brads restlichen Kram durchgehen, dann wäre sie frei.

Sie griff nach dem Brief und faltete ihn sorgfältig.

„Wann fährst du zu seinen Eltern nach Hause?", fragte er.

„Ich weiß nicht. Irgendwann. Es ist nicht leicht, all das wieder aufzuwühlen. Als ich diesen Brief gelesen habe, konnte ich ihn wieder hören, als wäre er nie gegangen." Sie ließ den gefalteten Brief fallen, als brannte er. „Das mit den versteckten Briefen muss er vor langer Zeit geplant haben. Was denkst du, möchte er, das ich finde?"

Es war nicht an ihm, das zu sagen, doch er hatte den Verdacht, dass Brad versuchte, reinen Tisch zu machen, was er im wahren Leben nicht geschafft hatte. Noch mehr verdammte Geheimnisse.

„Wer weiß das bei Brad schon?", sagte er schließlich.

Sie stieß ein zittriges Seufzen aus und lehnte sich gegen seine Schulter. Er legte einen Arm um sie, sodass ihr Kopf an seiner Brust lag. „Was würde ich bloß ohne dich tun, Angel? Mit dir fühlt es sich an, als könnte ich alles in den Griff bekommen."

War er nicht ein ganz prima Typ? Der Gute, der nette Kerl, der gute Zuhörer. Scheiß auf den Dreck. „Wie wäre es heute Abend mit einem zweiten Date?"

Sie war überrascht, als hätte sie nie daran gedacht. „Oh. Ich dachte, beim letzten Date hätten wir nur so getan."

„Wir haben nicht nur so getan."

„Aber du warst verkleidet. Und ich auch."

„Das war nur, damit du und ich einen Neuanfang haben können."

„Wir brauchen keinen Neuanfang. Du bist der beste Teil meines Lebens, und das möchte ich niemals verlieren."

Er zögerte, bevor er seine schlimmste Befürchtung ausspuckte. „Als Freund oder ..."

„Ja." Nein!

„Aber wir sind gut zusammen. Du weißt das."

„Jedes Mal, das wir zusammen gewesen sind, war falsch", flüsterte sie heiser.

Er hob ihr Kinn und sah ihr in die Augen. „Nichts, was wir gemeinsam tun, ist falsch."

„War es, ist es ..." Sie brach in Tränen aus, und er verspürte gleich Reue. Seine eigenen egoistischen Bedürfnisse hatten ihn sie drängen lassen, obwohl er wusste, dass das ein sehr heikler erster Schritt für sie war, um an ihrer Trauer vorbeizukommen.

Er küsste ihre Haare. „Ich bin für dich da."

„Danke", sagte sie leise.

Kurze Zeit darauf schlief sie an ihn gelehnt ein. Sie musste sich körperlich und emotional ausgelaugt haben, als sie das Haus von den jahrelang angehäuften Dingen befreit hatte. Er hob sie hoch, trug sie zum Bett und zog die Decke über sie. Er hatte fünf Jahre gewartet, er konnte noch ein wenig länger warten. Sie machte Fortschritte. Er warf einen letzten Blick auf die Frau, die vor all diesen Jahren sein Herz gestohlen hatte, sah sich in dem einen Zimmer um, in das er wirklich nicht gehörte, und ging zurück zum Wohnzimmer.

Er schob seine Arme in die Ärmel seiner Jacke und verfluchte Brad im Stillen. Auch er konnte Brads Stimme wieder hören, nachdem er diesen Brief gelesen hatte. Den Abend vor der Hochzeit war Brad bei seinem Junggesellenabschied nüchtern und ernst gewesen. Nachdem alle anderen nach Hause gegangen waren, hatte er Angel gebeten, noch zu bleiben.

„Ich habe nur einen Monat, bevor ich los muss", sagte Brad.

„Ich weiß."

Brads Stimme klang belegt, seine Augen waren wässrig. „Wenn ich nicht zurückkomme, wirst du dann auf sie aufpassen?"

Angel hatte eine unangebrachte Hoffnung gespürt. Vielleicht würde Brad nicht zurückkommen. Vielleicht hatten er und Julia immer noch eine Chance. „Du weißt, dass ich das tun werde."

Brad klopfte ihm auf den Rücken und blinzelte seine dankbaren Tränen zurück. „Danke, Angel. Das bedeutet mir viel. Dann kann ich ganz beruhigt sein."

„Japp."

Am nächsten Tag war Angel Trauzeuge bei der Hochzeit seiner beiden besten Freunde gewesen. Vermutlich war das der schmerzhafteste Tag seines Lebens. Doch Julia wollte, dass er da war, und er wollte immer für sie da sein.

Einen Monat später war Brad aufgebrochen. Er schaffte es bis in sein drittes Dienstjahr, bevor er getötet wurde.

Dann hatten Angel und Julia mit den Konsequenzen ihrer Handlungen leben müssen.

Und Julia brauchte Angel mehr denn je.

7

Angel ging am nächsten Tag zum sonntäglichen Familiendinner, der einsame Single in einer Familie voller glücklich verheirateter oder verlobter Männer. So langsam fühlte er sich wirklich wie das schwarze Schaf der Familie. Jetzt, da seine Familie größer geworden war mit all den Ehefrauen und Verlobten und einem kleinen Neffen, aßen sie sonntagsabends immer im Haus seines ältesten Stiefbruders, Gabe, in einem alten viktorianischen Haus in Clover Park. Das war das Haus, in dem Angel aufgewachsen war, seitdem er acht gewesen war, als sein Dad seine Stiefmutter geheiratet hatte. Er hatte verdammtes Glück gehabt, seine Stiefmutter zu haben, eine nette Frau, die wusste, wie man sechs Jungs in Schach hielt, während sie sie außerdem mit ihrer Liebe überschüttet hatte. Er hatte nur vage Erinnerungen an seine leibliche Mutter, die gestorben war, als er fünf war, nachdem sie lange gegen den Krebs angekämpft hatte. Sie hatte ihn ihren kleinen Angel genannt – der Spitzname, der sich festgesetzt hatte, seitdem er geboren worden war. Er hatte nie versucht, das zu ändern, denn für seinen Dad und seine beiden leiblichen Brüder, Vince und Nico, war der Spitzname eine Erinnerung an sie. Obwohl er kein Engel war, verhielten sie sich, als wäre er das. Nur Jared, der Stiefbruder, der in seinem Alter war und mit dem er fast alles geteilt hatte, kannte ihn wirklich.

Er ging ins Esszimmer, wo seine Familie bereits saß – sein Dad, seine Stiefmutter, Vince und seine schwangere Frau, Sophia, Nico und dessen schwangere Frau, Lily, Gerald und seine Verlobte, Emily, Gabe und seine Frau, Zoe, Luke und seine Verlobte, Kennedy. Es war vollkommen klar, wer die Marino-Brüder waren – er, Vince und Nico hatten alle dunkle Haare, waren Italiener mit dunklen Augen – und welche die Reynolds-Brüder waren – Gabe, Luke und Jared, alle mit heller Haut und hellbraunen bis blonden Haaren und blauen Augen. Abgesehen davon, dass Jared grüne Augen bekommen hatte. Das waren alle. Jedes übelkeitserregend verliebte Paar.

Er winkte ihnen allen zu und beugte sich hinab, um seine Stiefmutter auf die Wange zu küssen, bevor er den einzig freien Platz neben Gabes und Zoes kleinem Sohn, Miles, einnahm, der in seinem Hochstuhl saß und ganz eifrig mit seiner Babyplastikgabel auf Erbsen einstach. Jetzt, da Miles dreizehn Monate alt war, hielt die Familie mehr Abstand von ihm. Er neigte dazu, mit Essen zu werfen.

„Hey, kleiner Mann", sagte er zu Miles und hob seine Hand für ein High Five.

Miles verzog das Gesicht, denn er war offensichtlich hin- und hergerissen, ob er seine Gabel, die er in seiner rechten Hand umklammerte, hinlegen und seinem Onkel ein High Five geben sollte. Angel nahm Miles linke Hand und gab ihm damit ein High Five, woraufhin er ein breites Lächeln mit Babyzähnen bekam.

„Ei! Ei! Ei!", rief Miles, das war Babysprache für High Five.

„Wie alt bist du?", fragte Angel.

Miles hob einen Finger an der Hand, die immer noch die Gabel hielt.

„Das ist richtig", sagte Angel lächelnd. Er drehte sich um und nahm sich etwas Hühnermarsala, als etwas ihn am Kopf traf. „Autsch!"

Jetzt lag Miles Gabel auf dem Boden, nachdem sie von Angels Kopf abgeprallt war. Miles schlug mit beiden Händen auf seinen Hochstuhl ein. „Ettich!"

Miles Mom, Zoe, kam um den Tisch, hob die Gabel auf und hielt sie vor Miles. „Wir werfen nicht mit Gabeln. Das tut weh. Entschuldige dich bei Onkel Angel."

Miles schlug auf sein Tischchen. „Ettich!"

„Ja, wir wissen, dass du fertig bist." Zoe hob ihn hoch und beugte sich zu Angel vor. „Gib ihm einen Kuss aufs Bäckchen."

Miles gab Angel einen feuchten Babykuss auf die Wange, dann nahm seine Mom ihn weg. Angel lächelte immer noch und schnitt sein Hühnchen, als seine Stiefmutter die Stimme erhob. „Also-o-o, mach's nicht so spannend. Erzähl uns von dem Mädchen, für das du das Sonntagsessen verpasst hast."

Als er aufsah, stellte er fest, dass seine zierliche blonde Stiefmutter ihn eifrig anlächelte. Er schoss Jared einen finsteren Blick über den Tisch zu, der nur fröhlich lächelte. Hatte er Jared nicht gebeten, dieses Date als ein Geheimnis zwischen Männern zu behandeln? Musste er ihn bei jeder verdammten Sache erst schwören lassen? Jared wusste, dass, wenn seine Stiefmutter so etwas erfuhr, er Freiwild war. Sie war versessen darauf, dass auch ihr Jüngster endlich ankam. Nicht, dass Angel das nicht auch gewollt hätte, doch er musste es langsam angehen, vorsichtig, auf seine Art.

„Moment mal!", rief sein ältester Bruder, Vince. Er war ein großer, kräftiger Typ, Bauunternehmer mit einem ebenso großen Herz. „Willst du mir damit sagen, dass Angel letzten Sonntag nur so getan hat, als wäre er krank? Unser süßer Priester hat gelogen?"

„Ich hab euch doch gesagt, dass er kein Heiliger ist", sagte Jared, und seine grünen Augen erhellten sich schalkhaft. „Er hat so getan, als wäre er krank, damit sein Schwanz sich austoben konnte."

„Jared", sagte seine Stiefmutter mit warnender Stimme.

Jared sah zerknirscht aus. „Ich meinte natürlich für ein erstes Date einer, ähm, festen Beziehung." Er setzte ein Grinsen auf, zufrieden mit seiner korrigierten Antwort. „Also, wann ist das zweite Date? Hmmm?"

Emily, die neben Jared saß, lächelte und schüttelte den Kopf. Jared machte es ihnen schwer, denn als es darum gegangen war, dass Jared und Emily zusammenkamen, hatte er sich nicht wirklich wie ein Engel verhalten. Übersetzung: Angel hatte sich auf Jareds Kosten ein wenig zu sehr amüsiert.

„Würdest du sie gern zum Abendessen einladen?", fragte seine Stiefmutter süßlich.

Angel fühlte sich schlecht, denn er machte seiner Stiefmutter Hoffnung, dass er endlich etwas Festes fände. „Ich bin mir nicht sicher, ob es ein zweites Date geben wird."

„Worauf wartest du denn?", fragte Jared mit falsch-süßem Tonfall. „Arbeitet es einfach aus. Diskutiert über alles."

Angel kratzte sich mit dem Mittelfinger an der Wange, während er Jared ansah. Es gefiel ihm gar nicht, dass sein eigener Rat, den er Jared und Emily gegeben hatte, zu ihm zurückkam.

Jared grinste.

„Hast du sie um ein zweites Date gebeten?", fragte Emily.

Seine ganze Familie sah ihn mit einer Mischung aus Sorge (die Frauen) und Belustigung (seine Brüder) an. Sein Dad aß einfach still weiter; wie üblich überließ er das Reden über Dates seiner Frau. Angel schob sich etwas Hühnchen in den Mund und kaute. Alle sahen ihn weiter an. Endlich war er fertig mit Kauen und sagte: „Ich war beschäftigt."

„Beschäftigt", schnaubte Jared.

„Zu beschäftigt für Sex?", fragte sein Stiefbruder Luke ungläubig. „Dann schaufel dir Zeit frei."

„Ja", sagte Jared, „zieh deinen Kopf aus dem Arsch und sieh zu, dass dein Schwanz sich austoben kann." Er sprang auf. „Autsch!" Er drehte sich zu Emily um. „Das hat wehgetan." Sie flüsterte ihm etwas zu, und er schwieg.

Angel schüttelte den Kopf.

„Wie heißt sie?", fragte seine Stiefmutter.

Angel seufzte und legte seine Gabel ab. Nach all diesen Jahren und nachdem all seine Brüder glücklich verbandelt waren, wusste er, dass seine Stiefmutter sich Sorgen um ihn machte. „Es ist Julia."

Alle schnappten kollektiv nach Luft, kurz darauf hörte man Jared: „Ich wusste es!"

Angel sah seiner Stiefmutter direkt in ihre blauen Augen. „Sie meint, dass sie bereit ist, wieder zu daten, also habe ich sie ausgeführt."

„Und?", fragte seine Stiefmutter, streckte ihre Hand aus und drückte seine.

„Und sie meint, wir sollten vielleicht Freunde bleiben." Resigniert ließ er die Schultern hängen.

„Was für ein Quatsch!", rief Vince.

„Ja!", sagte Jared. „Du zeigst ihr, wie viel Spaß man mit dir haben kann und machst sie mürbe."

„Mit Angel kann man viel Spaß haben", sagte Emily, woraufhin sie von Jared einen finsteren Blick erntete und dann einen Kuss bekam, der für den Familienesstisch viel zu lüstern war.

Und dann, zum ersten Mal überhaupt, meldete sein Dad sich zum Thema Liebe zu Wort. „Also, Angel", hob er an, und der Raum wurde vor Überraschung ganz still, alle Augen und Ohren richteten sich auf seinen Dad. „In meinem ganzen Leben habe ich niemals eine solche Hingabe und selbstlose Aufopferung für eine Frau gesehen, wie du sie Julia gezeigt hast." Er unterbrach sich, seine dunkelbraunen Augen waren voller Zuneigung und Liebe, alles auf ihn gerichtet. Angel musste kräftig schlucken. „Es ist nun fünf Jahre her, seitdem ihr Ehemann gestorben ist. Wenn du sie wirklich liebst, musst du jetzt vortreten oder weggehen. Wenn es sein soll, wird es auch geschehen." Der Raum brach in Zustimmungen aus, wurde aber plötzlich wieder zum Schweigen gebracht, als sein Dad einen Finger hob. „Andernfalls möchte ich, dass du jemanden findest, der dich so liebt, wie du es verdienst. Verstehst du das, mein Sohn? Tritt vor oder tritt zurück. So einfach ist das."

Die Worte trafen ihn. Sein Dad hatte so seine Art, durch den Schlamm zu treten und alles klarzumachen. Es war wirklich so einfach. *Tritt vor oder tritt zurück.* Angel nickte langsam. „Verstanden, Dad. Danke."

„Ich weiß, du wirst das Richtige tun", sagte sein Dad, woraufhin Angels Kehle sich zuschnürte.

Seine Stiefmutter drückte seinem Dad die Hand, bevor sie

sich wieder an Angel wandte. „Ich habe so das Gefühl, dass wir bald noch ein Gedeck mehr zum Abendessen auflegen", verkündete sie mit grenzenlosem Vertrauen in ihn.

Angel grinste und machte sich über das Abendessen her, denn er wusste, dass seine Familie ihm den Rücken stärkte. Komme, was wolle.

Julia ging zu ihrem Buchclub im Something's Brewing Café, ganz eifrig, allen mitzuteilen, wie sich ihr Leben durch das Entrümpelbuch geändert hatte. Vielleicht war sie bislang noch die einzige, die das Buch gelesen hatte, doch sie war sich sicher, wenn die anderen hörten, wie sehr es ihr geholfen hatte, würden auch die anderen sich dafür interessieren. Sie hoffte bloß, dass sie zum Thema *Heißes Verlangen* nicht in zu pikante Details gingen. Es war so unbehaglich, dazusitzen und zuzuhören. Sie öffnete die Tür des Cafés, und Hailey begrüßte sie wie eine lange verlorene Freundin.

„Julia! Du bist zurückgekommen!" Sie eilte in ihrem leuchtend grünen, eng sitzenden Kleid mit den passenden Pumps zu ihr und gab ihr einen Luftkuss auf beide Wangen. „Ich hatte solche Angst, dass wir dich vergrault haben!"

„Überhaupt nicht", erwiderte Julia. „Das Buch hat sogar mein Leben verändert."

„Oh!", sagte Hailey und ihre blassblauen Augen leuchteten erwartungsvoll. „Das musst du erzählen."

Julia zog ihre Vliesjacke aus und ging zum Stuhlkreis. Hailey folgte ihr. „Das Buch hat mich auf einer tiefen Ebene berührt." Sie legte ihre Tasche neben ihren Stuhl und sah in Haileys eifrige Augen, suchte nach den richtigen Worten, um zu beschreiben, wie viel ihr das Buch bedeutete. „Es war wie etwas Spirituelles. Je mehr ich entrümpelt habe, desto besser habe ich mich gefühlt."

Hailey sackte in sich zusammen. „Ach so. Ich dachte, du hättest das schmutzige Buch gemeint."

„Hat jemand was von Erotik gesagt?", fragte eine weibliche Stimme hinter ihnen.

Hailey drehte sich zur Tür um und stemmte ihre Hände in die Hüften. „Mad! Du ärgerst Julia absichtlich. Nicht jede ist so versaut wie du."

„Es hat schmutzigen, versauten Spaß gemacht", sagte Mad und stampfte in ihren schweren schwarzen Arbeitsstiefeln an ihnen vorbei und hinüber zum Kaffeetresen. „Ich habe bereits das zweite Buch gekauft."

Hailey drehte sich zu Julia um und senkte ihre Stimme. „Ich bin mir nicht einmal sicher, weswegen sie hier ist. Ich dachte, sie wäre das erste Mal nur hier gewesen, weil sie eine Wette verloren hatte."

„Sprichst du etwa über mich, Red?", fragte Mad.

„Mein Haar ist erdbeerblond, nicht rot", sagte Hailey und warf ihre Haare über die Schulter. „Deine sind rot." Sie deutete auf Mads rot gefärbte Haare.

„Wenn ich dich das nächste Mal sehe, wird es lila sein", sagte Mad.

Hailey schnaufte. „Wie auch immer. Wo ist dein Bruder?"

Mad verzog das Gesicht, was überraschend war, weil sie eigentlich so tough wirkte. „Ich … wollte irgendwie über dieses Fierce Buch reden, aber wenn du ihn lieber hier hättest …"

Hailey eilte zu ihr, um die Situation zu retten, deswegen blätterte Julia durch ihr Entrümpelbuch und wählte die besten Seiten aus, die sie den anderen zeigen wollte. Ihre Freundin, Ally, eine Lehrerin des fünften Schuljahres an derselben Schule, an der Julia arbeitete, traf mit Carrie, einer jungen, blonden Krankenschwester mit Brille, ein, und sie unterhielten sich und kicherten.

„Ich habe es geliebt!", verkündete Ally. „Damon war so heiß. Habt ihr es auch alle so geliebt?"

Julia spürte, wie die Hitze ihren Hals hinaufkroch, und ging zum Tresen, um sich auch etwas Kaffee zu holen.

„Mir hat es auch gefallen!", rief Hailey.

„Nicht schlecht", sagte Mad, und als Hailey sie mit dem Ellbogen anstupste, grinste sie. „Ich habe es auch geliebt."

„Carrie sagt, dass Damon ihr neuer Buchfreund ist, aber ich hatte ihn zuerst", sagte Ally.

„Ist doch bloß eine Geschichte", sagte Mad trocken. „Wir können alle bei ihm abgehen, wenn wir das wollen."

Die Frauen lachten, alle außer Julia, die zurück an ihren Platz eilte, ihr Buch in den Schoß legte und sich geistig darauf vorbereitete, all dieses Gerede über *Heißes Verlangen* mit ihrem eigenen Sachbuchbericht zu unterbrechen.

Lauren Bishop, eine Lehrerin von der Clover Park Grundschule mit langen braunen Haaren, kam als nächste. „Wie heiß fandet ihr Damon?"

„Kochend", sagte Mad. Die Frauen beeilten sich alle, ihr zuzustimmen, und häuften ein glorreiches Adjektiv auf das andere – zum Sterben, zum Schwärmen, vibratorwürdig. Julias Wangen brannten in einem Inferno aus stiller Scham, während sie ihre lustvollen Erinnerungen daran, wie vibratorwürdig Damon wirklich war, erstickte.

„Sind jetzt alle da?", fragte Hailey, als die Frauen sich im Kreis auf die Stühle setzten, mit ihren dampfenden Tassen Kaffee, Tee oder Cappuccino.

„War nicht letztes Mal noch eine mehr da?", fragte Julia. „Charlotte? Die Frau in den Sportsachen?"

„Entschuldigt, dass ich so spät komme!" Charlotte kam hereingerannt, sie trug eine Jacke über Leggins. Ihre hellbraunen Haare mit den blonden Highlights hatte sie zu einem niedlichen Pferdeschwanz oben auf ihrem Kopf zurückgebunden. „Hatte direkt vorher eine Trainingsstunde mit einem Kunden. Ich bin die Personal Trainerin."

„Hi, Charlotte!", sagte Hailey strahlend. „Hast du Damon genossen?"

„Fuck, ja!", rief Charlotte. „Er ist der Stoff, aus dem feuchte Träume gemacht sind. Habe ich recht, Ladys?"

Ein Chor von Pfiffen und „abso-fucking-lut" ertönte.

„Wir brauchen wirklich ein paar männliche Mitglieder in unserem kleinen Club", sagte Hailey und sah sich um. „Ich weiß, es macht Spaß mit uns Mädels, doch die coole Sache an einem Singlebuchclub ist ja, dass man jemanden kennenlernt. Da Josh *wieder* einmal nicht mir zuliebe kommt, hat jemand einen Bruder, einen Cousin, Freund, irgendjemanden, den sie einladen könnte?"

Und in dem Moment, als wäre er herbeschworen worden, öffnete sich die Tür und Angel kam herein. „Ist das der Ort, an dem man über erotische Bücher sprechen kann?", fragte er und sah mit teuflischem Grinsen geradewegs in Julias Richtung.

Ihr wurde gleich heiß, es war ihr zugleich unangenehm und furchtbar peinlich, vor *ihm* über *dieses Buch* zu sprechen. Das hier durfte nicht passieren. Warum hatte sie ihm bloß von diesem Buchclub erzählt?

„Angel!", rief Hailey und sprang vor Aufregung über seine Anwesenheit auf die Füße. Sie kannten einander vom Kochkurs. „Du bist wirklich ein Engel, hier, um uns den Tag zu retten. Wir haben gerade gesagt, dass wir ein paar Männer im Buchclub brauchen."

Er schlüpfte aus seiner schwarzen Lederjacke, schlenderte zur Gruppe und bedachte sie alle mit einem charmanten Lächeln mit Grübchen. „Schön, dass ich der Hahn im Korb bin. Ihr könnt mich Angelo nennen. Angel ist ein alter Spitzname."

Ein leises, schwärmendes Seufzen hallte zwischen den Frauen wider. Julia versteifte sich. Es war ja eine Sache, Angel seine Freiheit zurückzugeben, doch etwas ganz anderes, sechs lüsterne, männerverrückte Frauen zu sehen, die ihn anschmachteten. Sie wusste, dass Angel im Laufe der Jahre Dates gehabt hatte, mit einigen sogar geschlafen hatte, doch das war immer weit entfernt von ihr geschehen, und er hatte nie darüber gesprochen.

„Setz dich, Angelo", schnurrte Charlotte und deutete auf den Platz neben sich.

Und er sollte verdammt sein, wenn er den nicht nahm. Auch neben Julia war ein Platz frei, doch wollte er neben seiner besten Freundin sitzen? Nein. Er wollte im Kreis ihr genau gegenübersitzen, sodass sie ihn ansehen musste –

Er zwinkerte ihr zu.

Ihr stockte der Atem. Was hatte das zu bedeuten? Spielte er irgendein Spiel? Wollte er, dass es ihr unangenehm war, wenn sie über *dieses Buch* sprachen? Bitte nein. Jeder andere, aber nicht Angel.

„Möchtest du einen Kaffee?", fragte Carrie von Angels anderer Seite aus. „Ich könnte dir welchen holen."

„Ich werde ihn holen", sagten Lauren und Mad gleichzeitig.

Angel hob eine Hand. „Meine Damen, bitte, bleiben Sie sitzen. Ich hole es. Möchte sonst noch jemand etwas Süßes vom Café? Geht auf mich."

Die sechs Frauen stürzten sich auf ihn. Julia verdrehte die Augen. Ernsthaft? Waren sie so verzweifelt, dass sie sich bei der ersten netten Geste eines Mannes gleich überstürzen mussten? Sie hörte, wie Angel leise lachte, eine geknurrte Erwiderung, dann löste sich die Gruppe auf, als er zum Tresen ging. Die Frauen setzten sich wieder auf ihre Plätze. Hailey setzte sich an Charlottes andere Seite, vermutlich, um näher an Angel zu sein.

„Ist er Single?", fragte Charlotte Hailey mit einem vorge-täuschten Flüstern, das Julia auf der anderen Seite des Raumes ganz deutlich hörte.

„Muss er wohl, sonst wäre er nicht hier", erwiderte Mad.

Hailey nickte begeistert.

„Wer hat ihn hergebracht?", fragte Lauren und sah sie alle an.

„Ich kenne ihn von der Arbeit", sagte Ally. „Ist er nicht ein Traum? Ich habe ihn mal um eine Verabredung gebeten, aber er hat gesagt, dass er nicht mit Kollegen ausgeht."

„Was?", platzte es aus Julia heraus. Das hatte Angel niemals erwähnt. Ally auch nicht, und sie hatte gedacht, dass sie gute Freunde waren. Sie sprachen jeden Tag beim Mittag-essen in der Schule miteinander, und erst letzte Woche hatte Ally verkündet, dass sie einen neuen Freund hatte und sie beide verliebt waren. „Wann war das?"

„Als ich mich von Dean getrennt habe", erwiderte Ally. Das war vor zwei Monaten, nachdem Dean, der, mit dem sie vier Jahre zusammen gewesen war, Schluss mit ihr gemacht hatte. Ally holte zwischen ihren Freunden nicht einmal Luft, stürzte sich immer mit dem Kopf voran in die nächste Beziehung und erklärte, dass sie verliebt war. Julia glaubte nicht, dass Liebe so schnell oder so leicht kam, ganz egal, wie oft Ally diesen dummen Song sang.

„Ich dachte, ich hätte dir das erzählt", sagte Ally zu Julia. Sie wandte sich an die Gruppe. „Julia und Angel sind beste Freunde. Sie erzählen einander alles. Nun, anscheinend nicht alles."

„Er ist dein bester Freund?", fragte Mad. „Warum nutzt du das nicht aus?"

Julia stammelte, war unfähig, irgendeine Erklärung zu formulieren, was ihre Beziehung zu Angel betraf.

Hailey setzte sich neben Julia. „Ich kann eine platonische Freundschaft wirklich gut verstehen. So ist es zwischen Josh und mir. Also, wie ist das Online-Dating gelaufen? Gab es Treffer?"

Sie sah zu Angel hinüber, der sich mit Shane, dem Besitzer des Cafés, unterhielt, und dachte an ihren Überraschungstreffer. Ihr erstes Neuanfangs-Date mit Angel. „Habe ich, aber es hat nicht funktioniert. Ich habe mein Profil gelöscht. Online-Dating ist nichts für mich."

„Süße, du kannst nicht nach einem Date gleich aufgeben", drängte Hailey. „So wirst du die Liebe niemals finden. Und ist das nicht dein Ziel?"

Vielleicht war das ja Haileys Ziel, die hoffnungslose Romantikerin wollte mehr Hochzeiten, die sie ausrichten konnte, doch für Julia, sie hatte gerade alle Hände voll damit zu tun, in ihrem Leben einen Neuanfang zu starten. „Mir geht es gut. Ich kann es nicht abwarten, jedem von diesem Buch zu erzählen." Sie hielt das Entrümpelbuch in die Höhe.

Hailey lehnte sich sichtlich enttäuscht zurück. „Warte auf Angelo, dann kannst du uns davon erzählen."

Angelo. Ihr Date mit dem Schnurrbart. Wenn er nur wirklich neu für sie sein könnte.

Angel verteilte kleines Süßgebäck an die Damen –, kleine Muffins, Bananenbrot und einen Brownie – blieb dann vor Julia stehen und sagte mit fester Staccato-Stimme: „Für dich gibt es nichts Süßes."

„Haha", sagte sie. „Ich brauche nichts."

„Sie ernährt sich gesund", erzählte Angel der Gruppe.

„Hat letztes Jahr zwanzig Pfund abgenommen."

Julia warf Angel einen finsteren Blick zu, den er vollkommen ignorierte, dann kehrte er an seinen Platz neben Charlotte zurück. Ernsthaft. Nicht jeder musste erfahren, dass sie abgenommen hatte.

„Wow", sagte Charlotte zu Julia, „das ist gut. Wenn du mit Sport anfangen möchtest, ich fände es schön, wenn du in mein Studio kämst."

„Danke", sagte Julia und war wirklich wütend auf Angel, dass er ihre Privatangelegenheiten so ausplauderte. Sie hielt das Buch in die Höhe. „Ich wollte euch allen erzählen, wie sehr dieses Buch mein Leben verändert hat. *Erfrischen Sie Ihr Leben durch Entrümpeln* klingt ein wenig verstaubt, aber es funktioniert wirklich." Sie erwärmte sich für das Thema. „Als ich mich durch mein Haus gearbeitet habe, von Zimmer zu Zimmer, Sachen weggeworfen habe, die ich nicht mehr brauche, und nur die Dinge verwahrt habe, an denen mir wirklich etwas liegt, als ich zum ersten Mal seit Jahren leere Oberflächen gesehen habe, war das wirklich wie ein spirituelles Erwachen."

„Wow", sagte Ally. „Wirklich?"

„Ihr Haus sieht umwerfend aus", sagte Angel. „Wie aus einem Magazin – glänzendes Holz, viele geräumige, offene Flächen. Die Art von Haus, die man in einer Zeitschrift sieht und in das man gleich einziehen möchte."

„Wow!", rief Carrie.

„Das war wirklich wow", sagte Julia lächelnd. „Wie ein Riesen-Wow. Ich habe das Haus zum Verkauf angeboten. Endlich ist es vorzeigbar, um das tun zu können, und ich kann mit einem neuen Haus von vorn anfangen. Ich wollte schon immer eher in einem modernen Haus wohnen. Mein Ehemann hat das Haus ausgesucht, in dem ich jetzt wohne, ein Zwei-Zimmer-Ranch-Style-Haus aus den Fünfzigern."

„Du willst dein Haus verkaufen?", fragte Charlotte. „In welcher Stadt?"

„Nicht weit von hier. Fieldridge."

„Ich würde mir das gerne ansehen", sagte Charlotte.

„Ich zeige es dir gern", erwiderte Julia und war ganz

aufgeregt, dass sie bereits eine potentielle Käuferin hatte.

Angel klatschte einmal und rieb seine Hände aneinander. „Okay, Ladys, lasst uns zum saftigen Teil übergehen. Würde ein Mann *Heißes Verlangen* mögen?"

„O mein Gott, du wirst es lieben!", rief Hailey, woraufhin die Frauen zu wahren Lobeshymnen über den Helden, die Heldin und all die erotischen Male zwischen ihnen ausbrachen.

Julia wand sich auf ihrem Platz, während Angel auf seine sorgfältige Art jedem zuhörte, bevor er schließlich erklärte: „Alles klar! Ich werde es lesen. Erzählt mir nicht mehr. Ich möchte nicht, dass ihr spoilert."

Hailey übernahm die Kontrolle über die Unterhaltung. „Okay, Ladys, *Heißes Verlangen* ist vorübergehend vom Tisch. Das nächste Mal sprechen wir über die Fortsetzung, *Heiße Sehnsucht*, da ihr die ja alle schon habt. Angelo, ist das okay? Kannst du beide Bücher lesen, bevor wir uns in zwei Wochen wieder treffen?"

„Sehr gern", erwiderte Angel.

Mist. Fuck. Nein. Am Ende würde er noch die ganze Trilogie lesen. Das wäre so peinlich. Angel, der sich völlig unerschrocken mit jedem Thema beschäftigte, wäre ganz begeistert davon. Es spielte keine Rolle, dass die Bücher schmutzig waren. Er würde darüber reden wollen. Mit seiner sexy Stimme konnte er über die Symbole, die Bilder, die Metaphern, unterschwellige Bedeutungen reden. Er würde es genau lesen. Viel zu genau.

„Ich würde wirklich lieber bei Sachbüchern bleiben", verkündete Julia und duckte sich dann, als die Frauen Gebäckstücke nach ihr warfen.

„Ich fürchte, du bist in der Minderheit", sagte Hailey und zog ihr ein Stück Brownie aus den Haaren.

Angel sah ihr von der anderen Seite des Raums aus in den Augen, geradezu herausfordernd.

„Können wir nicht wenigstens auch über das Entrümpeln sprechen?", fragte Julia verzweifelt. „Ich bin mir sicher, wenn ihr alle dieses Buch lest, werdet ihr feststellen, dass es hilft."

„Natürlich", sagte Hailey diplomatisch. „Auf der Agenda

für nächstes Mal stehen Entrümpelergebnisse und dann die beiden ersten Fierce-Bücher." Sie wandte sich an Julia. „Es tut mir leid, aber wir müssen definitiv auch das Dritte in der Trilogie lesen. Danach stimmen wir über das nächste Buch ab. Okay?"

Julia sah sich zu den anderen Frauen um, die unterschiedlich genervt aussahen und ihr alle einen ähnlich finsteren Blick zuwarfen. „Ja, okay", murmelte Julia.

„Erzähl uns mehr über das Entrümpelbuch", sagte Angel zu ihrer Rettung.

„Ja", sagte sie und öffnete das Buch bei der Inhaltsangabe, um sich noch einmal an dessen Prinzipien zu erinnern. „Schritt eins: drei Stapel: behalten, spenden, wegwerfen." Sie hörte ein übertrieben falsches Gähnen, machte jedoch weiter. Zwanzig Minuten später hatte man den Eindruck, als wären die Frauen vor Langeweile beinahe katatonisch. Angel sah sie recht amüsiert an, obwohl sie keine Ahnung hatte, was so verdammt lustig war. „Und das war's." Sie schloss das Buch.

Hailey sprang auf. „Okay, holt euch alle nebenan ein Exemplar."

Die Frauen und Angel gingen nach nebenan. Julia stand auf und zog sich ihren Mantel an. Die Frauen schienen plötzlich viel lebhafter zu sein, als ihre Stimmen zu hohen Flirttönen anstiegen und Angels Stimme zu einem rauen, flirtenden Ton sank. Sie schürzte die Lippen, war genervt, dass er da war, genervt, dass die Frauen sich verhielten, als wäre er der letzte Mann auf Erden, mit dem sie unbedingt ins Bett gehen mussten, und entsetzt darüber, dass Angel auch das nächste Mal teilnehmen wollte. Sie konnte nicht einfach *nicht* kommen, weil Angel sie dann gnadenlos damit aufziehen würde, und, so wie sie ihn kannte, würde er über die Bücher sprechen, um ihr zu zeigen, dass es nichts war, weswegen man sich schämen musste. Seine Ausbildung als Sozialarbeiter hatte ihn dazu befähigt, über fast alles zu reden, ohne auch nur den Anflug von Scham zu zeigen.

Hailey tauchte an ihrer Seite auf. „Julia, Süße, ich finde wirklich, du solltest wieder online daten. Die Tatsache, dass es dir so peinlich ist, dieses Buch zu lesen, sagt mir, dass du wieder rauskommen musst. Du scheinst ... so verkrampft zu sein. Und das ist nicht gesund."

„Ich bin nicht verkrampft. Ich glaube nur nicht, dass das etwas für mich ist." Wenn Hailey bloß wüsste, was Julia schon alles getan hatte.

„Okay", sagte Hailey und tätschelte Julias Arm. „Du hast ja meine Nummer. Und denk dran, man nennt mich nicht ohne Grund den Liebesjunkie!" Hailey segelte nach nebenan, um mit den anderen Frauen zu plaudern und sie vermutlich zu drängen, es mit Online-Dating zu probieren.

Julia wartete auf Angel. Er tauchte wenige Minuten später auf, das Entrümpelbuch in der Hand. Sie schüttelte den Kopf. Was um alles in der Welt machte er hier? Der Mann wohnte spartanisch in einem Studioapartment, das kaum möbliert war und kein bisschen entrümpelt werden musste.

„Was?", fragte er mit teuflischem Grinsen und Grübchen.

„Was machst du denn mit diesem Buch?"

„Was alle anderen auch tun. Ich lasse mich erfrischen. Meinst du, Jungs wollen nicht auch erfrischt werden?"

„Ich glaube nur, bei dir gibt es nichts, was man entrümpeln könnte."

„Ein paar Schränke könnte ich schon leer machen." Er neigte seinen Kopf. „Wollen wir gehen?"

Sie nickte und folgte ihm zur Tür hinaus. „Wirst du wirklich diese Fierce-Bücher lesen? Die sind für Frauen geschrieben."

Er hob eine Braue, seine Lippen umspielte ein Lächeln. „Um eine berühmte Frau zu zitieren: abso-fucking-lut. Vielleicht lerne ich noch ein oder zwei Dinge."

Nein, nein, nein. Schlechte Idee. Sehr schlecht. Sie blieb stehen und drehte sich zu ihm um. „Warum bist du heute Abend hergekommen?"

„Es hörte sich für mich nach Spaß an, und ich war sehr neugierig, mal in dieses Buch einzudringen, über das alle Damen in der Lehrerkantine flüstern."

„Wer? Wer flüstert darüber?"

„Erstens Ally. Unsere Direktorin Johnson zweitens–"

Sie packte seinen Arm. „Nein!" Ihre Vorgesetzte, Direk-

torin Johnson war eine extrem strenge Frau Ende sechzig. Ihre
Kostüme waren bis zum Hals zugeknöpft, wie ein Panzer mit
einer schmalen Krawatte. Ihr gefärbtes braunes Haar im
strengen Dutt war ringsherum mit Haarspray besprüht,
damit auch nicht ein Haar es wagen würde
herauszuspringen.

Er lachte. „Ja, sogar unsere älteren Mitbürger haben noch
ein Sexbedürfnis."

„Sie ist verheiratet."

„Und? Ist doch bloß ein Roman."

„Schon, aber … Direktorin Johnson? O mein Gott." Sie
begann zu lachen, und sie konnte nicht aufhören. Angel
schmunzelte und ging weiter. Sie hielt mit ihm mit. „Den
Frauen hat es richtig gut gefallen, dass du beim Buchclub
warst", erzählte sie ihm.

„Frauen mögen meistens den Hahn im Korb", sagte er
trocken.

„Sie haben gefragt, ob du Single bist."

„Ja, hab ich gehört. Sie sind nicht wirklich leise, selbst
wenn sie flüstern."

„Wirst du eine von ihnen um eine Verabredung bitten?",
fragte sie. Als er schwieg, fügte sie rasch hinzu: „Mir würde
es nichts machen."

„Vielleicht werde ich das", sagte er finster. „Welche soll ich
nehmen? Die junge Blonde?"

„Carrie", sagte sie hilfreich.

„Oder die Trainerin mit dem Killerbody?"

Sie biss die Zähne zusammen. Sie würde niemals einen
Killerbody haben, egal, wie fantasiereich sie sich betrachtete.
Sie hatte Kurven, doch sie hatte noch nie einen solch trainier-
ten, schlanken Körper und dazu noch große Brüste gehabt,
die Männer so anziehend zu finden schienen. „Sie heißt Charlotte", informierte sie ihn aufgebracht. „Himmel, wenn du
eine von ihnen um eine Verabredung bitten willst, dann solltest du dir wenigstens ihren Namen merken."

„Guter Tipp. Ich werde daran arbeiten. Vielleicht bringe
ich nächstes Mal Namensschilder für alle mit. Nur nicht für
dich, alte Julia."

Sie schnaubte. Wirklich. Namensschilder. So schwierig war es nicht, sich jemanden zu merken, den man mochte.

Sie gingen um eine Ecke zum kleinen Parkplatz, wo ihre gleichen Wagen in gegenüberliegenden Reihen standen. Angel begleitete sie zu ihrem, wie er es abends immer tat, um sicherzustellen, dass sie sicher einstieg. Sie schloss ihn auf und nahm den Griff, um die Tür zu öffnen, als er eine Hand gegen die Tür drückte, direkt neben ihrem Kopf, und sie geschlossen hielt. Ein prickelndes Kribbeln lief ihr die Wirbelsäule hinunter. Er war ihr nahe, seine Vorderseite an ihrem Rücken, was etwas Merkwürdiges mit ihren Gliedern anstellte, sie schwer und schwach machte. Langsam drehte sie sich zu ihm um und fand sich in etwas, das sich fast wie eine Umarmung anfühlte.

Seine Stimme senkte sich so tief, dass sie ihr Inneres kratzte. „Was hat es mit diesen sexy Büchern auf sich? Da drin bist du wie eine Jungfrau errötet."

Hitze kroch in ihren Hals und erblühte in ihren Wangen. „Nichts", brachte sie hervor.

„Ist das Problem, vor der Gruppe darüber zu sprechen, oder–" seine dunkelbraunen Augen sahen sie heiß an „– törnen sie dich an?"

Sie wandte ihren Kopf ab, war plötzlich atemlos. Das hier war für sie beide gefährliches Terrain. „Bitte. Ich muss los."

Er senkte den Kopf, sein Mund berührte fast ihr Ohr, als er sprach, und verursachte ihr einen heißen Schauer. „Ich werde es herausfinden. Ich kann es nicht abwarten, mit dir darüber zu sprechen."

„Ich bin nicht … Ich werde nicht …" Er sah ihr in die Augen, und sie verlor den Faden.

„Das wirst du", sagte er fest, und sie war sich nicht sicher, ob es eine Drohung oder ein Versprechen war. Bevor sie auch noch irgendeine Antwort formulieren konnte, trat er zurück, drehte sich um und ging zu seinem Wagen.

Sie sank gegen ihren Wagen, das kühle Metall an ihrem überhitzten Körper war ihr willkommen.

Heiliger Angelo, sie steckte so richtig in Schwierigkeiten.

8

———

Julia setzte sich am Montag zum Mittagessen an den Tisch ihrer Freunde in der Lehrerkantine, auch Angel war da, und wurde unbeabsichtigt Zeuge einer weiteren geflüsterten Diskussion über *Heißes Verlangen*. Ally berichtete gerade ihren eifrigen Zuhörern, Angel und ein paar gesetzteren älteren Lehrerinnen – Dana (viertes Schuljahr), Emma (Kindergarten) und Suzanne (fünfte Klasse) – wie das Buch der Sache für sie und ihren Freund, mit dem sie kaum zwei Wochen zusammen war, etwas mehr Würze gegeben hatte.

Himmel, wenn die Sache so früh schon etwas mehr Würze brauchen konnte, wusste der Typ vielleicht nicht, was er tat. Julia presste die Lippen zusammen, damit sie ihre ungebetene Meinung nicht einfach so herausplatzte, und holte ihren Salat und ihr Sandwich heraus.

„Wir sind verliebt", verkündete Ally und strahlte ihr sonniges Die-Welt-ist-ein-wundervoller-Ort-Lächeln. „Das hat den Deal nur perfekt gemacht. In jeglicher Weise kompatibel."

Die älteren Frauen kicherten.

„Woher weißt du, dass es wirklich Liebe ist?", musste Julia einfach fragen. „Du hast dich gerade erst von Dean getrennt. Wie kann man sich umdrehen und sich so schnell neu verlieben? Du bist nicht einmal zwei ganze Wochen mit dem Typen zusammen."

„Julia", sagte Angel leise.

„Entschuldige", sagte Julia und wurde auf Angels zurückhaltende Rüge rot. „Ich war einfach nur überrascht." Sie drückte Allys Hand. „Ich freue mich für dich. Wirklich. Wie heißt er noch mal?"

„Er heißt Mark", sagte Ally verkniffen.

„Ich würde ihn gern kennenlernen", sagte Julia. „Hör einfach gar nicht auf eine verbitterte alte Dame wie mich."

Ally atmete scharf aus, worauf ihre blonden Strähnen flogen. „Ist ja nicht deine Schuld, dass du Witwe bist."

Julia blinzelte und war kurzzeitig wie erstarrt, denn manchmal fühlte es sich an, als wäre es ihre Schuld. Wie eine Heimzahlung für das, was sie getan hatte. Eine lange, unbehagliche Stille folgte. Das Wort „Witwe" hatte solch einen Effekt auf die Menschen.

„Das tut mir so leid!", rief Ally und schlug sich eine Hand auf den Mund.

Angel rettete die Situation. „Um noch einmal auf *Heißes Verlangen* zurückzukommen, was reizt dich so an dem Helden?" Er sah die ganze Gruppe bei der Frage an.

Dana, eine sanfte Brünette mittleren Alters, die ihr Haar in einem Dutt trug, meldete sich zu Wort. „Ja, Ally, wie ist denn dieser Typ Damon? Ist er grob?"

„Ist er gut bestückt?" Suzanne, eine praktisch veranlagte Frau in den Fünfzigern mit Spezialisierung auf Wissenschaft kam gleich zur Biologie.

Die Frauen kicherten. Offensichtlich hatte nur Ally das Buch gelesen.

Julia spürte Angels Blick und konnte sich nicht überwinden, ihm in die Augen zu sehen. Sie räusperte sich und sah Emma an, die einzige verheiratete Lehrerin hier, die vermutlich weniger interessiert an fiktionalem Sex war.

Julia versuchte, das Thema zu wechseln. „Ich habe im selben Buchclub ein fabelhaftes Buch gelesen – *Verjüngen Sie Ihr Leben durch Entrümpeln*. Das verändert wirklich das Leben."

„Still", sagte Emma. „Ich hatte seit einem Jahr nichts mehr mit Howard. Das Kribbeln ist versiegt! Ich glaube, wir brauchen dieses andere Buch. Erzähl uns mehr, Ally. Wie grob ist er? Sodass es wehtut oder eher wie einfach köstliche–" Sie erbebte. „– Dominanz."

Die Frauen glucksten. Angel grinste und zwinkerte Julia zu. Hitze stieg in ihren Nacken. Verdammt. Er musste es gelesen haben.

„Ist es okay, vor einem Mann darüber zu reden?", fragte Dana.

Angel lächelte breit. „Ich bin im selben Buchclub. Ich hab's gelesen. Gutes Zeug, selbst für einen Mann."

„Wer ist denn die Autorin?", fragte Dana, zog einen Stift aus ihrem Dutt und nahm sich eine Serviette, um darauf zu schreiben.

„Catherine Cliff", sagte Ally. „Wie dem auch sei, da gibt es diese eine Szene, in der Damon unerwartet am Morgen hinter sie tritt. Sie dachte, er schläft, okay? Und sie wollte sich gerade anziehen ..." Die Frauen beugten sich vor. Julia bemerkte, wie Angel sie beobachtete und sich ein Lächeln verkniff. Sie warf ihm einen finsteren Blick dafür zu, dass er sie ärgerte, was ein Fehler war, denn jetzt hielten sie den Blick und das brachte ihr eine ungewollte Hitzewelle, während Ally fortfuhr: „Dann hat er sie gegen die Wand gedrückt und sie festgehalten."

Julia löste die erhitzte Verbindung zu Angel und legte die Beine übereinander. Das machte das Pochen jedoch nur schlimmer, also öffnete sie sie wieder und nahm einen langen Schluck kühles Wasser.

„Wie festgehalten?", fragte Suzanne. „Berühren ihre Füße den Boden? Sehen sie einander an?"

„Füße auf dem Boden", sagte Ally. „Und sie sehen sich niemals an." Sie grinste. „Das ist aufregend. Ihr müsst es lesen."

„Darf jeder bei diesem Singlebuchclub mitmachen?", fragte Emma. „Auch Verheiratete?"

„Ich bin mir sicher, Hailey hätte nichts dagegen, richtig, Julia?", fragte Ally. „Also, ich bin schließlich da, und ich habe

Marc. Außerdem ist es nicht wirklich ein Singletreff. Wir sind lauter Frauen und ein Mann."

Die alleinstehenden Lehrerinnen, Dana und Suzanne, musterten Angel. Angel biss einmal in sein Sandwich und ignorierte sie. Sie waren beide mindestens zwanzig Jahre älter.

„Angel ist daher extrem beliebt, wie ihr euch vorstellen könnt", sagte Ally.

Angel hob eine Hand. „Ich gehe nie mit Kollegen aus." Er grinste. „Nicht, dass du gefragt hättest. Nur, um das klarzustellen." Er wackelte mit einem Finger in ihre Richtung. „Ich weiß, dass diese anzüglichen Bücher euch alle auf Ideen bringen."

Die Frauen kicherten wie Teenager.

Julia nahm eine Gabel von ihrem Salat. Sie hatte gewusst, dass er sagen würde, dass er mit Kollegen nicht ausging. Obwohl er einmal mit ihr ausgegangen war. Doch das war was anderes. Sie kannte Angel schon seit Ewigkeiten. Dennoch bemerkte sie, wie sie ihn ansah, während er so locker mit einem ganzen Tisch voller Frauen sprach, sein Grübchenlächeln lächelte, seine dunkelbraunen Augen vor Humor funkelten, und sie entdeckte mehr von dem, was andere Frauen in ihm sahen – einen reizvollen, sexy, großartigen Typen. Oh Mist. Sie durfte nicht zulassen, dass sie sich in Angel verliebte. Das würde nur ein weiteres Falsch zu den anderen falschen Dingen, die sie getan hatte, hinzufügen. Und wenn es nicht funktionierte, würde sie ihn für immer verlieren. Wie sie ihn das letzte Mal, als sie miteinander geschlafen hatten, fast verloren hätte. Sie schob die Erinnerung ganz weit nach hinten und konzentrierte sich auf ihr Essen.

„Ally, hast du das dritte Buch schon?", fragte Angel. *„Heiße Liebe?"*

„Nein!", rief Ally. „Nicht spoilern! Ich versuche parallel zum Buchclub zu lesen."

„Okay", sagte Angel. „Lass es mich wissen, wenn du dabei bist, denn ich habe mir so einige Gedanken darüber gemacht und wüsste gerne, was du davon hältst."

Julias Kopf schoss in die Höhe, ihr Blick prallte auf Angels. Was für Gedanken? Sie wagte es nicht zu fragen. Sein erwiderter Blick war ernst und brachte ihren Magen dazu, sich merkwürdig umzudrehen.

Sie machte sich wieder an ihr Mittagessen. Als die Glocke das Ende der Pause ankündigte, war sie froh, wieder in den Klassenraum verschwinden zu können.

Julia nahm unweigerlich wahr, wie Angel die Woche drauf zum Buchclub kam, als erwartete er, dass die Frauen ihn umschwärmen würden. Er tauchte spät auf und zog nicht nur die Aufmerksamkeit der üblichen Damen auf sich, sondern auch der Lehrerinnen, die von der Arbeit aufgetaucht waren. Er ging nicht, vielmehr stolzierte er mit sexy, charmantem Lächeln, das er der Gruppe zuwarf. Er wartete, bis er am Stuhlkreis angekommen war und sich alle auf ihn konzentrierten, bevor er langsam seine schwarze Lederjacke auszog, sie sorgfältig faltete und über einen Unterarm legte. Sein schwarzes, langärmeliges Hemd mit einem geöffneten Knopf oben betonte sein dunkles, italienisch gutes Aussehen und betonte seine besten Merkmale – breite Schultern, muskulöse Arme und eine schmale, trainierte Taille. Seine verblassten Jeans und die schwarzen Lederschuhe schrien geradezu *heißer Junggeselle*, und die Frauen reagierten darauf, indem sie ihn mit offener Bewunderung anstarrten. Und Julia konnte an nichts anderes denken als an – Verlangen.

Verdammt. Angel machte es ihr so schwierig, das Richtige zu tun.

„Tut mir leid, dass ich zu spät bin", sagte er mit einem Hauch seines Grübchenlächelns.

„Kein Problem!", zwitscherten die Frauen. Der Buchclub bestand jetzt aus zehn Frauen, den ursprünglichen sieben – sie selbst, Carrie, Mad (die immer noch so tat, als wollte sie eigentlich gar nicht hier sein), Lauren, Charlotte, Ally, Hailey – und den drei Lehrerinnen von der Arbeit, Dana, Emma und Suzanne. Ein Chor von „Schön, dich zu sehen" und Ähnlichem erklang, und Angel gönnte ihnen allen ein weiteres sexy Lächeln. Sein Blick kollidierte mit ihrem, ein amüsierter Schimmer funkelte in seinen dunkelbraunen Augen. Dieser Blick verursachte ihr ein sehr unbehagliches Gefühl. Heute Abend führte er etwas im Schilde.

„Angelo", schnurrte Hailey, „du kommst gerade rechtzeitig. Setz dich." Sie nahm ihren weißen Wollmantel vom Stuhl neben sich, den sie offensichtlich für ihn reserviert hatte.

Angel schlenderte hinüber und setzte sich. „Danke."

Hmph. Den Platz hatte Hailey sonst immer für Julia reserviert. Unglücklicherweise bekam Julia einen Platz Hailey gegenüber im Kreis, sodass sie einen klaren Blick auf das bekam, was zweifellos eine Menge Flirten werden würde. Und nicht nur das, Hailey hatte nicht anfangen wollen, bis *er* da war. Niemand hatte das Entrümpelbuch gelesen, obwohl die meistens es gekauft hatten. Alle hatten das zweite Buch der Fierce-Trilogie, *Heiße Sehnsucht*, zu Ende gelesen und konnten es nicht abwarten, darüber zu reden. Sie konnte es nicht fassen, dass sie das vor einem Mann diskutieren wollten, was im Grunde weibliche Fantasie war, aber vielleicht war das ihre Art zu flirten.

Hailey lächelte die Gruppe an, während sie sie alle ansah. „Also, was halten wir denn von *Heiße Sehnsucht*?"

Die Frauen sprachen alle gleichzeitig.

„Immer nur eine", sagte Hailey. „Wir wollen doch eine zivilisierte Diskussion führen."

Angel hob die Hand.

„Oh, das ist eine gute Idee", sagte Hailey und bedachte ihn mit einem anbetungswürdigen Lächeln. „Hebt die Hand, wenn ihr was mitzuteilen habt. Da wir jetzt ein paar neue Mitglieder haben, kann es hier drin ganz schön laut werden. Und ich bin mir sicher, dass wir alle gerne die männliche Sichtweise kennenlernen würden."

Angel setzte ein Lächeln auf und provozierte damit ein weibliches Seufzen von irgendwo im Kreis der Bewunderer. „Ich lasse euch gern daran teilhaben. Ich weiß, oberflächlich scheint das Buch eine sexy Romanze zu sein, die darauf abzielt, euch zu erregen und, Junge, das meistert sie, aber lasst uns mal ein wenig tiefer graben. Hat irgendjemand–"

„Ich glaube nicht, dass es tiefgründig ist", schnaubte Julia. „Es geht um Verlangen."

„Julia, du hast es gelesen?", rief Hailey.

„Ein bisschen", gestand Julia, und ihre Wangen brannten. „Ich wollte ja nicht vollkommen ahnungslos sein."

Angel warf ihr einen Blick zu, bevor er sich an die Gruppe wandte. „Ist irgendjemandem der Gebrauch von Licht und Schatten als Metapher aufgefallen? Das Licht, wenn Mia ihrem regulären Leben nachgeht, und der Schatten, immer wenn Damon auftritt?"

„Wenn sie einander lieben, ist es immer finster und schattig", sagte Ally. „Sie weiß nie, was er–"

„Einander lieben", sagte Mad abschätzig. „Bitte, sie ficken."

„Du glaubst nicht, dass Damon Mia liebt?", sagte Hailey mit freundlichem Tonfall. „Denn, wenn nicht, glaube ich, ist dir etwas Wichtiges entgangen."

Mad richtete sich aus ihrer dauerhaft schlappen Haltung auf. „In diesen Büchern geht es nicht um Liebe. Es geht um geheime Sehnsüchte."

Julia kämpfte gegen eine Ganzkörperröte an und wünschte sich, sie hätte sich ein kaltes Getränk genommen und keinen heißen Tee.

Charlottes Hand schoss in die Höhe. „Was ist mit der Badeszene? Er ist so vorsichtig, wäscht sie und denkt an nichts anderes, als sie zu beruhigen."

„Weil er ihr gerade auf dem Esszimmertisch das Gehirn rausgefickt hat", bellte Mad. „Sie zittert ja immer noch davon, wie mächtig er war." Die Mehrheit wurde plötzlich leuchtend rot, als erinnerten sie sich an die Szene. „Verdammt. Diese Autorin ist gut. Ich kann es nicht abwarten, *Heiße Liebe* zu lesen."

„Da muss aber schon Liebe enthalten sein", erklärte Hailey triumphierend. „Sie steht ja schon im Titel, richtig?" Sie drehte sich zu Angel um, ihre blassblauen Augen waren ganz groß und einnehmend. „Es *muss* einfach ein Happy End geben."

„Ich weiß nicht", erwiderte Angel ernst. „Mia und Damon haben ein paar ernsthafte Probleme, gegen die sie ankämpfen müssen."

Die Frauen stürzten sich in eine lange Diskussion über diese Probleme – Damons Verlangen, Mia zu besitzen trotz der Drohungen ihres mächtigen Bruders, Damons Multimillionen-Imperium zu vernichten. Mia Zwang, ihre Geheimnisse um alles in der Welt zu bewahren. Das Ganze lief aus dem Ruder, und alle sprachen durcheinander, bis Angel schließlich eine Hand hob und es im Raum still wurde.

„Und was haltet ihr von dem symbolischen Wert des Sicherheitswortes?", fragte Angel, seine Stimme tief und glatt und überraschend erotisch in Julias Ohren.

Die Frauen tuschelten.

„Sie benutzt es ja nie", sagte Lauren. „Wie kann das dann einen symbolischen Wert haben?"

„Und warum sagt sie es nicht?", drängte Angel weiter. Er beugte sich vor, die Ellbogen auf den Knien, und auch die Frauen beugten sich vor. Alle, bis auf Julia, die sich auf seinen Mund fixierte und gierig die erotischen Worte aufnahm, die wie warmer Honig von seiner Zunge rollten. „Was bedeutet Granatapfel für sie? Warum hat sie dieses Wort gewählt und sagt es nie?"

„Weil sie heiß auf ihn ist", sagte Ally. Alle stimmten ihr zu.

„Logo", sagte Mad.

Julia sagte nichts, war neugierig, was Angel darauf erwidern würde.

Angel senkte seinen Kopf, gestand ihnen diesen Punkt zu. „In antiker griechischer Mythologie bedeutet der Granatapfel Fruchtbarkeit, Ehe und Wiedergeburt."

„Willst du damit sagen, Mia möchte diese Dinge nicht?", fragte Ally, ihr Tonfall tatsächlich erstaunt darüber, dass jemand möglicherweise nicht heiraten und Kinder haben wollte.

Angel hielt inne. Julia hob ihren Blick von seinem Mund

zu seinen Augen, und einen elektrischen Moment lang trafen sich ihre Blicke, als er sagte: „Denkt doch mal daran, wie Mia sich ihren geheimen Gelüsten hingibt." Ihr stockte der Atem, als sich eine verräterische Hitze von ihrem Hals zu ihren kribbelnden, schmerzenden Brüsten ausbreitete. „Ich glaube, das Sicherheitswort ist ein weiteres geheimes Verlangen. Doch sie will es nicht einfordern. Warum?"

Julias Mund wurde trocken. Alle sprachen gleichzeitig und lösten die Spannung des Moments. Sie stieß ihren Atem aus und riss ihren Blick von der Hitze in Angels Augen.

„Whoa", sagte Carrie, als die Unterhaltung kurz zum Erliegen kam. „Und ich dachte, es ginge nur um Sex."

„Es geht nie nur um Sex", sagte Angel und sah Julia geradewegs an. Diese verräterische Hitze überflutete sie mittlerweile, verengte sich tief unten in ihrem Bauch, ließ sie Schmerzen empfinden. Und je mehr Angel in grafischen Details über das Buch sprach, desto schlimmer wurde es, denn es erinnerte sie daran, dass er Dirty Talk mochte, sich behaglich dabei fühlte, über wirklich alles zu sprechen. Sie rutschte hin und her, doch nichts konnte das Pochen beseitigen. In dem Raum wurde es still, und plötzlich bemerkte sie, dass alle sie anstarrten.

„Seht mich nicht so an", sagte Julia und versuchte es mit einem lockeren Tonfall. „Angel ist doch derjenige, der darüber reden will, als wären wir in einem Kurs zu englischer Literatur." Was hätte sie nicht darum gegeben, wenn sie so cool gewesen wäre, wie sie klang. Sie war sich sicher, dass ihre Wangen und ihr Hals ein leuchtend verräterisches Pink angenommen hatten.

„Ich mag das Paradoxe", sagte Dana auf ihre Lehrerinnenart. „Lasst uns mehr über die Motive sprechen, die sich in den ersten beiden Romanen dieser überaus talentierten Autorin finden."

Julia spürte das Gewicht von Angels Blick, als die Unterhaltung rapide hin und her wechselte zwischen Bildreichtum, Symbolismus und Metaphern von Damons und Mias brennend heißer Affäre. In dem Moment entschied sie sich, dass sie zum nächsten Buchclubtreffen nicht mehr kommen würde, wenn sie das Ende der Trilogie, *Heiße Liebe*, besprechen würden. Es war nervtötend, wie Angel sie ständig ansah, wenn er sprach, als spräche er über sie, während er all diese erotischen Bemerkungen machte. Es war peinlich und unbehaglich und so-o-o verdammt heiß.

Später, als sie gerade ihre Jacke anzog, hörte sie zufällig, wie Hailey Angel einlud, noch mit ins Garner's gegenüber zu kommen, um etwas zu trinken. Sie musste sich die Unterhaltung einfach ansehen, denn Hailey war wirklich, wirklich hübsch mit ihren langen erdbeerblonden Haaren, den blassblauen Augen und einer umwerfenden Figur, die sie in enganliegendem smaragdgrünem Kleid und hohen Absätzen präsentierte. Julia hingegen trug bequeme Klamotten – einen weichen weißen Pullover und schwarze Leggins. Sie unterdrückte ein Seufzen. Sie hatte kein Recht auf erbärmliche Eifersucht.

Doch dann überraschte Angel sie, indem er sagte: „Vielleicht ein andermal. Julia und ich wollten heute Abend noch was trinken gehen."

Hailey wandte süßlich dagegen ein: „Das nächste Mal erwische ich dich."

Angel kam an Julias Seite und hielt ihr die Tür offen. Als sie nach draußen traten, sagte sie zu ihm: „War das deine charmante Art, Hailey nein zu sagen?"

„Ehrlich gesagt wollte ich wirklich heute Abend mit dir etwas trinken gehen."

„Und mit Hailey an einem anderen Abend?", platzte es aus ihr heraus.

Er schmunzelte.

Ihre Wangen erröteten. „Es ist Donnerstagabend." Für gewöhnlich unternahmen sie am Wochenende etwas.

„Und?"

„Normalerweise–"

Er blieb vor ihr stehen, packte sie an den Schultern und sprach ihr direkt ins Ohr, seine Stimme klang seidig. „Lass uns ein kleines Rollenspiel machen. Das hilft dabei, sämtliche Probleme zu beseitigen, und es macht Spaß. Nenn mich Damon."

Ein heißer Schauer durchfuhr sie. Für seinen Job war er zum Rollenspiel ausgebildet, sie wusste also, dass er gut darin sein würde. Das einzige Rollenspiel, das sie jemals gemacht hatte, war ihr „Blind" Date gewesen, doch das war beinahe albern gewesen, denn Angel hatte einen falschen Schnurrbart getragen. Sie musste verrückt geworden sein, denn sie dachte tatsächlich darüber nach. Damon stellte etwas mit ihr an. Und zwar sehr. Andererseits war es Angel. Ihr bester Freund. Sie musste an dieser Beziehung festhalten, und im Rollenspiel eine erotische Romanze nachzuspielen würde dabei *nicht* helfen. Sie würde sich darin verstricken, den ersten Schritt machen, ihm das Hirn herausficken, und dann wäre er weg. Würde kaum noch mit ihr sprechen, sie kaum ansehen, sie niemals wieder berühren. Monatelang, vielleicht für immer. Zumindest war das das letzte Mal passiert, als sie gefickt hatten. Und das vorletzte Mal auch.

„Komm schon", sagte er, nahm ihre Hand und zog sie mit sich. Sie blieben an der Ecke stehen und warteten, dass sie auf die andere Straßenseite gehen konnten.

„Ang–"

„Damon."

„Ich halte das wirklich für keine gute Idee."

Seine Stimme wurde rau. Er klang, wie sie sich Damon vorstellen würde, als er sagte: „Wovor hast du denn Angst, Mia?"

Sie wurde feucht. Diese Stimme. Wenn sie die Augen schloss, wäre es, als wäre der Damon aus ihrer Fantasie zum Leben erwacht. Konnte sie Angel genießen, wenn sie jemand anders wäre? Sie wünschte sich so sehr, jemand anders zu sein. Die Last ihrer Vergangenheit, ihre verzwickte Geschichte, war manchmal zu viel, um es zu ertragen. „Okay, ich spiele mit, aber nur für einen Drink."

Sie gingen in die Bar, in der Josh, Mads älterer Bruder, als Barkeeper arbeitete. „Hey, meine Schöne", sagte er mit charmantem Lächeln zu Julia. Hitze breitete sich erneut in ihren Wangen aus, sie war es nicht mehr gewöhnt zu flirten. Er war in den Dreißigern, schätzte sie, und es war nicht schwer zu sehen, warum die Frauen ihn anziehend fanden. Sein dunkelbraunes Haar wellte sich ein wenig über dem Kragen seines Flanellhemds, und Lachfältchen um seine warmen braunen Augen machten den kantigen Anblick seines stoppeligen Kinns weicher.

„Hey, Josh", knurrte Angel, dann half er ihr aus der Jacke und hängte sie über den leeren Barhocker. Er schälte sich aus seiner eigenen Jacke, und sie wurde gleich von seiner männlichen Grazie, den muskulösen Linien seiner Arme, seiner harten Brust und dem flachen Bauch abgelenkt. Sie befeuchtete sich die Lippen.

Josh meldete sich zu Wort. „Was kann ich euch bringen?"

Sie löste ihren Blick von Angel und starrte Josh ausdruckslos an.

„Ich hätte gerne ein Bier und sie nimmt einen Sidecar", sagte Angel.

Sie zuckte zusammen. Sie nahm immer Chardonnay. Der Sidecar war das, was Damon für Mia machte, nachdem sie miteinander geschlafen hatten. Es war ein eleganter Drink – Cognac, Cointreau und Zitronensaft. Damon kostete sie danach immer, zum Teil wegen des Zitronengeschmacks, der noch auf ihren Lippen lag. Angels erhitzter Blick forderte sie heraus, aus ihrem Charakter zu fallen, das Spiel zu verderben.

Sie richtete sich auf. „Klingt köstlich."

„Das glaube ich auch", sagte Angel und flüsterte dann knurrend in ihr Ohr: „Mia."

Josh tippte auf die Bar. „Verstanden."

Angel drehte sich ein wenig herum, stützte seinen Unterarm oben auf die Bar und blockierte ihren Blick auf Josh. „Warum möchte dein Bruder uns voneinander fernhalten, Mia? Ist es, weil ich dich schon kenne, seitdem du nur seine kleine Schwester warst? Denn soweit ich das sehen kann, bist du nun ganz erwachsen." Er betrachtete sie langsam und bewundernd von oben bis unten, blieb an ihrem Mund und ihren Brüsten hängen und fuhr dann hinunter zu ihren Zehen auf eine Art, die von jedem anderen Mann beleidigend gewesen wäre, sie hingegen erwärmte. Der Angel, den sie kannte, hätte sie sonst niemals so gemustert.

Angel beugte sich zu ihrem Ohr vor. „Du musst schon antworten, Mia."

Sie blinzelte. Frage?

Angel sprach in ihr Ohr, die Worte waren heiß an ihrer Haut. „Warum möchte dein Bruder uns voneinander fernhalten?"

Das schien wichtig. Warum wollte ihr Bruder sie voneinander fernhalten? Die Geheimnisse. Doch hatte er so weit gelesen?

Sie sah ihm in die Augen. „Wie weit–"

„Ganz", sagte er mit teuflischem Grinsen.

Sie errötete, denn dieses teuflische Grinsen war einfach Angel. Sie war sich nicht sicher, wie lange sie dieses Rollenspiel noch aufrechterhalten konnte. Sie sollte das Spiel stoppen und erklären, wie wichtig ihr ihre Freundschaft war.

„Angel, du weißt, du bist mein bester Freund–"

Seine Finger bedeckten ihre Lippen, unterbrachen ihre Worte. „Damon und Mia sind nicht beste Freunde." Sein Daumen streichelte über ihre Unterlippe. Die Bar mit ihrem Licht und den Menschen und dem Lärm verblasste. Hitze sammelte sich in ihr, als er auf ihre Lippe drückte, ihren Mund öffnete –

„Bitte sehr", sagte Josh fröhlich und stellte ihre Getränke auf den Tresen.

Sie nahm sich ihren Drink und schluckte gierig. Angel nippte an seinem Bier und betrachtete sie mit erhitztem Blick, den ihr Körper gleich verstand. Flüssige Hitze löste ihre Glieder, sorgte dafür, dass sie sich nach dem sehnte, was sie nicht haben durfte. Sie wandte ihren Blick ab und nahm noch einen langen Schluck von ihrem Sidecar, fühlte sich merkwürdig, als wäre sie nicht sie selbst, die hier saß und dieses Getränk zu sich nahm, das so anders war als das, was sie sonst trank. Der Rand von Angels Kiefer verschwamm ein wenig, die Bartstoppeln waren deutlicher zu sehen. Sie spürte, wie sie die Hand ausstreckte, um die Stoppel zu berühren, sich in der Textur, die rau und warm war, zu verlieren.

„Mia", sagte er barsch, packte ihre Finger und entfachte ein finsteres Verlangen. Es war, als erwachte das Buch plötzlich zum Leben. Und sie wollte dorthin gelangen. Sie wollte in diese Geschichte fallen. Mia konnte nur einen Mann wie Damon genießen. Sie musste sich keine Gedanken über etwas Ernsthaftes machen, sich nur dem hingeben, was sie heimlich ersehnte. Julia fand, dass das jetzt im Moment brillant klang.

Sie warf ihre Haare über eine Schulter, spielte die kokette Mia. „Wer weiß schon, warum mein Bruder sich zwischen uns stellen möchte?"

Er beugte sich ganz nah, und seine Augen verdunkelten sich mit etwas, das roh und unvertraut war. „Was erzählst du mir nicht?"

Sie wandte sich ab, ihr Magen flatterte. „Ich habe keine Geheimnisse", sagte sie leise.

Angels warme Hand legte sich um ihren Kiefer, drehte sie zurück zu sich. „Ich weiß, dass du welche hast. Was muss ich tun, um diese Mauern einzureißen?"

Sie schluckte kräftig, die Worte waren zu treffend. „Vielleicht gibt es sie aus einem bestimmten Grund."

Seine Finger streichelten über ihren Hals, während sie einander in die Augen sahen. Sie schluckte, ihr Herz klopfte wie wild. „Es ist mir egal, ob mein Imperium zu Asche zerfällt", sagte er. „Ich will dich ganz haben, jedes kleine schmutzige Geheimnis entblößt."

Adrenalin durchströmte sie.

Er beugte sich zu ihrem Ohr. „Vertraust du mir, Mia?"

Sie öffnete den Mund, doch nichts kam heraus.

Mit einer zittrigen Hand nahm sie ihren Drink. Sie hatte keine Ahnung gehabt, dass Angel solch ein guter Schauspieler war, doch sie war jetzt wirklich darin gefangen. Als wäre sie tatsächlich Mia, die einen aussichtslosen Kampf gegen ihr Verlangen führte und gegen das, was sie unbedingt verbergen musste. Als wäre er der dominante, milliardenschwere Geschäftsmann und nicht ihr sicherer bester Freund.

Angel sah sie einen Moment an. Sie hielt den Atem an, war unfähig, den Blick abzuwenden. Dann nahm er ihr das Getränk aus der Hand, stellte es auf die Bar und packte ihr Haar mit seiner Faust, zog sie an sich. Sie war so überrascht, dass er sich so gut an die Geschichte erinnerte, den ersten

Kuss in Kapitel eins, dass sie leise quietschte. Und dann schlug sein Mund auf ihren, hart und grob, seine Zunge stieß hinein. Ihr Gehirn schaltete ab, als die flüssige Hitze an finstere Orte gelangte, die pochten und schmerzten. Seine Inbesitznahme war lange und gründlich. Ihre Hingabe glorreich.

Er unterbrach den Kuss, seine Hand ließ ihr Haar los. „Ich liebe den Geschmack nach Zitrone." O Gott, hatte er das Buch auswendig gelernt? Genau das sagte Damon nach dem Bad, als er den Sidecar für Mia machte und sagte, sie solle das trinken. Die folgende Szene im Schlafzimmer war so explosiv, dass sie vor all den Frauen im Buchclub beinahe gekommen wäre. Wie weit würde Angel gehen?

„W-wie weit–", hob sie an.

„Ganz", erwiderte er ohne die Spur eines Lächelns.

Sie befeuchtete sich die Lippen, war sich nicht sicher, ob er meinte, dass er sich ganz an die erotischen Szenen erinnern konnte, oder dass er sie alle nachspielen wollte. Sie wurde rot, als er auf ihren Mund starrte. Sie hatte merkwürdigerweise das Gefühl, außerhalb ihres Körpers zu sein, mit Angel und mit Damon. Sie rutschte vom Barhocker, ihre Knie waren ganz schwach.

Sie hielt sich einen Moment am Tresen fest. „Ich muss zur Toilette."

Unsicher ging sie durch die Bar zu dem schmalen Gang, der zur Toilette führte, und betrat den Damenraum. Es war eine kleine Toilette mit nur zwei Kabinen, und eine Frau stand am Waschbecken und trug Lippenstift auf. Sie lächelte die Frau höflich an, dann ging sie in eine Kabine. Ihr war schwindlig, als hätte Angel sie unter Drogen gesetzt. Nein, das würde er nicht tun. Sie fantasierte, weil es so überraschend war, was für ein guter Schauspieler er war. Wie echt sich alles anfühlte.

Sie mussten aufhören. Sie hatte gesagt, dass sie das Spiel nur für einen Drink mitspielen würde. Sie hatten ihren Drink gehabt, es hatte Spaß gemacht, und nun mussten sie wieder Angel und Julia sein.

Sie hörte, wie die andere Frau ging. Julia ging zum Waschbecken, wusch sich die Hände, und bei der schlichten

Aufgabe konzentrierte sie sich wieder. *Entspann dich. Du hast einfach nur zu viel zu schnell getrunken. Und zurück in die Realität.* Sie nahm sich ein Papierhandtuch, trocknete sich die Hände ab und stieß ihren Atem aus, bevor sie zurück in den schwach beleuchteten Flur ging.

Jemand packte ihre Schultern von hinten, und dann wurde sie gegen die Wand gedrückt, der Atem verließ ihren Körper mit einem Whoosh, als ihr Rücken gegen die Wand traf. Es war Angel, doch auch nicht Angel, der finstere, besitzergreifende Blick in seinen Augen, halb im Schatten, entflammte sie. Ihre Handtasche fiel aus ihren Händen, als er ihre Handgelenke an den Seiten festhielt.

„Mia", knurrte er, als sein Kopf sich langsam zu ihrem senkte.

Plötzlich fühlte er sich wie Angel an. Damon machte niemals langsam. „Wir müssen ..." Das Wort *aufhören* erstarb auf ihren Lippen, als er plötzlich ihr Haar packte und sie mit Verlangen erfüllte, als Damon wieder da war.

„Du wirst nicht Nein zu mir sagen. Du bekommst ein Sicherheitswort. Taradiddle." Normalerweise hätte sie über das absurde Wort gelacht, doch es war Angel/Damon einfach zu nah.

„Sag es", forderte er sie auf, und seine Lippen strichen über ihr Ohr, riefen ein heißes Beben in ihr hervor, „und das alles hört auf."

Sie konnte dieses absurde Wort nicht sagen. Er sah ihr in die Augen mit einem heißen triumphierenden Blick, bevor er ihren Mund mit einem Kuss eroberte, der genauso grob war, wie Damons gewesen wäre. Er drückte ihre Handgelenke zurück gegen die Wand und seinen Körper komplett gegen ihren, haftete seinen Mund an ihren. Mit leisem Stöhnen gab sie nach, öffnete sich für ihn, drängte ihn im Stillen weiter. Sie brauchte das; es war egal, wie falsch es war. Sie brauchte es, dass er der Angreifer war, damit sie nicht die Scham empfand, selbst dafür verantwortlich zu sein. Sein Mund bewegte sich zu ihrem Kiefer, seine Stoppeln kratzten an ihr, bevor er sich zu ihrem Ohr bewegte, wo er mit barschem

Befehlston sprach. „Geh in die Kabine, zieh dein Höschen aus und warte auf mich."

Bei seinen Worten pochte sie, auch wenn ihr Gehirn auf die Bremse trat. Whoa. Moment. Das hier war eine öffentliche Toilette. Obwohl es Damon und Mia Spaß machte, in der Öffentlichkeit zu ficken … Nein! Das hier war kein Roman! Was, wenn sie jemand erwischte? Ihr fiel das Wort ein. „Ta-ta–"

Er knabberte an ihrem Hals, und eine stechende Hitze brachte sie zum Schweigen. Sein Griff an ihren Handgelenken war fest, entschlossen, und sein Mund knabberte weiter an ihrem Hals entlang, bevor er an ihrer Halsbeuge saugte. Ihre Augen schlossen sich von selbst, ihr Widerstand bröckelte. Sie wollte ihn so verdammt sehr. Sie stieß ein leises, ergebenes Seufzen aus, sie war bereit für alles, was Damon wollte.

Und dann hörte alles auf.

Angel hob seinen Kopf, stand beschützend nahe, schirmte sie gegen jeglichen Blick ab. Weibliches Lachen war zu hören, als eine Gruppe von Frauen näherkam und dann in die Toilette ging.

Sie kam wieder zu sich. Heilige Scheiße. Was, wenn sie da drin in einer Kabine gefickt hätten, und eine Gruppe von Frauen hätte sie erwischt? Das hier war zu weit gegangen.

„Taradiddle", sagte sie ganz deutlich.

Er ließ ihre Handgelenke los und ging zurück Richtung Bar.

Sie ließ sich gegen die Wand sinken und stieß einen zittrigen Atem aus. Ein paar Minuten später hob sie ihre Handtasche von dort auf, wo sie sie hatte fallen lassen, zog ihr Handy hervor und rief ihn an. „Wer bist du?"

„Wer soll ich denn sein?", fragte er finster.

„Angel. Nicht mehr Damon." Bei Damon wollte sie verrückte Dinge. Sie musste sich immer noch davon erholen, wie überraschend, köstlich gut Angel im Rollenspiel war. Sie war so davon gefesselt, dass sie beinahe vergessen hätte, was auf dem Spiel stand. Ihre Freundschaft war wichtiger als ein erotisches Spiel, das nur im Desaster enden würde.

„Okay, Komm da raus." Seine Stimme nahm einen

neckenden Tonfall an. „Du musst keine Angst vor dem dunklen Angel haben."

Sie beendete das Gespräch und schüttelte den Kopf wegen seiner überraschenden neuen Seite, die so grob war und doch immer noch neckend, wie es ihre lange Freundschaft erlaubte. Sie hätte ihm ihr Leben anvertraut. Sie würde niemals Angst vor ihm haben können, und er wusste das.

Sie ging zurück an die Bar und setzte sich neben ihren sicheren, besten Freund. Sie sah ihn an und setzte ein Lächeln auf.

Er zuckte zusammen. „Hey, wo warst du?"

Und einfach so war Angel zurück.

Was sagte es über sie aus, dass sie Damon vermisste? Sie war ernsthaft verkorkst.

9

Als Julia am nächsten Tag zu ihrem üblichen Tisch in der Lehrerkantine ging, sprachen die Frauen mit leisen Stimmen. Angel lächelte. Oh Junge. Sie hoffte wirklich, dass sie nicht schon wieder über die Fierce-Trilogie sprachen. Sie war absolut nicht bereit dazu, Angel über Damon und Mia reden zu hören, während er ihr wissende Blicke zuwarf und sie auf seine subtile Weise an ihr Rollenspiel in der Bar letzte Nacht erinnerte. Sie mussten sich einmal ernsthaft über Grenzen und Linien unterhalten, die nicht überschritten werden durften, und dass Sex alles ruinieren würde.

Und die Wichtigkeit ihrer Freundschaft.

Und dass Sex alles ruinieren würde.

Und, was am wichtigsten war, dass Sex alles ruinieren würde.

Das letzte Mal, dass sie mit Angel geschlafen hatte, verfolgte sie.

„Ich habe im Bett meines verstorbenen Mannes die Ehe gebrochen", hatte sie in den Nachwehen einer explosiven Erleichterung geschluchzt, die ihre Abwehr durchbrochen und sie dazu gebracht hatte, zu schluchzen und unkontrollierbare Tränen zu vergießen, als die Trauer und das schlechte Gewissen sie packten.

„Du bist keine Ehebrecherin", sagte Angel.

„Doch, bin ich."

„Nicht mehr." Denn jetzt war sie Witwe. Das unausgesprochene Wort ließ sie nur noch heftiger weinen. Angel hielt sie, bis sie sich beruhigte und schließlich einschlief. Und als sie erwachte, war er fort. Hatte sie verlassen. Schon wieder. Wie beim ersten Mal – sie war nach einem Besuch bei Brad im Krankenhaus zum Campus gegangen, und Angel war verschwunden.

Sie verzog das Gesicht, holte ihren gesunden Salat hervor und starrte ihr Mittagessen finster an. Sie konnte es nicht fassen, dass Angel die Nachwehen ihrer letzten gemeinsamen explosiven Zeit vergessen hatte. Das hier war ein sehr gefährliches Spiel, das sie da spielten.

„Schau!", quietschte Ally und schob ihre Hand in Julias Gesicht, um mit einem Diamantring anzugeben. „Ich bin verlobt!"

„Schon?", platzte sie hervor, bis sie sich rasch fing und hastig hinzufügte: „Herzlichen Glückwunsch."

Ally, die erst dreiundzwanzig und viel zu vertrauensselig war, strahlte. „Ich weiß, dass wir erst seit einem Monat zusammen sind, aber es ist die wahre Liebe. Ich glaube wirklich, dass diese würzigen Bücher die Waage in meine Richtung haben ausschlagen lassen. Mark ist jede Nacht fasziniert von mir."

„Was denn für würzige Bücher?", fragte eine Lehrerin von einem Nachbartisch.

„Die Fierce-Trilogie von Catherine Cliff", verkündete Ally dem ganzen Raum von zwölf Lehrerinnen. „Ihr müsst sie lesen. Erotisch, aber auf eine wirklich sinnlich köstliche Weise."

„Sehr schmutzig", sagte Angel, woraufhin Julia errötete und alle lachten.

Ally ging einmal durch die ganze Kantine, präsentierte ihren Ring und sang einen Lobgesang auf die Bücher. Triumphierend kam sie an den Tisch zurück. „Ich denke, sehr bald können wir auch hier einen Buchclub eröffnen. Alle wollen sie lesen."

„Das sollten sie auch", sagte Angel und sah Julia geradewegs an. Sie spürte, wie sie rot wurde, und versuchte vergeblich, es zu verbergen. Verdammt.

„Wirst du meine Trauzeugin, Julia?", fragte Ally und riss Julia überraschend aus ihrem eigenen Kampf lustvollen Verlangens.

Ihr war gar nicht klar gewesen, dass sie einander so nahestanden. „Oh. Natürlich."

„Yay!", quietschte Ally. „Schließlich warst du es, die mich dazu inspiriert hat, all diese Bücher zu lesen."

Julia glättete sich die Haare und hustete. „Ich kann mir nicht vorstellen warum."

„Weil du so rot geworden bist, dass ich wusste, dass ich das erste lesen muss, und ich fand es wirklich gut."

„Hattest du es vorher schon gelesen?", fragte Angel Julia.

Julias Wangen und ihr Hals brannten. Nur einmal wäre sie gerne cool genug, um nicht rot zu werden, wenn sie das Zentrum der Aufmerksamkeit war. „Ich war einfach nur wie jeder andere überrascht, als Hailey damit anfing."

„Und, Angelo, wirst du einer der Brautführer?", fragte Ally. „Ich weiß, wir stehen uns nicht so nahe wie Julia und ich, aber wir brauchen noch einen Typen, um eine gerade Zahl bei der Hochzeitsparty zu haben." Ally verzog das Gesicht. „Das klingt grässlich, nicht wahr? Egal. Tut mir leid."

„Würde ich gern", erwiderte Angel. „Ist mir eine Ehre. Danke."

„Oh", kicherte Ally. Dann sprach sie mit lautem Flüstern zu den anderen Frauen am Tisch: „Zu schade, dass er nicht mit Kolleginnen ausgeht."

„Zu schade", murmelte Julia leise.

„Bitte?", fragte Ally strahlend.

Julia schüttelte den Kopf. „Nichts." Sie wollte an Allys strahlendem, glücklichem Tag keine Spaßbremse sein. Sie hatte nur Probleme damit, sich an diese überstürzte Hochzeit zu gewöhnen. Und um ehrlich zu sein, wusste sie, dass es schwierig sein würde, bei einer Hochzeit zu sein. Seit ihrer eigenen war sie bei keiner gewesen. Und bei der hatte sie Zweifel und ein schlechtes Gewissen gehabt, es aber dennoch durchgezogen.

„Du solltest dich mit Hailey in Verbindung setzen", sagte Julia. „Sie wäre begeistert, wenn sie deine Hochzeit im Ludbury House planen dürfte."

Ally schob ihre blonden Haare hinter die Ohren. „Habe ich schon gemacht! Ich habe sie angerufen, bevor ich meine Eltern angerufen habe. Das Paar, das am Valentinstag dort heiraten wollte, hat sich getrennt, also gehört alles mir! Könnt ihr das fassen? Ich werde in nicht einmal zwei Wochen heiraten!"

„Wow", sagte Julia und verkniff sich jede Warnung darüber, sich so in die Dinge zu stürzen, die ihr in den Sinn kamen.

Dana, Emma und Suzanne begannen eine lange Diskussion über das Hochzeitskleid, und Dana öffnete ihre Hochzeits-Pinterestseite auf ihrem Handy, um Ally all die wunderschönen Kleider, Kuchen und Blumen, die sie sich gemerkt hatte, zu zeigen. Und Dana hatte nicht einmal einen Freund. Julias eigene Hochzeit war hauptsächlich von ihrer und Brads Mom geplant worden, da sie und Brad noch für die Abschlussexamina im College gelernt hatten. Sie hatte ihr zweites Jahr abgeschlossen, Brad bereits sein letztes Jahr, er stand vor seinem Abschluss. Wie wäre es wohl gewesen, eine Hochzeit wirklich zu planen? Sich über all die Details Gedanken zu machen? Das richtige Kleid zu suchen? Selbst das mit dem Hochzeitskleid hatte Julia verpasst. Ihre Mom hatte ihre Maße genommen und ihr eigenes Hochzeitskleid umändern lassen. Julia hatte diese süße Geste nicht ablehnen wollen. Sie und ihre Adoptivmutter waren einander endlich wieder nahegekommen, als sie sich verlobt hatte. Daran war nicht zuletzt Angel schuld, da er ihr die Leviten gelesen hatte, als sie ihm von ihrer Idee erzählt hatte, sie könnten doch durchbrennen, weil weder sie noch Brad ihren Eltern nahestanden.

Sie würde niemals vergessen, wie barsch Angel gewesen war, so wie nie zuvor, er hatte sie geradezu angebrüllt. Zumindest hatte es sich von ihrem besten Freund so angefühlt.

Er hatte mit einem Finger gegen sie gestoßen und so nah

vor ihr gestanden, dass sie die Wut von ihm ausstrahlen spürte. „Weißt du was, Julia? Du willst dich wie eine Erwachsene verhalten? Heiraten, ein Haus kaufen, die ganze Sache, dann *werd erwachsen* und geh und dank deiner Mom, dass sie dich als Tochter aufgenommen hat, anstatt sie dafür zu verachten, dass sie dich adoptiert hat!"

Tränen stachen in ihren Augen, und sie erschrak, trat einen Schritt zurück. Angel war immer so vorsichtig mit ihren Gefühlen umgegangen. Sie versuchte, es zu erklären. „Es ist doch nur, weil sie es vor mir verheimlicht und es mir bei meinem Highschoolabschluss einfach so vor den Latz geknallt hat. Du kennst meine Geschichte."

„Sie hat also einen Fehler gemacht", blaffte er. „Leute machen Fehler. Leb weiter."

In einem Wutanfall war er davongestürmt. Es tat ihr körperlich weh, dass Angel wütend auf sie war. Doch er hatte sie erreicht. Ihr wurde klar, dass er recht hatte, sie musste sich dem Leben jetzt wie eine Erwachsene stellen, selbst, wenn sie genau genommen immer noch in ihren Teenagerjahren war. Mit neunzehn war sie vom Gesetz her erwachsen. Sie hatte sich bei ihrer Mom entschuldigt, die sich prompt bei ihr entschuldigte, und am Ende hatten sie beide geweint und einander umarmt. Sie waren zu verschieden, um einander jemals nahe zu sein, doch von da an wurde alles langsam besser. Jedenfalls hinreichend, dass sie sich wirklich darüber freuen konnte, dass ihre Eltern bei der Hochzeit waren. Selbst, wenn sie ein emotionales Häufchen Elend war. Sie wusste, dass es viel zu spät war, um einen Rückzieher zu machen. Ihr zukünftiger Ehemann musste ins Kriegsgebiet. Er liebte sie. Sie liebte ihn.

Julia hatte neben Brad am Altar gestanden, doch sie konnte nur Angel sehen, den Trauzeugen an Brads Seite, als Erinnerung daran, dass es keine Liebe zu dritt geben konnte.

∽

Am Samstagmorgen hatte Julia einen Termin mit einer Maklerin, die durchs Haus ging und erfreut zu sein schien. Die Frau war sehr sachlich und sagte ihr geradeheraus, dass sie den Keller noch leerräumen müsse. Die Leute mussten durch den Keller gehen und sich ihre eigenen Sachen dort vorstellen können. Und so stand Julia um neun Uhr morgens da und versuchte, sich zusammenzureißen, während sie im Wohnzimmer auf und ab ging, bevor sie hinunter in ernsthaftes Brad-Territorium eindringen musste. Da sie ohnehin bald auch zum Haus seiner Eltern musste, worum er sie in dem Brief gebeten hatte, wäre das eine gute Gelegenheit, die Kisten seiner Kindheit mitzunehmen und sie ihnen zurückzugeben. Vermutlich sollte sie auch die Trainingsgeräte spenden, obwohl sie Hilfe brauchen würde, sie aus dem Keller hoch zu schleppen. Sie rief Angel an und bat ihn um Hilfe, die Kisten zu ihrem Wagen zu tragen, gab ihm aber unmissverständlich zu verstehen, dass sie allein zum Haus von Brads Eltern fahren würde, und er versprach, nach dem Mittagessen, nachdem er mit seinem Nachhilfeunterricht fertig wäre, bei ihr vorbeizukommen. Er hatte jeden Samstagmorgen dreizehn Schüler, denen er dabei half, mit ihren Hausarbeiten klarzukommen, da sie das wegen Aufmerksamkeitsdefiziten nicht schafften.

Drei Stunden später steckte Julia bis zu den Knien tief in alten Erinnerungen, sowohl durch Brads Kisten aus seiner Kindheit als auch durch ihre eigenen. Sie saß im Schneidersitz auf dem Boden in Pullover und Leggins, von Staub bedeckt, ihre Augen ganz wund von all den Tränen. Sie hatte ihre alte Puppensammlung gefunden, ihre Kleider für den jeweils ersten Schultag, selbst ihre dummen Sammelkarten von vollkommen hässlichen Trollen. Brads alte Schulfotos hatten sie schwer getroffen. Er sah aus wie die Art Junge, mit dem man in der Klasse nur schwer umgehen konnte. Der Blödsinn stand ihm ins Gesicht geschrieben. Erinnerungen an ihn – seine scherzende, verrückte Art, seine Wildheit – bombardierten ihr empfindliches Herz, jede war ein scharfer Dolchstoß in eine alte Wunde. Er war so anders als sie gewesen, ein goldener Gott, zu groß für das Leben, hatte sie mit Partys und Menschen auf eine Art vertraut gemacht, die sie zuvor nicht gekannt hatte. Erst, nachdem sie drei Monate zusammen gewesen waren, hatte er sich geändert, war wirklich angekommen und ernster dem Leben gegenüber geworden. Nicht nur ihretwegen, sondern auch was die Schule anging, er hatte an seine Zukunft gedacht. Sie hatte es schmeichelhaft gefunden, dass er seine Zukunft ernst nehmen wollte, denn, wie er sagte, er wollte der Mann sein, den sie verdient hatte, selbst, wenn sie sich nach seiner alten, lustigen Seite sehnte. Doch wie hätte sie sich beschweren können? Ein goldener Gott hatte sie – die schlichte, mausgraue Julia – auf ein Podest erhoben. Vor Brad hatte sie sich nie besonders gefühlt. Warum konnte das nicht genug sein? Warum wandte sie sich Angel zu?

Sie schob die Kiste mit Brads Fotos und Zeugnissen (keines war gut) hinüber zu der langen Reihe von Dingen, die Brad gehörten und die sie nach oben in ihren Wagen schleppen musste. Eine ganze Wand Brad. Sie atmete einmal tief ein und wandte sich einer weiteren Kiste zu. Die anderen Kisten waren alle nicht beschriftet, also war jede eine schmerzhafte Überraschung. Sie öffnete sie und fand seine Trophäen aus der Little League. Ein Schauer durchfuhr sie, und sie verschränkte die Arme, umarmte sich selbst. Mittlerweile hätte sie eigene Kinder haben sollen. Wenn Brad nicht gestorben wäre, hätte sie das vermutlich. Sie hatten darüber gesprochen. Sie wollte so dringend eigene Kinder. Mit fünfundzwanzig hätte er die Army verlassen. Dann wäre sie dreiundzwanzig gewesen. Ihr Kind wäre jetzt fünf. Vielleicht im ersten Jahr der Little League.

Eine Stimme drang durch die dichte Stille und erschrak sie. „Wir sollten all diese Kisten seinen Eltern geben." Angel. Sie entspannte sich, denn sie wusste, er würde die Last mit ihr teilen. Er war ihr Felsen.

„Das werde ich auch", sagte sie und lächelte ihn dankbar an, weil er aufgetaucht war. „Danke fürs Kommen."

„Natürlich." Er ging zu ihr, linste in die Kiste, die sie mit einem Was-wäre-wenn zum Schwanken gebracht hatte, und schloss sie. „Ich nehme sie. Ich bringe sie in dein Auto."

Vor Erleichterung hätte sie beinahe geschluchzt. „Danke."

Er machte kurzen Prozess damit, trug zwei oder drei

Kisten auf einmal, insgesamt zehn. Bis jetzt jedenfalls. Er kam mit zwei Gläsern Wasser wieder nach unten und reichte ihr eins. Sie trank es gierig, war von der Arbeit und vom Weinen ganz ausgedörrt.

„Sie haben nicht alle in deinen Wagen gepasst, deswegen habe ich auch ein paar in meinen getan", sagte er. „Ich werde dich begleiten."

Sie schüttelte den Kopf. „Nein, ich habe dir bereits gesagt, dass ich das allein machen möchte. Ich werde einen Transporter mieten." Sie sollte Brads Brief mit seinen Eltern lesen. Sie wollte nicht, dass Angel das durchmachen oder mit dem umgehen musste, was daraus resultierte.

„Bist du dir sicher?"

„Ja. Erinnerst du dich an den Brief?"

„Verdammter Brad", murmelte Angel. Er nahm einen langen Schluck Wasser.

Auch sie trank und die kühle Flüssigkeit milderte die Enge in ihrem Hals. „Ich muss es einfach hinter mich bringen. Ich bin jetzt bereits aufgewühlt dadurch, dass ich durch all diese Sachen gegangen bin. Ich fahre morgen hin."

„Hast du noch Kontakt zu seinen Eltern?"

Sie nickte. „Ich spreche regelmäßig mit seiner Mom. Sie kommt immer noch nicht wirklich damit klar. Er war ein Einzelkind. Wie ich."

Angel nahm ihre leeren Gläser und stellte sie auf den Boden neben die Treppe, aus dem Weg. „Wo soll ich anfangen?"

Sie wedelte mit einer Hand auf das Chaos von Kisten, das sie noch durchgehen musste. Sie waren in drei Reihen, so hoch, wie sie groß war, aufeinandergestapelt. „Sie sind alle nicht beschriftet. Die Umzugsleute haben alles für uns gepackt. Schau einfach hinein, und wenn es aussieht, als wäre es sein Kram, stell es dort hinüber, damit ich es seinen Eltern bringe. Meine Sachen werde ich entweder spenden, oder sie kommen in einen von diesen beiden Behältern." Sie deutete auf die leeren, durchsichtigen Plastikkisten. „Ich will nichts mehr, was mich an die Vergangenheit erinnert, als das, was in diese beiden Behälter passt. Das ist eins der Prinzipien in diesem Entrümpelbuch."

Er öffnete eine Kiste. „Das Buch hat es dir ja wirklich angetan."

„Ich glaube, ich habe einfach einen Schubser gebraucht, um aus meiner finsteren kleinen Höhle zu kommen."

„Oben ist es definitiv heller", sagte er und griff in die Box. „Oh, wow. Julia."

„Was?"

„Das hast du verwahrt?" Er hielt eine dicke Zuckerstange mit einer gefalteten kleinen Karte in die Höhe. Das hatte er ihr Anfang Dezember in ihrem ersten Jahr geschenkt. Die schlichte Nachricht darin würde sie nie vergessen – Hab eine schöne Weihnachtszeit, in Liebe, Angel. Damals hatte sie diese kleine Karte ganz oft gelesen, den Teil mit der „Liebe" so bewundert. Sie und Angel hatten abgesehen von einem kurzen Hallo und Tschüss damals kaum miteinander gesprochen, weil sie mit Brad zusammengekommen war, und Brad und Angel hatten sich heftig gestritten und sprachen gar nicht mehr miteinander. Etwas an dieser kleinen Karte hatte sich um ihr Herz gelegt und zugedrückt. Sie war zu seinem Zimmer im Wohnheim gegangen, um ihm zu danken, und er war furchtbar rot geworden und hatte gesagt, dass das doch nichts sei, woraufhin sie furchtbar rot geworden war, weil sie gedacht hatte, dass es etwas bedeutete. Sie war sich dumm vorgekommen und gegangen. Doch sie hatte es verwahrt, weil es ihr jedes Mal, wenn sie es ansah, ein warmes Glühen brachte.

Angels Stimme klang heiser. „Ich fasse es nicht, dass du das aufgehoben hast."

Sie lachte gezwungen. „Ich bin ein Messi."

Er starrte es an. Es hatte sich ziemlich gut gehalten, dafür, dass es zehn Jahre alt war. Nur das Rot war ein wenig zu Rosa verblasst. Weißt du noch, was in der Karte steht?"

„Natürlich."

Angel sah sie merkwürdig an, irgendetwas zwischen unruhig und neugierig. Er legte das Geschenk zurück in die Kiste und ging langsam durch das Kistendurcheinander und dorthin, wo sie am Boden saß. Er griff nach ihren Händen und zog sie hoch. Sein Ausdruck war ernst, seine dunkelbraunen Augen sahen in ihre. „Sag mir, was drinstand."

„Hab eine schöne Weihnachtszeit, in Liebe, Angel", sagte sie, ohne zu zögern.

Er trat einen stolpernden Schritt zurück, als hätte sie ihn geschubst. Er schob sich beide Hände ins Haar. „Wenn es dir so viel bedeutet hat, dass du es die ganze Zeit verwahrt hast, warum gab es dann damals kein Wir?"

Sie spürte, wie sie errötete. „Ich, na ja, du sagtest, dass es nichts sei. Erinnerst du dich? Ich habe dir gedankt–" ihre Stimme wurde ein Flüstern „– du hast gesagt, es ist nichts." Ihre Wangen und ihr Hals brannten, es war ihr erneut so peinlich, dass sie sich als Erstsemester, das noch nie einen Freund gehabt hatte, geschweige denn zwei Jungs, die sie verehrten, solch dumme Hoffnungen gemacht hatte.

Sie hob ihr Kinn und sah ihm in die Augen. Sie war es so leid, dass ihre Vergangenheit sie auf so viele Arten quälte. „Ich wollte keine Idiotin sein und mehr hineinlesen, als da war."

Er schloss die Augen, als schmerzten ihn ihre Worte.

„Angel?"

Er durchbohrte sie mit einem harten Blick. „Weißt du, was Damon an jenem Tag getan hätte?"

Sie trat vorsichtig einen Schritt zurück.

„Was ich hätte tun sollen?", fragte er barsch, und seine Worte kratzten über ihre bereits wunden Nerven.

„Sei nicht wütend auf mich", sagte sie, und ihre Stimme war kaum mehr als ein Flüstern, als er in ihre Intimsphäre eindrang und sie zurückdrängte. Sie stieß gegen eine der deckenhohen Metallstützen des Hauses, und er drehte ihr die Arme auf den Rücken, hielt ihre Handgelenke mit einer Hand, hielt sie dort fest.

Seine andere Hand hielt ihr Kinn und hob ihren Kopf. „Ich bin nicht wütend auf dich." Seine Lippen strichen über ihre, und ihre Knie wurden weich. „Ich bin wütend auf mich."

Das hier war eine schlechte Idee. Sie war ein emotionales Wrack, steckte bis zu den Knien in herzerweichendem Brad-

Territorium, das war kein Ort für Angel. Und sie hatten auch diese Unterhaltung noch nicht geführt. Sie hatte heute das Thema Sex-würde-alles-ruinieren zur Sprache bringen wollen, doch die Maklerin hatte sie mit all diesem Kellerkram abgelenkt. Hier konnten sie nicht darüber sprechen. Sie mussten nach oben ins Licht gehen.

„Angel", sagte sie leise, „das hier ist keine gute Zeit und auch kein guter Ort für–"

„Das ist es nie", sagte er finster, dann schob er seine Hand in ihr Haar und umfasste ihren Kopf.

„Bitte nicht", flüsterte sie. Sein Griff in ihrem Haar verfestigte sich, und ein Elektrostoß unleugbarer Lust schoss durch sie hindurch.

„*Bitte nicht* hält Damon nicht zurück. Erinnerst du dich an Taradiddle? Das ist, was Damon aufhält."

Sie hatte das Wort nachgeschlagen. Taradiddle bedeutete Flunkerei. Er nannte sie eine Lügnerin, das war sie, ihr Körper war ihrem Verstand gegenüber wie immer ein Verräter, leugnete die Wahrheit dessen, was sie sich ersehnte.

Sein Blick lag heiß auf ihrem. „Sag es", verlangte er.

Sie hielt den Mund geschlossen, ihr Körper sehnte sich nach seiner Berührung.

Sein Mund traf ihren zu einem groben Kuss, sein Griff war fest an ihren Handgelenken. Sie konnte dieses Feuer, das zwischen ihnen brannte, nicht bekämpfen, sich nur hingeben. Süßes, süßes Hingeben. Er drückte sich näher, seine harten Flächen passten perfekt an jede Stelle, die schmerzte. Mit geschlossenen Augen konnte sie alles vergessen – den Keller und ihre Erinnerungen, ihren besten Freund. Das hier waren einfach zwei Körper, die gierig aufeinander waren wie Damon und Mia. Er wurde aggressiver, seine Zunge fordernder, seine Hand ließ ihren Kopf los, um ihr Bein zu heben, sie näher aneinander zu drücken, Becken an Becken. Sie wimmerte vor Verlangen, sehnte sich verzweifelt nach mehr, stieß ihre Hüfte, ohne nachzudenken, gegen seine Härte, seine Hitze. Er hob den Kopf, seine Hand hielt immer noch ihre Handgelenke hinter ihrem Rücken.

„Sag, dass du mich willst, Julia. Mich, Angel."

Sie öffnete die Augen, und die Realität kam in einem Schwall zurück – die Kisten mit ihrem und Brads Leben, die sie umgaben. Wie wichtig es war, niemals ihren besten Freund zu verlieren. Ihr schmutziges kleines Geheimnis.

Sie schluckte den Kloß in ihrer Kehle herunter. Sie konnte die Worte nicht sagen, die er hören wollte.

Er ließ ihr Bein und ihre Handgelenke los, brachte kühlen Raum zwischen ihre überhitzten Körper.

„Sag es", verlangte er, sein Tonfall klang so wütend wie an jenem Tag, als er ihr gesagt hatte, sie solle erwachsen werden. Sie konnte an einer Hand die Male abzielen, in denen Angel wütend auf sie gewesen war. Es traf sie tief, ihre Augen wurden heiß, und ihr Magen brannte. Niemand bedeutete ihr mehr als er, doch sie konnte ihm auch nicht das geben, was er wollte.

Sie schloss ihre brennenden Augen. „Taradiddle."

Er stieß eine Reihe von Flüchen aus, drehte sich um und stürmte davon.

„Warte! Angel!" Sie rannte die Treppe hinauf und erwischte ihn noch am Ärmel, als er im Wohnzimmer nach seiner Jacke griff. „Sei nicht wütend auf mich. Bitte. Wir sollten uns unterhalten."

Er drehte sich um, sein Kiefer war verkrampft, der aufgewühlte Ausdruck in seinen Augen reflektierte den Schmerz, den sie jedes Mal empfand, wenn sie versuchte, bei ihm weiterzukommen. „Warum, Julia? Warum kann ich dich nicht als ich selbst haben?"

Das Gewicht der Vergangenheit brachte sie dazu, die Schultern hängen zu lassen. „Wir haben zu viel Vergangenheit."

„Das ist doch Quatsch."

Das traf sie wie ein Schlag. Sie stellte sich zurück auf ihre Fersen, brauchte die Distanz, musste ihm zugleich aber auch nah sein. Das war das ewige Hin und Her, das sie bei Angel empfand. „Wir kommen aus lauter falschen Gründen zusammen." Das schlechte Gewissen deswegen hielt sie immer noch zurück. Die Nachwehen hatten sie beinahe zerstört.

Er starrte sie einen langen spannungsgeladenen Moment

an, dann sagte er schließlich mit sorgfältig kontrollierter Stimme: „Und was wären die richtigen Gründe?"

„Ich weiß es nicht!", rief sie.

„Dreh dich um", sagte er, seine Stimme war ruhig und sicher und nicht annähernd so wütend wie noch vor einem Moment. Ihrem Verstand fiel es schwer, aus dem veränderten Tonfall schlau zu werden.

„Warum?"

„Mach's einfach."

Sie drehte sich um. Einen Moment später spürte sie ihn ganz nah, seine Hitze an ihrem Rücken, dann legte er ihre Haare zur Seite, und seine Lippen trafen ihren Hals mit einem heißen, offenen Kuss. Sie versteifte sich, und er legte seine Arme um sie, hielt ihre Arme an ihren Seiten, während sein Mund an ihrem Hals gröber wurde, biss und saugte und er sie mit seiner Zunge beruhigte. Sie stöhnte. Sie konnte nicht anders. Er küsste an ihrem Hals hinauf bis zu ihrem Ohr und an die empfindliche Unterseite ihres Kiefers, sein Griff an ihr lockerte sich so weit, dass er sie in die Arme schließen konnte.

Seine Stimme klang rau in ihrem Ohr. „Wenn das dazu nötig ist, dann wird es so sein."

„Ich weiß nicht, was du meinst."

Er hob ihr Haar und küsste ihren Nacken, brachte ihr heiße Schauer, dann machte er sich seitlich an ihren Hals. Sie schloss die Augen und neigte den Kopf, sodass er ganz an sie kam. Sein Mund bewegte sich zu ihrem Ohr, zog an ihrem Ohrläppchen zwischen seinen Zähnen. „Du musst wie Mia sein, die ihren Liebhaber nur von hinten nimmt, weil sie nicht akzeptieren können, mit wem sie zusammen ist. Nicht bei ihren Geheimnissen, nicht mit dem Verrat, der ihn für immer gegen sie aufbringen würde."

Die Worte trafen zu, waren zu scharf und verdrehten ihr den Magen. „Ich möchte dieses Spiel nicht spielen", flüsterte sie.

Er drehte ihren Kopf gerade weit genug, dass er ihren Mund zu einem überwältigenden, süchtig machenden Kuss erobern konnte. „Das hier ist kein Spiel. Nicht mehr."

„Ang–"

Wieder bedeckte sein Mund den ihren und brachte sie zum Schweigen. Dann küsste er erneut ihren Hals, der Rausch groben Besitzergreifens gestattete es ihrem bedürftigen Körper, die Proteste ihres Gehirns zum Schweigen zu bringen. Er zog ihre Hüfte zu sich zurück, als er sie vorbeugte und ihre Handflächen gegen die Wand vor ihr drückte. Plötzlich war ihr schwindlig, alles drehte sich vor Lust, und sie sehnte sich verzweifelt nach dem, was er ihr geben konnte. Er schob mit seinem Bein ihre auseinander, spreizte sie für sich, und dann drückte er seine Härte durch den dünnen Stoff ihrer Leggins gegen sie, entlockte ihr ein leises Stöhnen. Ihr Körper sehnte sich nach ihm, und sie würde ihn nicht noch einmal stoppen. Atemlos wartete sie darauf, dass er ihr die Kleidung vom Leib reißen würde.

Er löste sich von ihr. „Mehr bekommst du heute nicht."

Und dann ließ er sie schmerzend zurück, und sie fragte sich, was am Ende schlimmer gewesen wäre – wenn er es durchgezogen hätte oder nicht.

Denn da war sie sich nicht mehr so sicher.

10

Angel kehrte an jenem Abend nicht zu Julias Haus zurück. Er hatte alles so weit vorangetrieben, wie er nur konnte, ohne die Grenze zu überschreiten, bei der Julia ihn immer wegstieß. Als wären sie Sünder. Vielleicht waren sie das mal gewesen, doch jetzt nicht mehr. Jedenfalls konnte er keine weitere Minute mit ihr verbringen, ohne sie nackt zu machen. Er wollte sie viel zu verdammt sehr. Also musste er Distanz wahren. Erst einmal.

Seine Familie schwieg beim sonntäglichen Familienabendessen merkwürdigerweise zum Thema Julia. Er war sich ganz sicher gewesen, dass sie nachfragen würden, nachdem sein Dad ihm geraten hatte, vor- oder zurückzutreten. Es war gar nicht die Art seiner Brüder, ihn nicht zu necken und zu ärgern, daher vermutete er, dass irgendjemand, vermutlich sein Dad, allen gesagt hatte, sie sollten ihren Mund halten, wenn es um Julia ging. Dafür war er dankbar, wer auch immer dahintersteckte. Die Situation war heikel und nicht für eine öffentliche Diskussion gedacht. Bis Montag konnte er es kaum abwarten, sie wiederzusehen. So war das immer mit Julia. Er konnte nie lange fernbleiben. Glücklicherweise arbeiteten sie an derselben Schule, der Eastman Elementary, daher fing er sie im Flur auf dem Weg zum Mittagessen in der Lehrerkantine ab.

Sie ging mit gesenktem Kopf, als gingen ihr viele Gedanken durch den Kopf, und erst jetzt fiel ihm ein, dass sie gestern Brads Eltern hatte besuchen wollen.

„Julia, wie geht es dir? Wie lief es gestern bei Brads Eltern zu Hause?"

Sie hob den Kopf, und er sah den Schmerz in ihren dunkelblauen Augen. „Ich bin nicht hingefahren."

„Warum nicht?"

„Ich hatte immer noch Kisten von ihm im Keller, und ich bekomme den Van erst am Wochenende."

Er rieb sich den Nacken, fühlte sich schuldig, weil er sie wegen seiner unkontrollierbaren Lust im Stich gelassen hatte. „Ich hätte bleiben und dir bei den Kisten helfen sollen."

Sie schüttelte den Kopf. „Ich glaube, du bist gerade rechtzeitig gegangen."

„Ich–"

„Nicht hier", sagte sie und zog die Tür zur Lehrerkantine auf. Sie hatte recht. Das hier war nicht der Ort für eine Unterhaltung, die leicht hitzig werden konnte.

Er setzte sich mit ihr an ihren üblichen Tisch zu Ally, Dana, Emma und Suzanne. Die Frauen waren alle ganz aufgeregt wegen Allys Hochzeit.

„Schafft ihr beiden es zur Probe am Freitag vorher?", fragte Ally und sah ihn und Julia an. Die Hochzeit sollte in zwei Wochen am Valentinstag stattfinden.

„Natürlich", sagte Julia.

„Das würde ich mir nicht entgehen lassen", sagte Angel. Er fragte sich, ob man ihn mit Julia zusammentun würde. Ob er mit ihr den Gang entlanggehen würde, als wäre es ihre eigene Hochzeit. Er schaltete ab, als die Frauen über die Kleider der Brautjungfern und die Korsagen sprachen, bis Direktorin Johnston an den Tisch kam und sie alle schwiegen.

„Wie geht es Ihnen allen heute?", fragte Direktorin Johnston und stellte sich in ihrem üblichen grauen Kostüm neben ihren Tisch. Die Direktorin, Carol, war ernst und steif und machte sich für gewöhnlich nicht die Mühe, in der Lehrerkantine irgendwie freundlich zu sein. Doch Angel sah auch eine andere Seite an ihr, wenn sie sich gemeinsam um

Familien in Not kümmerten. Ihr Mitleid und ihre Hingebung für das Wohlergehen der Kinder an erster Stelle ließen ihn sich glücklich fühlen, dort zu arbeiten. Er hatte vorher in wirklich schwierigen Situationen für das County gearbeitet und nur äußerst wenig Hilfe von oben bekommen.

„Gut", antwortete Angel Carol lächelnd. Die übrigen Reaktionen der Frauen waren bestenfalls lauwarm. Außer Ally, deren Enthusiasmus wegen ihrer Hochzeit durch nichts getrübt werden konnte.

Ally strahlte. „Wir haben gerade über meine bevorstehende Hochzeit gesprochen."

„Oh, verstehe. Und Sie sind alle eingeladen?" Carol richtete ihre bereits steife Wirbelsäule weiter auf.

„Sie sind auch herzlich eingeladen", sagte Ally rasch.

„Danke. Ich werde mal im Kalender nachsehen." Carol setzte sich abrupt und flüsterte: „Hat eine von Ihnen schon den dritten Teil der Fierce-Trilogie gelesen?"

Die anderen Frauen leugneten es, vielleicht stimmte es auch, vielleicht wollten sie das nur nicht mit ihrer Vorgesetzten diskutieren.

„Ich", sagte Angel.

Julia zwirbelte eine Locke ihres Haares und sah jeden anderen nur nicht ihn an.

Carol sprach mit lautem Flüstern. „Können Sie fassen, was–"

„Nicht spoilern!", sagte Ally und hielt sich die Ohren zu. „Lalala! Ich hatte zu viel mit den Hochzeitsvorbereitungen zu tun, um es zu lesen, aber ich habe es, und ich möchte es vor unserem nächsten Buchclubtreffen lesen."

„Oh, verstehe", sagte Carol, schürzte ihre Lippen und sah sie alle an. „Sie haben einen Buchclub. Wie nett."

„Sie können auch gerne kommen", sagte Angel.

Die Frauen bedachten ihn alle mit tödlichen Blicken. Offensichtlich wollten sie vor ihrer Vorgesetzten nicht über erotische Bücher diskutieren, aber, also bitte, es war doch wohl offensichtlich, dass Carol die Bücher gefielen und sie mitmachen wollte.

„Wenn Sie nichts dagegen haben", sagte Carol mit ungewöhnlich weicher Stimme.

Es folgte eine unbehagliche Stille.

„Wir hätten Sie gerne da", sagte Angel.

Die anderen Frauen warfen ihm weiterhin tödliche Blicke zu, bis Carol sich am Tisch nach Bestätigung umsah. Die Frauen setzten mit einem Chor von Bekräftigungen gleich ein Lächeln auf.

Allys Lächeln war genauso aufgesetzt, als sie mit gezwungen fröhlicher Stimme sagte: „Das wird Spaß machen."

Carol nickte einmal. „Dann sehe ich Sie alle da." Sie ging, und alle seufzten kollektiv, als sich die Tür der Lehrerkantine hinter ihr schloss.

„Gut gemacht", spuckte die ansonsten so sanfte Dana ihm entgegen.

Angel hob eine Hand. „Es ist nicht leicht, der Boss zu sein. Niemand will mit einem befreundet sein."

„Aus einem guten Grund", blaffte Emma. „Glaubst du, ich möchte, dass sie erfährt, wie viel Würze diese Bücher meiner Ehe gegeben haben?"

„Oder dass sie zu meiner Ehe geführt haben?", fragte Ally.

„Vielleicht braucht sie auch etwas mehr Würze in ihrer Ehe", erklärte Angel. Dann sah er Julia direkt an, mit einem Blick, der sie aufheizen sollte, während er fragte: „Wer weiß, was Damon als nächstes tut?"

Er brauchte nicht mehr Ermutigung als Julias leuchtende Röte.

Hailey bat um ein früheres Treffen ihres Buchclubs (nicht wie sonst alle zwei Wochen), erstens, weil sie wie wild Allys Valentinstagshochzeit plante und weil sie mehrere Anrufe von Mitgliedern bekommen hatte, die den letzten Teil der Trilogie, *Heiße Liebe*, gelesen hatten und jetzt unbedingt darüber reden wollten. Julia stellte fest, dass sie innerlich kämpfte, ob sie hingehen sollte oder nicht. Einerseits schrie ihr Hirn geradezu, sie solle nicht gehen! Einer Diskussion zuzuhören, die von *Heiße Liebe* handelte, und bei der Angel und ihre Vorgesetzte anwesend waren, wäre eine Qual (aus zwei völlig verschiedenen Gründen). Andererseits war sie wirklich neugierig zu hören, was andere darüber dachten.

Okay, sie wollte Angels Sicht der Dinge hören. Ganz egal, wie schwierig das sein würde.

Als Julia eintraf, waren alle anderen bereits da, die üblichen Mitglieder, Angel, ihre befreundeten Kollegen und ihre Vorgesetzte. Es war ihr ein Rätsel, warum Angel unbedingt Direktorin Johnston hatte einladen müssen. Die Frau sah genauso einschüchternd aus wie bei der Arbeit, sie trug immer noch ihre Uniform aus blauem Blazer und Rock. Die einzige, die fehlte, war Ally. Jeder hatte ein leuchtend rotes Taschenbuch in der Hand.

Julia setzte sich neben die nette Krankenschwester Carrie. Unglücklicherweise war sie schon wieder gezwungen, Angel gegenüber zu sitzen, der zwischen Charlotte saß, der Personal Trainerin mit dem perfekten Körper, und Direktorin Johnston. Charlotte hatte doch davon abgesehen, Julias Haus zu kaufen, denn sie hatte etwas gefunden, das ihr gefiel und näher an der Arbeit war. Julia unterdrückte ein Seufzen. Sie saß wirklich nicht gerne Angel gegenüber, denn so hatte er viel zu viele Gelegenheiten, sie mit seinen dunkelbraunen Schlafzimmeraugen zu durchbohren, wenn er erotische Beobachtungen äußerte. Sie konnte das Rosa, das unweigerlich ihre Wangen flutete, nicht verhindern, das die Macht dieser Worte verriet. Es war extrem peinlich vor den anderen Frauen.

Ihr fiel auf, dass Angel sich heute besonders schick gemacht hatte. Anstatt seines üblichen Hemds und der Khakihose für die Arbeit hatte er sich umgezogen und trug jetzt ein eng sitzendes, weißes Hemd mit langen Ärmeln, dazu Jeans und einen schwarzen Ledergürtel, wodurch er aussah wie ein Model für den typisch amerikanischen sexy Mann. Ganz offensichtlich genoss er all die weibliche Aufmerksamkeit, da er Charlotte unentwegt anlächelte und sich nicht einmal die Mühe gemacht hatte, seine beste Freundin zu begrüßen.

„Was ist das für ein Buch?", fragte Julia Mad, die das Gesicht verzog, während sie darauf starrte.

Matt schnaubte. „Hailey möchte, dass wir diesen Mist lesen." Sie hielt das Buch mit den Goldbuchstaben im Titel in die Höhe: Von *Bäh zu Yeah: Ihr Leitfaden fürs Daten in der modernen Welt*. Julia bekam ein ganz übles Gefühl. Das hier würde noch schlimmer werden als die Fierce-Trilogie. Hailey würde vermutlich über all ihre *Bäh*-Erfahrungen reden wollen, und wie man das verbessern konnte. Julia hatte keine *Bäh*-Erfahrungen. Sie war nur mit zwei Männern zusammen gewesen, und beide hatten sie wie ein Juwel behandelt. Vielleicht war das alles, was sie jemals bekommen würde, denn wenn die meisten Menschen *Bäh* hatten, und zwar so viel, dass sie ein ganzes Buch darüber schreiben konnten, dann standen ihr wohl keine *Yeah*-Erfahrungen mehr zu.

„Nur die Single Ladys", verkündete Hailey. „Und du, Angelo, da du ja Single bist."

Angel neigte seinen Kopf und begann, durch seine Ausgabe zu blättern.

Hailey reichte auch Julia eine Ausgabe. Direktorin Johnston lachte, ein eingerostetes Geräusch, als würde sie das nicht oft machen, als sie über Angels Schulter linste und mit ihm mitlas. Julia warf Angel einen finsteren Blick zu, weil er ihre Vorgesetzte eingeladen hatte. Er sah ihr in die Augen und hob einen Mundwinkel. Er hielt es wohl für superkomisch, dass ihre Vorgesetzte mit ihnen gemeinsam erotische Liebesromane las. Das war auf *so* vielen Ebenen falsch.

Direktorin Johnston wedelte mit einer Hand zu dem Dating-Buch. „Als Ed und ich zusammengekommen sind, waren wir auch so romantisch. Er hat mir immer eine Blume mitgebracht. Wie sich hinterher herausstellte, hat er die aus dem Blumenbeet seiner Mutter stibitzt, und sie hat ihm die Hölle heiß dafür gemacht, dass er ihre preisgekrönten Rosen zerstört hatte."

„Aww", sagten die Frauen im Chor.

„Das ist wirklich nett, Carol", sagte Angel. Er fühlte sich

im Gespräch mit jedem wohl, selbst einer Vorgesetzten, auf persönlicher Ebene.

Carol stieß ein wehmütiges Seufzen aus. „Ich habe seit zwanzig Jahren keine einzige Blume mehr von ihm bekommen."

„Vielleicht könnten Sie ihn um eine bitten", schlug Angel vor.

Die Frauen überstürzten sich geradezu, ihm zu widersprechen. Selbst Julia, mit ihrer begrenzten Erfahrung, wusste, dass das falsch war.

„Wenn man darum bitten muss, zählt es nicht", sagte Julia.

„Wirklich?", fragte er und wirkte überrascht, das zu hören.

„Wirklich", erwiderten alle im Chor.

Angel lehnte sich in seinem Stuhl zurück und legte die Beine an den Knöcheln übereinander. „Wisst ihr was? Ich kann es nicht abwarten, dieses Datingbuch zu besprechen. Ich muss unbedingt mal die weibliche Sicht darauf hören, was sie wirklich wollen." Er durchbohrte erneut Julia mit einem weiteren brennend heißen Blick. Sie hob ihre Haare aus dem Nacken, um sich abzukühlen. Sie mussten unbedingt dieses Gespräch über Grenzen führen. Das letzte Wochenende über hatte er sich rar gemacht, und sie hatte nicht weiter gedrängt, denn sie meinte, dass sie vielleicht beide etwas Abstand brauchten. Dann war sie nach der Arbeit zu beschäftigt gewesen. Heute Abend, nach dem Buchclub, würden sie sich unterhalten. Doch was, wenn sie viel zu erregt wäre, weil sie an Damon denken musste?

Morgen Abend. Ja, Freitag wäre gut. Am Samstag musste sie zu Brads Eltern nach Hause fahren, und sie wusste, dass sie dann viel zu emotional sein würde, um sich sowohl mit einem hitzigen Gespräch mit Angel als auch den unvermeidlichen Nachwehen ihres Besuchs auseinanderzusetzen.

„Hui, ein Typ, dem wirklich so viel daran liegt, dass er sogar nachfragt, was Frauen wollen!", rief Charlotte in Angels Richtung. Und dann drückte sie vor aller Augen seinen Bizeps und murmelte: „Hübsch." Das passte zu einer

Personal Trainerin, dass sie sich über den Zustand seiner Muskeln sorgte.

Angel lächelte Charlotte an, und Julia wandte sich ab. Vielleicht würden sie dieses verdammte Gespräch gar nicht führen müssen. Vielleicht würde sich Angel einfach nur auf Miss Perfectbody einlassen. Was okay war. Einfach perfekt. Nett und ... nein! Angel hatte *sie* geküsst und *sie* gegen die Wand gedrückt, und sie würden dieses Gespräch führen, ob er sich jetzt auf seine eigene Personal Trainerin einlassen wollte oder nicht. Weil sie nämlich beste Freunde waren, und beste Freunde sprachen über wichtige Dinge wie Grenzen und dass man sie nicht überschritt, ganz egal, wie stark die Versuchung war.

Ally traf ein, lächelte in ihrer Glückswolke und verkündete: „Ich habe es geliebt! Dieser letzte Teil der Trilogie war perfekt. Und, o mein Gott, diese Szene in der Umkleide!"

Julia wandte sich ab, konnte nicht anders, denn sie spürte erneut, wie ihre Wangen brannten. Das war wieder typisch für Ally, dass sie mit dem erotischen Buch gleich zur Tür hereinfiel. Die Frauen begannen alle, gleichzeitig zu reden.

„Immer nur eine", bellte Hailey. „Ich zuerst." Sie sah sich im Raum um und betrachtete sie alle mit einem kleinen Lächeln. „Was für eine nette Gruppe. Bringt doch bitte nächstes Mal eure alleinstehenden männlichen Freunde, Brüder, Cousins, wen auch immer mit. Okay, zurück zu *Heiße Liebe,* erinnert ihr euch noch alle daran, worauf Angelo hingewiesen hat, auf den Schatten und das Licht, dass Damon Mia immer von hinten nimmt?"

„Oh, yeah", sagte Angel mit vielsagendem Tonfall, woraufhin die anderen Frauen lachten. Julias Puls raste.

Hailey fuhr fort. „Und dann, nachdem sie ihm ihre Geheimnisse anvertraut hat, dass sie einmal Damons Besuch ausspioniert und ihrem Bruder Insiderinformationen weitergegeben hat, wie Mia sich dann umgedreht hat, während sie einander geliebt haben?"

Mad meldete sich enthusiastisch zu Wort. „Und habt ihr gemerkt, dass es nicht Damon ist, der sie immer dazu bringt, ihm den Rücken zuzudrehen? Es war Mia, die es seit dem ersten Mal, als er versucht hat, sie zu küssen, verlangt hat, Jahre, bevor die Geschichte begann, während sie als Praktikantin seine Firma ausspioniert hat."

Angel hob eine Hand, und die Frauen drehten sich alle gleichzeitig zu ihm um. „Als Mia sich endlich zu Damon umdreht, sich ihm ganz öffnend, um mit dem Mann zusammen zu sein, den sie immer gewollt hat, was passiert da?" Sein Blick landete auf Julias, und ihr Mund wurde trocken. Sie befeuchtete ihre Lippen und sah, wie Angels Augen daraufhin dunkel wurden, und erbebte.

„Da war Licht!", rief Carrie.

„Da war Licht", bestätigte Angel mit einem schnellen Blick zu Carrie, bevor er wieder zu Julia zurücksah. „Die Sonne kam heraus, und sie öffnete alle Vorhänge. Sie liebten einander mit Blick aufeinander im heilenden Licht des Nachmittags."

Alle seufzten gleichzeitig. Julia konnte nicht sprechen, doch die Wärme von Angels Worten ließ ihr Inneres schmelzen und begeisterte sie. Das heilende Licht des Nachmittags. Diese Wendung gefiel ihr, sie konnte es sich perfekt vorstellen, wie eine goldene Aura um Mia und Damon.

„Das war schön", sagte Mad und rieb mit einer Faust ihre feuchten Augen. Auf den entsetzten Gesichtsausdruck der anderen hin, warf sie ihre kürzlich lila gefärbten Haare zurück. „Was? Auch ich habe Gefühle."

„Ich weiß nicht", sagte Direktorin Johnston ganz sachlich, „mir haben die verbotenen finsteren Szenen gefehlt."

„Aber genau das waren sie ja", sagte Hailey und gestikulierte wild. „So wie die ersten beiden Bücher, *Heißes Verlangen* und *Heiße Sehnsucht*, finster waren und nur aus Sex bestanden. Sie brauchten das Licht, um einander zu lieben." Sie drehte sich zu Angel um. „Himmel, Angelo, ich weiß nicht, ob uns diese Lichtmetapher aufgefallen wäre, wenn du nicht da gewesen wärst. Danke dir."

Angel setzte ein teuflisches Lächeln mit Grübchen auf. „Ich bin mir sicher, die klugen Damen hier wären drauf gekommen." Er unterbrach sich und durchbohrte Julia mit einem wissenden Blick. „Vor allem Julia. Sie hat einen Abschluss mit englischer Literatur als Nebenfach."

Julia winkte das ab, war entsetzt, im Mittelpunkt der Aufmerksamkeit zu stehen. „Ich war so mit meinem Entrümpelbuch beschäftigt, dass ich überhaupt nicht an die Fierce-Trilogie gedacht habe." Doch insgeheim liebte sie sie. Sie wollte nur nicht vor einer Gruppe Frauen reden, während sie pochte, und vor allem nicht vor Angel, der sie so leicht lesen konnte und sie darauf ansprechen würde.

Die Frauen stürzten sich in eine Diskussion über Damon und sprachen darüber, was so anziehend an ihm war, und ob er besser war als andere Freunde in Büchern, während Julia zuhörte, ohne etwas dazu zu sagen.

Schließlich unterbrach Angel sie mit einer Frage. „Als ein Mann, der weder ein Alpha noch Milliardär ist, würde ich wirklich gerne wissen, was so anziehend daran ist?"

Charlotte legte eine Hand auf Angels Oberschenkel und schnurrte: „Ich vermute, dass du schon etwas von einem Alpha in dir hast."

Und Julia wusste es. Als Damon war er solch ein Alpha gewesen, so verschlagen. Sie riss ihren Blick von Charlottes Hand auf Angels Bein, die er nicht weggeschoben hatte, und das Adrenalin rauschte durch sie hindurch und reizte sie aufzuspringen. Sie wollte nicht hören, wie Angel die tiefen, finsteren Begierden von Frauen diskutierte, und sie wollte ganz sicher nicht Angel zusammen mit Charlotte sehen.

„Das ist doch bloß eine Fantasie", sagte Direktorin Johnston.

Julia zögerte, denn sie wollte nicht, dass ihre Vorgesetzte sie fliehen sah und sich fragte, was zum Teufel los mit ihr war.

„Ich glaube, so ticken wir nun mal", sagte Suzanne, die ewige Wissenschaftslehrerin. „Schlichte Biologie. Wir waren darauf angewiesen, dass Männer Krieger waren und auf die Jagd gingen. Ein Teil von uns spricht im Schlafzimmer auf diese Höhlenmenschenart an."

„Gut zu wissen", erwiderte Angel, und sein langsames, sexy Lächeln zielte geradewegs auf Julia. Sie sprang von ihrem Platz auf, woraufhin sie die Aufmerksamkeit aller bekam.

Sie nahm sich ihre Jacke und ihre Tasche, drehte sich um und sagte ganz eilig, um es zu erklären: „Ich muss zu Hause noch für eine Besichtigung am Samstag aufräumen und den Unterricht für morgen vorbereiten. Hab viel zu tun. War schön, euch alle zu sehen."

Sie stürzte zur Tür hinaus, als wäre Damon höchstpersönlich hinter ihr her.

Zwei Tage später, am Samstag, fuhr Julia in einem gemieteten Transporter voller Kisten zum Haus von Brads Eltern. Sie hatte gedacht, sie würde aufgeregt sein, verrückt vor Unbehagen wegen dem, was sie dort erwartete, doch stattdessen war sie wie betäubt. Sie konnte große Aufregung nur eine Woche lang ertragen, so schien es, dann war sie völlig ausgepumpt. Die Maklerin wäre den ganzen Tag in ihrem Haus, um es potentiellen Käufern zu zeigen. Unglücklicherweise hatte Angel gestern Abend irgendeine Familienangelegenheit gehabt, bei der er dabei sein musste, deswegen würden sie wohl morgen über Grenzen sprechen müssen. Sie befürchtete, dass der heutige Tag grässlich, aber notwendig wäre. Irgendwie wie alles, was sie tun musste, um weiterzuleben.

Sie würde es überstehen. Verdammt, sie war schon so weit gekommen, richtig? Sie hatte sich durch Brads Sachen gearbeitet, das Haus zum Verkauf angeboten, und sie streckte ihre Fühler nach Positionen als stellvertretende Schulleiterin aus. Nicht gerade ihr Traumjob, aber es würde einiges verändern. Manchmal musste man einfach im Leben neu durchstarten. Sie lächelte reumütig vor sich hin. Klar, sie hatte fünf Jahre gebraucht, um überhaupt irgendetwas zu tun, doch jetzt war sie auf dem richtigen Weg.

Die einstündige Fahrt war ganz einfach, hauptsächlich

Highway, und die Größe der ganzen Sache war ihr gar nicht klar, bis sie in die Einfahrt des gepflegten Hauses im Kolonialstil bog, denn plötzlich war sie am Ende mit ihren Nerven und wünschte sich, sie hätte Angels Angebot, sie zu begleiten, angenommen. Sie zwang sich, einmal tief einzuatmen, denn wenn sie aufgeregt war, neigte sie dazu, ihren Atem anzuhalten, und stieg aus.

Brads Mutter, Donna, begrüßte sie mit verwässertem Lächeln an der Tür, dann zog sie sie zu einer festen Umarmung an sich, als wäre Julia eine lang verlorene Tochter. Sie hatte sie seit mehr als einem Jahr nicht besucht, obwohl sie regelmäßig am Telefon miteinander sprachen. Seit Brads Tod war Donna sichtlich gealtert, ihr blondes Haar war weiß geworden, ihr Rücken gebeugt, und tiefe Falten hatten sich um ihren Mund und ihre blauen Augen geformt. Julia hatte sich vielleicht äußerlich nicht sehr verändert, doch eine ähnliche Alterung hatte sie bei sich im Inneren festgestellt.

„Wie geht es dir, Süße?", fragte Donna, hielt Julia an den Oberarmen und musterte ihr Gesicht.

„Mir geht es gut, Donna. Wie geht es dir?" Julia hatte sich nie überwinden können, sie Mom zu nennen. Selbst Donna zu sagen fiel ihr schwer, da sie sie kennengelernt hatte, als sie noch so jung gewesen war. Doch die Vertrautheit machte Donna glücklich, deswegen zwang Julia sich, es zu sagen.

Donna nahm die Hände herunter und trat zurück. „Ich hänge hier halt fest. Du willst also wirklich das Haus verkaufen?"

Julia nickte. „Natürlich zahle ich euch euren Anteil zurück." Brads Eltern hatten die Anzahlung übernommen.

„Auf keinen Fall. Es war unser Hochzeitsgeschenk für euch. Wir sind bloß froh, dass du hier bist."

„Ich wollte euch seine Sachen geben. Es ist eine Menge."

Mr. Turner, Ken, erinnerte sie sich, kam in die Diele. Sie sah seine Strickweste und die sorgfältig gebügelte Hose, als er tröstend einen Arm um Donna legte, die eine konservative Blumenbluse und eine maßgeschneiderte Hose trug. Brad war so anders gewesen als seine Eltern, die beide ernste Psychologen waren. Er war ein Bündel unkontrollierbarer

Energie gewesen, durch die Gegend geschossen, während er von einer Sache zur nächsten gehüpft war, bis er dem Army ROTC beigetreten und ernst geworden war. Seine Veränderung war erschreckend gewesen.

Ken kniff ihr in die Wange. „Julia, wie geht es dir?"

„Gut, danke."

Er presste die Lippen fest zusammen. „Ich werde die Kisten holen."

„Wir werden alle helfen", sagte Donna. „Niemand muss das allein tun."

Alle drei schafften es in kurzer Zeit. Es waren insgesamt fünfzehn Kisten, die in einen leeren Raum oben gestapelt wurden. „Dieser Junge hat so viel Kram verwahrt", sagte Ken, holte ein weißes Taschentuch aus seiner Tasche und wischte sich die Augen trocken.

Julia atmete tief ein. Sie wusste, dass sie sicherlich gern den Inhalt der Kisten ansehen würden, doch sie musste noch etwas tun. Sie hatte ihnen am Telefon nicht von dem Brief erzählt. Sie sollten ihn gemeinsam lesen, so lauteten Brads Anweisungen, doch sie wollte ihn zuerst lesen, um mit ihrer eigenen Reaktion erst einmal klarzukommen. Sie würde sie dann reinrufen, damit sie ihn mit ihr gemeinsam lesen konnten, sobald sie sicher war, dass sie sich genug zusammenreißen konnte, um diese herzzerreißende Erinnerung zu ertragen.

„Darf ich einen Moment allein in Brads Zimmer sein?", fragte sie.

Donna drückte sachte Julias Schulter. „Natürlich. Nimm dir so viel Zeit, wie du brauchst. Ich mache uns Tee und warte unten auf dich."

Ken stand wie erstarrt in dem leeren Raum, starrte auf die Kisten und schien gar nicht zu bemerken, dass sie und Donna den Raum verließen.

Sie öffnete die Tür zu Brads Zimmer. Es sah noch genauso aus, wie als sie es zum ersten Mal gesehen hatte. Das Zimmer eines Teenager-Jungen – blaue Wände, eine blaue Tagesdecke über dem Bett, Poster von NBA-Spielern, außerdem ein Poster aus der Badeanzugsausgabe von *Sports Illustrated*. In seinen

Regalen lagen signierte Baseballs, einige Bücher über Sport und eine Sammlung Comicbücher. Sie starrte auf die große Kommode und ging langsam durch den Raum, um sich davor zu stellen. Ihre Hände zitterten. Sie schloss die Augen und versuchte, im Kopf ein Bild von Brad aufzurufen, der lächelte, wie er vor dem Militär gewesen war, doch alles, was sie sah, war Angel, der sie mit diesen tiefbraunen Augen anstarrte, still bei ihr stand und sie unterstützte. Sie öffnete die Augen, als sie plötzlich ruhig wurde, und öffnete die obere Schublade. Sie war leer. Nicht sehr überraschend. Er hatte so ziemlich alles mitgenommen, als sie geheiratet hatten. Sie bückte sich und versuchte, nach oben zu sehen. Ein weiterer Umschlag mit ihrem Namen sorgfältig vorne drauf geschrieben. Ihr Herz raste, obwohl sie es ja erwartet hatte. Etwas daran, nach all diesen Jahren ihren Namen in seiner Handschrift zu sehen, war aufwühlend. Sie atmete ein weiteres Mal tief ein, bevor sie den Umschlag vorsichtig öffnete.

Sie ging zu Brads Doppelbett und setzte sich, starrte auf die ordentliche Handschrift mit ihrem Namen. Sie erbebte, denn sie spürte hier seine Anwesenheit. Sie zog den Brief heraus, der auf dem gleichen linierten Papier geschrieben war wie der andere, und begann zu lesen. Brads Stimme in ihrem Kopf war so klar, dass es war, als säße er direkt neben ihr auf dem Bett, grinste sein verschlagenes Lächeln und spräche mit ihr.

Liebe Julia, Mom, lieber Dad,

Wenn ihr das hier lest, bin ich für euch vielleicht so eine Art Heiliger. Ich war immer schwierig. Ich weiß das. Ich habe mich um niemanden, sondern nur um mich selbst geschert. Mom und Dad, all die Schwierigkeiten, die ich euch bereitet habe, tun mir leid – das kaputte Auto, das versehentliche Feuer in der Garage (wenigstens haben sie mich dafür nicht wegen Drogen drangekriegt), dafür, dass ich euer Haus verwüstet habe, als ihr weg wart, meine schlechten Noten, meine Widerworte und dass ich euch zu wenig Respekt gezeigt habe. Ihr hättet mich zur Militärschule schicken sollen. Haha. Da habe ich mich selbst hin befördert, wie? Mein Leben hat sich verändert, als ich Julia traf, und ich habe versucht, der Mann zu sein, zu dem ihr mich erziehen wolltet. Ich danke euch für eure wertvollen Bemühungen. Wenn ihr an mich denkt, dann bitte an meine charmante Rücksichtslosigkeit, die vermutlich der Grund ist, warum wir alle jetzt in dieser Situation sind. Spendet meine Sachen und macht aus meinem alten Zimmer ein Fitnessstudio oder einen geheimen Sexclub. Es ist mir egal. Macht nur bitte kein verdammtes Museum daraus. Ich liebe euch beide. Und jetzt verabschiedet euch von Julia. Sie braucht den Schubs, um weiterleben zu können.

Julia, meinen Psychologen-Eltern entsprechend nennt man das einen Abschluss. Hol meine Baseballkartensammlung von Angel, leere die Schachtel aus und lies den Brief, den ich unten hineingeklebt habe, gemeinsam mit Angel. Und zieh nicht dieses Gesicht. Du musst den letzten Wunsch eines Toten erfüllen.

In Liebe
Brad

P.S. Julia, es tut mir leid, dass ich dir das nie erzählt habe, aber jetzt kommt es – ich habe dich angelogen, was meine Adoption angeht. Ich wollte, dass du mit mir ausgehst, deswegen habe ich das erfunden, und es hat dir so viel bedeutet, sodass ich dir nie die Wahrheit erzählt habe. Die beiden sind meine leiblichen Eltern.

Unwillkürlich zerknüllte Julias Hand den Brief, der Raum verschwamm vor ihren Augen, dann wurde alles schwarz.

Das nächste, was sie wusste, war, dass jemand einen kühlen Waschlappen an ihre Stirn drückte und ihr die Haare aus dem Gesicht strich. „Julia, komm zu uns zurück", sagte Mrs Turner. „Komm schon, Süße, öffne deine Augen."

Julia befeuchtete ihre trockenen Lippen und öffnete langsam die Augen. „Was ist passiert?"

Mr Turner stand in der Nähe und sah besorgt aus.

„Du bist ohnmächtig geworden", sagte Mrs Turner. „War dir schlecht?"

Sie schoss hoch, als es ihr wieder einfiel, durch die Bewegung wurde ihr schwindlig, und ein Klingeln in den Ohren übertönte alles andere. Sie sah, dass Mrs Turners Lippen sich bewegten, doch sie hörte nichts. *Er hat gelogen! Er hat gelogen! Er hat gelogen!*

Und dann drückte man sie zurück aufs Bett, und der Raum trat wieder in ihren Fokus. Brad hatte gelogen, was seine Adoption anging. Gott sei Dank hatte sie nie etwas bei seinen Eltern erwähnt. Dieses gemeinsame Gefühl, verlassen worden zu sein, niemals in die Familie gepasst zu haben, war das gewesen, was sie und Brad aneinandergebunden hatte. Deswegen hatte sie sich für ihn entschieden, als sie sich zwischen beiden Männern hin- und hergezogen gefühlt hatte, zwischen ihm und Angel.

Sie hatte ihr gesamtes Leben auf einer Lüge aufgebaut.

Der Brief. Wo war der Brief? Sie drückte sich hoch und fand ihn unter ihrer Hüfte. „Er hat einen Brief hinterlassen. Für uns alle. Ich habe ihn zuerst gelesen. Tut mir leid. Ich brauchte einen Moment mit ihm."

„Einen Brief?", fragte Mrs Turner mit flüsternd leiser Stimme. Sie drehte sich zu ihrem Ehemann um, Tränen in ihren Augen. „Er hat uns einen Brief hinterlassen."

Mrs Turner nahm den Brief mit zitternden Fingern. Mr Turner setzte sich neben sie und legte seinen Arm um sie, während sie ihn gemeinsam still lasen.

Julia drückte sich vom Bett hoch. Der Schock wurde nun durch eine wahre Flut von Gefühlen verdrängt, doch das stärkste Gefühl war Wut. Wie hatte Brad ihr all diese Jahre zuhören können, wie sie so bitterlich über ihr Schicksal geklagt hatte, und dabei so tun können, als säße er im selben Boot, während er so weit davon entfernt war, wie es nur ging? Diese Heulgeschichte, die er ihr über das Waisenhaus erzählt hatte, die Pflegefamilien, dass er von seinen Adoptiveltern nie akzeptiert worden war – das war alles eine große Lüge. Er hatte sie damit eingefangen, und sie war darauf hereingefallen.

Sie stand an der Tür und sah auf die beiden Menschen, die es nicht verdient hatten, so behandelt worden zu sein, und dennoch liebten sie ihren Sohn ohne Bedingungen. Brad hatte verdammtes Glück gehabt, und er hatte sie alle an der Nase herumgeführt. „Auf Wiedersehen, Mr und Mrs Turner."

„Julia", brachte Mrs Turner krächzend hervor, „es tut mir so leid. Das muss solch ein Schock für dich sein. Für uns ist es das. Wir hatten keine Ahnung, dass er dir erzählt hat, dass er adoptiert worden wäre. Er war solch ein merkwürdiges Kind."

„Ein Schwieriges", sagte Mr Turner.

„Wir haben uns bei ihm wirklich Mühe gegeben", sagte Mrs Turner hilflos. „Bitte, du sollst wissen, dass du dich nicht für immer von uns verabschieden musst, ganz egal, was Brad gesagt hat. Wir sind froh, dich in unserem Leben zu haben."

Mr Turner drehte sich zu ihr um, seine Augen waren ganz trüb. „Du bist alles, was wir von ihm haben."

„Es tut mir leid", brachte Julia erstickt hervor. Es war wirklich Zeit, sich zu verabschieden. Sie eilte zurück und umarmte beide. „Danke, dass ihr in all den Jahren so nett zu mir wart." Sie richtete sich auf und wischte sich die Augen. „Aber ich glaube wirklich, dass dieser Abschluss wichtig ist. In dem einen Punkt jedenfalls hatte er recht. Also … lebt wohl. Ich liebe euch."

„Wir lieben dich auch", sagte Mrs Turner, dann brach sie in Tränen aus. Mr Turner zog sie an sich.

Julia raste zur Tür, die Treppe hinunter und schaffte es den ganzen Weg bis zum Fahrersitz des Transporters, bis sie selbst in Tränen ausbrach. Einen Moment saß sie da, ihre Emotionen wirbelten durch sie und machten ihr das Denken unmöglich. Sie hatte den letzten Faden, der sie noch an Brad gebunden hatte, durchtrennt. Ein Teil von ihr war stolz darauf. Der Rest war immer noch verbittert wegen des Verrats.

Irgendwie schaffte sie es, den Van zu starten und zurück

auf die Straße nach Hause zu kommen. Die Fahrt war gerade lang genug, um sie wieder an Brad denken zu lassen. Wie sie sich das erste Mal getroffen hatten, wie er sie beide Streuner genannt hatte, gesagt hatte, dass sie zusammenhalten müssten, zwei adoptierte Kinder, die von ihren Müttern verlassen worden waren. Sie hatte gedacht, dass er es wirklich verstand, das Verlassensein, das sie immer empfunden hatte. Er hatte mit ihrem Mitleid gespielt und ihren sehr persönlichen Schmerz ausgenutzt, um ihr nahe zu kommen. Ihr Magen zog sich zusammen, und ihre Augen brannten. Sie musste an den Rand fahren, bevor sie wieder die Kontrolle verlor. Sie fand ein paar Meilen weiter eine Raststätte, fuhr auf den Parkplatz und rief die einzige Person an, von der sie wusste, dass sie den Schmerz seines Verrats verstehen würde.

„Angel", brachte sie hervor, „ich bin es. Ich war gerade bei Brads Eltern."

„Ich komme."

Ihre Welt richtete sich wieder auf, stabilisierte sich um die starke Basis, die Angel für sie immer gewesen war. Ihr Fels. Schnell entschied sie, doch nicht alles anzusprechen, was sie nur wieder traurig machen würde. Am Telefon war das zu viel, und sie musste Angels vertrautes Gesicht sehen, seine beruhigende Stimme hören, seine Arme um sich spüren, um das zu überstehen.

„Ich wollte nur deine Stimme hören", sagte sie leise. „Ich bin an einer Raststätte. Wir können reden, wenn ich nach Hause komme."

„Wie weit hast du es denn noch?"

Sie atmete zitternd ein. „Ich schätze ungefähr eine halbe Stunde."

„Ich warte bei dir zu Hause."

Dann fielen ihr die Maklerin und die potentiellen Käufer ein, die heute ihr Haus besichtigen wollten. Doch sie wollte auch nicht zu Angel nach Hause fahren, denn dort war Brads Baseballkartensammlung mit einem weiteren Brief, und wer wusste schon, welche Bombe da auf sie wartete? Er wollte, dass sie ihn mit Angel las. Oh Mist. Hatte Brad den Verdacht gehabt, dass sie mit Angel zusammen gewesen war? Ihre

Brust zog sich zusammen, und sie atmete ein weiteres Mal zitternd ein.

„Julia? Du machst mir Angst. Ich bin mir nicht sicher, ob du fahren solltest."

„Nein, mir geht es gut. Kannst du die Leute aus meinem Haus jagen, die es sich heute ansehen? Sag ihnen, dass es einen Notfall in der Familie gibt, und sie sollen bitte morgen Nachmittag wiederkommen."

„Wird erledigt."

„Danke", brachte sie erstickt hervor, „dass du immer für mich da bist."

„Nichts könnte mich davon abhalten", sagte er ernst. „Nicht du, nicht er. Nichts."

Sie schloss die Augen und legte ihren Kopf zurück an den Sitz. „Angel", sagte sie mehr zu sich selbst als zu ihm, labte sich an dem Namen, der ihr so viel bedeutete. „Ich sollte besser losfahren." Doch sie tat es nicht. Sie saß einfach nur da, war von allem überwältigt.

Es folgte eine Pause. „Bist du dir sicher, dass ich nicht kommen und dich holen soll?"

Sie richtete sich auf, die kleine Verbindung reichte ihr schon, um weiter fahren zu können. „Ich schaffe das schon. Ich sehe dich in einer halben Stunde. Bye." Sie legte auf und fuhr nach Hause.

Angels Wagen stand in der Einfahrt, als sie dort ankam. Er musste sich selbst aufgeschlossen haben. Sie hoffte, dass die Maklerin ein paar Interessenten hatte, auch wenn die Besichtigung unterbrochen worden war. Mehr denn je konnte sie es nicht abwarten, das Haus zu verkaufen und weiterzuleben. Sie hatte gerade den Schlüssel herausgezogen, als sich die Haustür öffnete. Sie warf einen Blick auf Angels mitleidigen Gesichtsausdruck, und ihre Unterlippe zitterte. Sie biss sich darauf, denn sie war es leid, Brads wegen zu weinen.

Er zog sie hinein in seine Arme. Sie ließ die Schlüssel und die Tasche fallen und schlang ihre Arme um seine Taille, vergrub ihren Kopf an seiner warmen Brust.

„Er hat gelogen", sagte sie an seiner Brust.

Er zog sich so weit zurück, dass er ihr in die Augen sehen konnte. „Was?"

„Brad hat gelogen, als er gesagt hat, dass er adoptiert ist."

Angel sah überhaupt nicht überrascht aus, tatsächlich wirkte er resigniert. „Das stand also in dem Brief. Er hat es dir endlich erzählt."

Sie riss sich los. „Du wusstest es?" Der Zorn, den sie gegen Brad empfunden hatte, schoss in die Höhe, als ihr klar wurde, dass der Verrat jetzt doppelt so groß war. „Wie konntest du mir das nicht sagen? Was für ein Scheißspiel habt ihr Jungs denn mit mir gespielt? Ich war am Boden zerstört wegen dieser Adoption. Das wusstet ihr beide! Er hat gelogen, und du hast es zugelassen! Du hast mich das die ganze Zeit glauben lassen, obwohl du es wusstest! Wie konntest du nur!"

Angel zog sie zurück in die Umarmung, und sie wehrte sich dagegen, doch er ließ nicht los, hielt sie noch fester, bis sie ganz schlaff wurde.

„Julia", sagte er vorsichtig und lockerte seinen Griff, „es war nicht meine Aufgabe, es dir zu sagen."

Dadurch kam ihr Zorn bloß zurück. „Ich kann es nicht fassen, dass du eingeweiht warst! Lass mich los!" Sie riss sich los, und er ließ sie.

„Sei nicht wütend auf mich. Brad ist derjenige, der gelogen hat. Ich habe ihm gesagt, dass er es dir erzählen muss."

Bei jedem Wort, das aus seinem Mund kam, wuchs ihre Wut. Und sie wusste, dass sie nicht Angel die ganze Schuld daran geben durfte, doch gegen einen Toten konnte sie ja nicht mehr ankämpfen. All ihr schlechtes Gewissen in den Jahren, weil sie Brad betrogen hatte, verblasste im Vergleich zu dieser Grundlüge in Bezug auf eine der schmerzhaftesten Tatsachen in ihrem Leben.

„Julia", sagte Angel vorsichtig, „sprich mit mir."

„Ich möchte nicht reden!", brüllte sie. Dann marschierte sie ins Wohnzimmer, nahm sich ihr Hochzeitsbild und warf es gegen die Wand. *Krach!* Dann nahm sie sich das Bild von Brad in seiner Uniform und warf auch das. *Krach!* Dann nahm sie sich das Bild von sich, Brad und Angel, das Dreiergespann, das sie zerstört hatte, und wollte auch das werfen, als es ihr aus der Hand genommen wurde.

„Beruhige dich", sagte Angel und stellte den Rahmen zurück ins Regal. „Es gibt bessere Wege, mit seinem Ärger klarzukommen."

Sein dummes Sozialarbeitergeschwätz brachte sie erst recht in Rage. Sie starrte ihn wütend an, marschierte zum Bücherregal und leerte ein ganzes Fach mit Büchern, indem sie nur einmal durchwischte. Angel sagte nichts. Sie machte weiter und leerte jedes dumme dekorierte Regal, schneller und schneller, und warf alle Bücher und Vasen und Muscheln zu Boden, bis nichts mehr übrig war. Sie drehte sich um, um weitere Dinge zu finden, die sie herunterwerfen konnte. Es gab keinen Kram mehr, aber sie hatte noch eine Lampe. Sie nahm sie vom Beistelltisch, und Angel legte seine Hand über ihre.

„Hör auf", blaffte er. „Du kannst das Haus nicht verkaufen, wenn du es zerstörst."

„Ich möchte es niederbrennen", sagte sie wütend und erkannte ihre eigene Stimme nicht.

Angel nahm vorsichtig ihre Finger von der Lampe und legte seine Hand über ihre, zog sie mit sich. „Wir gehen in den Keller."

Sie stemmte sich dagegen. „Ich will nicht mit Damon zusammen sein." Das war das letzte Mal passiert, als sie gemeinsam im Keller waren. Sie war zu wütend, um sich jetzt an irgendetwas zu erfreuen.

Er schmunzelte und zog sie mit sich, zog sie Richtung Keller. „Du wirst nicht mit Damon zusammen sein."

„Ich bin so verdammt wütend!"

„Ich weiß." Er öffnete die Kellertür und führte sie mit sich die Treppe hinunter.

„Ich möchte auch nicht weiter entrümpeln", sagte sie trotzig. Mittlerweile war es ihr egal, wie sie klang. Ihre Welt war auf einer Lüge aufgebaut gewesen. Nichts war, wie es schien.

Angel zog sie zu den Fitnessgeräten, zu dem, was in der Ecke von Brad übrig war. Die Ausrüstung war für sie zu schwer gewesen, um sie zu bewegen. Er hielt ihre geballten Fäuste an den Handgelenken. „Du wirst jetzt auf diesen Punchingball einschlagen. Das werden wir beide tun, und dieser Punchingball heißt Brad."

Sie blinzelte. Er nickte einmal und drehte sie dazu um. Er war lang und zylindrisch und an einem Ständer befestigt, ungefähr so groß wie ein menschlicher Körper.

Sie schlug einmal halbherzig zu, ihre Knöchel taten weh. Angel korrigierte ihre Finger, legte ihren Daumen über ihre Knöchel und formte ihre Faust so, dass sie mehr wie ein Ziegel war. „Mach, wie du meinst", sagte er mit leiser Stimme. „Das hier ist Brad, und dieser Bastard hat dich angelogen. Er hätte es dir jederzeit sagen können–"

Bamm! Etwas in ihr machte klick, und dieser feste Schlag auf den Ball fühlte sich so gut an, dass sie weiter machte, Brad auf die einzige Art, die sie kannte, zu verfluchen. „Du hast mich angelogen!" *Bamm! Bamm!* „Du Idiot!" *Bamm! Bamm! Bamm! Bamm!* „Ich hasse dich, verdammt noch mal!" *Bamm! Bamm!* „Ich hasse dich, ich hasse dich, ich hasse dich." Die Schläge und der Hass gingen weiter und weiter, bis ihr der Dampf ausging, als sie verschwitzt und ausgelaugt war. Sie schob sich die Haare aus dem Gesicht, schlug zur Sicherheit noch einmal zu und trat zurück, bedeutete Angel, dass er jetzt dran war.

Auch er ließ sich gehen, doch ohne die Schreie, seine Schläge waren effizienter als ihre verrückten. Er sah aus wie ein Boxer. Endlich trat er zurück und nahm die Hände herunter.

„Du hast wie ein Profi ausgesehen", sagte sie.

Er schenkte ihr ein halbes Lächeln. „Ich hatte ja auch mehr Übung."

Sie starrte auf ihre roten Knöchel, die immer noch brannten, nach dem, was sie damit gemacht hatte. Sie rollte ihren Nacken vor und zurück, die Verspannung verließ ihren Körper und machte sie schläfrig.

„Komm", sagte Angel und führte sie wieder nach oben. Sie folgte ihm, ihre Glieder waren ganz schwer, als er zu ihrem Schlafzimmer vorausging und die Tagesdecke zurückzog. Sie krabbelte hinein, obwohl die Sonne immer noch schien und es Nachmittag war. Er folgte ihr, zog die Decke über sie beide und legte sich neben sie, einen Arm schützend über sie. Sie war zu erschöpft, um zu protestieren, obwohl es ihr Bett war, und das letzte Mal, dass Angel hier drin gewesen war, war der schlimmste Fehler ihres Lebens gewesen.

Oder vielleicht auch nicht.

Vielleicht war der schlimmste Fehler ihres Lebens gewesen, Brad zu heiraten.

Sie schloss erschöpft die Augen. Einige Minuten vergingen, und langsam wurde ihr Angels feste Brust bewusst, die ihr den Rücken wärmte, sein Duft nach Ozean, Leder und Mann. Seine Hand lag auf ihrem Bauch ausgebreitet, wodurch eine kitzelnde Hitze durch ihren dünnen Pullover drang und ihr ganzer Körper vor Sehnsucht schmerzte, als sie sich an all die Male erinnerte, die er sie so gehalten hatte, sie so geküsst hatte, sie so genommen hatte. Hinter ihr, im Schatten.

Ihr Schatten-Angel war die Inspiration für jedes schmutzige Wort gewesen, das sie je geschrieben hatte, jedes heiße Verlangen, jede heiße Sehnsucht.

Mit Damon.

12

Julia erwachte durch die ersten Sonnenstrahlen, die durch die Vorhänge drangen. Für sie war es extrem früh, doch sie war auch früh zu Bett gegangen. Angel hatte sich hinter ihr eng an sie gepresst, sein Arm lag schwer auf ihrem Bauch, seine Atmung war im Schlaf ganz tief und gleichmäßig. Ihre Gedanken drifteten davon, als sie sich daran erinnerte, wie Angel sich hinter ihr anfühlte, grob und fordernd, wie er ihre perfekte Welt erschütterte und ihr nur blieb, die Scherben aufzusammeln. Sie spürte das raue Haar seines Beins an ihrem eigenen nackten Bein und stellte fest, dass er sie ausgezogen hatte. Sie sah auf ihr altes violettes Lieblings-T-Shirt mit dem V-Ausschnitt und das schlichte weiße Höschen hinunter. Offensichtlich hatte sie keine Verführung geplant. Doch wann hatte sie das bei Angel jemals? Der Hitze nach zu urteilen, die von ihm ausging, hatte er sich vermutlich bis auf seine Boxershorts ausgezogen. Sie schloss die Augen, wehrte sich gegen ihre eigenen lustvollen Instinkte. Wie hatte sie schon wieder hier landen können, wo sie doch Angel seine Freiheit schenken wollte? Und dann fiel ihr der Brief ein, die Lüge als Grundlage ihrer Beziehung zu Brad, und sie wollte nichts mehr, als das Gesicht des Mannes sehen, der sie niemals angelogen hatte.

Sie drehte sich in seinen Armen um und stellte fest, dass

seine dunkelbraunen Augen sie ansahen. Einen knisternden Moment sahen sie einander in die Augen. Wie lange war er schon wach gewesen und hatte sie nur gehalten?

„Angel?"

Er streichelte ihr die Haare aus dem Gesicht. „Ja."

„Du bist Damon."

„Ich weiß ... Catherine Cliff."

Ihr fiel die Kinnlade herunter. Er wusste, dass sie die Fierce-Trilogie geschrieben hatte? Und er hatte kein Wort gesagt. Ihre Gedanken rasten zurück zum Buchclub, zur Lehrerkantine, zu Angel, der über die tiefere Bedeutung des Buches geredet und sie dabei angestarrt hatte. Sie schloss den Mund mit einem Geräusch. O mein Gott, wie er die Rolle gespielt hatte. Er hatte mit ihr *gespielt*! Die ganze Zeit hatte er gewusst, dass sie es war. Und er! Sie hatte absichtlich ein Pseudonym verwendet und nicht Julia

MacKendrick Turner.

„Du wusstest es?" Ihre Stimme war peinlich hoch. Niemand wusste es, niemand hatte die Verbindung zu ihr gesehen.

Er streichelte mit einem Finger an ihrem Hals hinunter und hinterließ dabei eine kribbelnde Spur. „Meinst du, ich erkenne nicht mich selbst? Ich erkenne uns beide nicht an diesem Wochenende im College? Wie ich dich von hinten genommen habe? Wie grob und explosiv und verdammt heiß es war." Er hob einen Mundwinkel. „Da ist auch einiges von meinem Dirty Talk drin." Seine Stimme senkte sich zu einem rauen Ton, seine dunkelbraunen Augen sahen in ihre. „Spreiz deine Beine, Darling", knurrte er. „So ist gut. Noch etwas weiter. Mmm ... du bist so feucht für mich. Du schmeckst so gut. Ganz ruhig ... ganz ruhig ... braves Mädchen." Er schnalzte einmal mit der Zunge und weckte damit eine lebhafte Erinnerung an seine erstaunlich talentierte Zunge, bei der sie erbebte. „Jetzt", knurrte er, und ihr Inneres zog sich zusammen. „Komm in meinem Mund."

Vielleicht hatte sie gequietscht.

Er sah sie mit einem Blick irgendwo zwischen Mitleid und

Belustigung an. „Und dein Lieblingsbuch ist *Sturmhöhe*. Catherine und Heathcliff. Catherine Cliff."

„Du kennst mich einfach schon zu lange." Sie riss ihren Blick los und konzentrierte sich stattdessen auf seine bloße Schulter, in die sie plötzlich ihre Zähne versenken wollte, sowohl weil sie so köstlich aussah als auch weil sie seine Aufmerksamkeit ablenken wollte.

Er hob ihr Kinn. „Lass uns erst diese Unterhaltung zu Ende bringen."

Sie erschrak, woher wusste er das? Ihre Wangen und ihr Hals brannten, doch wie sie in diesem Moment erröten konnte, da sie halbnackt neben Angel lag und mit ihm über die erotische Romantrilogie sprach, die sie letztes Jahr geschrieben hatte, als ihr tiefstes, unbewusstes Verlangen ein Ventil gebraucht hatte, war ihr nicht klar. Angel war letztes Jahr vier lange Monate mit einer anderen Frau zusammen gewesen. Ein Teil von ihr hatte sich für sein Glück gefreut, ein Teil von ihr war in egoistische Verzweiflung versunken. Das Schreiben hatte ihr schlechtes Gewissen und ihre Lust erleichtert.

Sie zog den Kopf ein. „Das ist mir so peinlich. Du hast mich die ganze Zeit mit diesem Metaphernkram und dem Rollenspiel geärgert."

„Ich habe dir jede erdenkliche Gelegenheit gegeben zu gestehen. Warum hast du's geschrieben?"

Sie schluckte, traf seinen festen Blick, und als sie dort keine Verurteilung entdeckte, platzte sie alles in einem Schwall heraus. „Als du letztes Jahr deine Freundin hattest und das ganze vier Monate lang so ging, wurde das Verlangen nach dir immer schlimmer." Sie wandte den Blick ab, schämte sich. Er schwieg und war unerträglich ruhig. Wieder sah sie ihm in die Augen und fuhr fort. „Es tut mir leid. Ich weiß, das war egoistisch und unfair. Der Vibrator hat mir nicht gereicht, und eines Nachts ertappte ich mich dabei, wie ich über jenes Wochenende im College schrieb, und dann hat es sich irgendwie verselbstständigt und wurde etwas anderes. Eine eigene Geschichte."

Angel blinzelte nicht einmal, als sie den Vibrator

erwähnte, obwohl sie ihm nie zuvor von Bob I, II oder III erzählt hatte. Bob I, als Brad aufgebrochen war (und sie beinahe mit Angel geschlafen hätte). Bob II, als Angel vier Monate lang diese Freundin gehabt hatte. Der hätte eigentlich länger halten sollen. Er musste kaputt gewesen sein. Bob III funktionierte immer noch.

Seine warme Hand streichelt ihre Haare, an ihrem Arm hinab und drückte schließlich vorsichtig ihre Hand, erregte sie und tröstete sie zugleich. Er sah sie mit einem warmen Blick an. „Und du hast ein anderes Ende geschrieben – heiße Liebe."

Sie blinzelte, ihre Augen waren heiß. „So sehr ich dich wollte, die Male, die wir zusammen gewesen waren, verfolgten mich. Es war so falsch. Und dann die Nacht, als Brad aufbrach, nur einen Monat nach unserer Hochzeit–"

„In jener Nacht ist nichts passiert."

„Nur weil *du* es unterbrochen hast." Eine Träne entkam ihr. „Ich habe dich benutzt, Angel. Ich schäme mich so sehr für das, was ich getan habe. Und die Nacht der Beerdigung–"

Sein Mund bedeckte ihren, brachte sie zum Schweigen. Er drängte nicht nach mehr, legte einfach seinen Mund auf ihren, so lange, dass ihre Gedanken stillstanden und ihr Körper warm wurde. Er schob eine Hand in ihr Haar, umfasste ihren Kopf und unterbrach den Kuss, bewegte sich so, dass er ihr direkt ins Ohr sprechen konnte, sodass sie seine Worte sowohl fühlen als auch hören konnte. „An jenem Wochen-ende im College damals waren wir wie wild und verrückt, weil der Damm gebrochen war. Man kann einer Anziehung nicht ewig widerstehen. Diese anderen Male warst du verletz-lich. Du brauchtest mich in deiner Nähe, und ich wollte in deiner Nähe sein. Doch da sind wir jetzt nicht." Er hob seinen Kopf, um sie vorsichtig zu küssen, zärtlich, sodass es sie daran erinnerte, wie er sie in der Nacht des Begräbnisses getröstet, ihre verweinten Küsse mit vorsichtiger Zärtlichkeit erwidert hatte. Er löste sich von ihr und sah ihr in die Augen. „Ich habe mich nie ausgenutzt gefühlt. Und nichts, was wir getan haben, war falsch."

„Wie kannst du das sagen?"

Er rollte sich auf sie, seine Finger verflochten sich mit ihren, schoben ihre Hände auf beide Seiten neben ihren Kopf auf die Matratze. Ihre Atmung wurde rauer, als sein Schenkel ihre auseinander drückte und er sich zwischen ihre Beine legte, ihre Körper zum ersten Mal seit ewigen Zeiten zu vollem Kontakt brachte. „Deswegen. Ich weiß, dass du es auch fühlst. Ich sehe es in deinen Augen."

„Was siehst du?", fragte sie leise.

„Eine tiefe Verbindung unserer Seelen."

Ihre Augen füllten sich, und sie schloss sie, sie wollte nicht, dass er so viel sah. Sie hatte sich falsch entschlossen. Sie hatte ihn benutzt, wollte alles haben, die Hochzeit und die Seelenverbindung, wollte beide Männer an sich halten, während sie einen hätte gehen lassen sollen.

Er küsste ihre Tränen beiseite, und dann küsste er sie, ein neckender Kuss, dem sie unmöglich widerstehen konnte. Mit jedem Streicheln, jedem vorsichtigen Drängen verführte er sie dazu, ihn zu lieben, zwang er sie zu akzeptieren, dass jedes Mal, das sie mit ihm geschlafen hatte, mehr als ein Moment der wilden Hingabe gewesen war. Irgendwie schaffte er es, während er sie küsste, sie beide auszuziehen, worauf ihr ganzer Körper seufzte und an ihn schmolz. Sie fuhr mit ihren Fingern durch seine weichen Haare, während er sich daran machte, ihren Hals zu küssen, und vorsichtig daran saugte. Ein Schluchzen kam hoch. So war Angel zu ihr gewesen, als Brad beerdigt worden war, genau in diesem Bett, so vorsichtig und zärtlich, als versuchte er, sie mit seinem Körper zu heilen. Nur, dass es mehr Scham und Schuldgefühle gebracht hatte, die damals auf sie eingestürzt waren und jetzt auch. Brad war noch keinen Tag in seinem Grab gewesen, da hatte sie schon wieder mit Angel geschlafen. Und dann hatte Angel sie verlassen, als sie ihn am meisten gebraucht hatte.

Sie drückte gegen seine Brust.

Angel hob den Kopf. „Was ist denn los?"

„Geh runter. Ich kann das nicht."

Sein Kiefer verkrampfte sich. „Warum?"

„Geh von mir runter!"

Er rollte sich von ihr und starrte an die Decke. „Julia", sagte er langsam, „ich bin am Limit angekommen. Im Ernst. Sag mir, warum ich dich jetzt nicht haben kann, sonst bin ich weg."

Klar, lass mich nur wieder im Stich, in demselben verdammten Bett!

Sie schnellte in die Höhe, war so wütend und so verletzt, dass es ihr ganz egal war, dass sie für diese Unterhaltung vollkommen nackt war. „Du hast mich im Stich gelassen."

Auch er setzte sich auf. „Was? Wann?"

Sie sprach durch ihre Zähne. „Nachdem wir in meinem verdammten Ehebett gefickt hatten."

Er starrte auf ihren Mund, und dann fuhr er langsam ihre Lippen mit einem Finger nach. Sie konnte nicht mehr klar denken, konnte nicht mehr atmen. „Wann hast du einen solch schmutzigen Mund bekommen?"

„Als ich dich kennengelernt habe."

„Nein", sagte er und zog das Wort in die Länge, als wollte er sagen: *Versuch's noch mal.*

„Als ich dich gefickt habe. Du bist der Dirty Talker."

Er schob seine Hand in ihre Haare, zog sie so weit, dass er ihren Kopf neigen und sie küssen konnte. Sie zitterte. Er beugte sich vor und sprach an ihren Mund, als seine andere Hand unerwartet zwischen ihre Beine fuhr und sie erschreckte. „Ich weiß, dass du mich willst, Julia. Du bist heiß und feucht." Sie sah, wie er seinen Finger nahm, der von ihr feucht war, ihn an seinen Mund hob und daran saugte. Sie öffnete den Mund, war entsetzt. Er fuhr mit seinem Finger an ihrem Hals hinunter, seine Augen brannten sich in ihre. „Und jetzt sag mir, warum wir nicht ficken können, sonst reden wir nicht weiter."

„Ich ..." *Will das. Brauche das. Sehne mich danach.* Es wäre so einfach nachzugeben, doch was käme danach? Sie schluckte. „Angel."

Seine Hand umfasste ihren Kopf, fasste ihr Haar zusammen, zog sie an sich. „Ich höre."

Sie schloss die Augen und versuchte, sich zu konzentrieren. „Du hast mich verlassen, und ich kann es nicht ertragen, wenn du mich noch einmal verlässt."

Er nahm seine Hand herunter. Sie öffnete die Augen und stellte fest, dass er sie wütend anstarrte. „Ich habe dich nicht verlassen!", bellte er. „Ich bin seit dem Tag, an dem wir uns kennengelernt haben, nicht von deiner Seite gewichen. Zehn verdammte Jahre!"

Sie rutschte zurück, brauchte für diese Unterhaltung mehr Platz. „Die Nacht von Brads Beerdigung. Nachdem wir miteinander geschlafen hatten, bin ich aufgewacht, und du warst verschwunden. Du bist einen Monat lang nicht wiedergekommen. Und dann warst du so distanziert."

Er schluckte sichtlich. „Du hattest einen Zusammenbruch, nachdem du mit mir geschlafen hattest. Ich wusste, dass du für uns noch nicht bereit warst."

„Ich habe getrauert! Ich war für niemanden bereit! Aber ich habe dich trotzdem gebraucht."

Er zog die Brauen zusammen. „Ich konnte nicht mit dir zusammen sein und dich nicht berühren. Nicht danach."

Sie verschränkte die Arme. „Also hast du mich sitzen gelassen."

„Und was ist damit, wie du mich sitzen gelassen hast? Du warst nicht verheiratet, nicht einmal verlobt, als wir das erste Mal miteinander geschlafen haben. Und dann war Brad zurück auf dem Campus und es hieß: *Mach's gut, Angel!*"

„Nein. Du bist verschwunden."

„Als du an seine Seite zurückgeeilt bist!"

Sie atmete einmal tief ein und aus. „Wir waren verlobt. Wie hätte ich denn nicht ins Krankenhaus fahren sollen?" Am Montag nach ihrem Wochenende mit Angel war Brad ernsthaft dehydriert im Krankenhaus gelandet.

Er rieb sich mit einer Hand über das Gesicht. „Du hast mit mir geschlafen, obwohl du mit ihm verlobt warst? Ich dachte, das wäre nur so dahin gesagt gewesen."

„Es war bereits klar. Unsere Moms planten schon die Hochzeit. Jetzt weißt du also, was für eine schreckliche Person ich bin! Eine dicke, fette Sünderin! Ich habe meinen Verlobten mit seinem besten Freund betrogen!"

Sie starrten einander einen langen Moment finster an, die Luft knisterte geradezu vor all dem aufgestauten Verlangen zwischen ihnen.

„Julia, es passiert", sagte er mit einer Stimme, die keinen Widerspruch duldete.

„Ja." Aber es würde unter ihren Bedingungen passieren.

Sein Blick wanderte über sie und blieb auf ihrer Scham hängen. Er streckte seine Hand aus, und sie landete weit oben auf ihrem Oberschenkel. Oh nein. In diesem Bett voller schlechter Erinnerungen würden sie gar nichts tun. Sie rutschte weg und rollte sich aus dem Bett.

„Komm hierher zurück", knurrte Angel.

„Kondome sind in meinem Nachtschränkchen", warf sie über die Schulter, bevor sie zur Kommode schlenderte. „Damon."

Sie hörte das Knistern einer Kondomverpackung.

„Für wen zum Teufel waren die?", verlangte Angel zu wissen.

Die Packung war neu. Sie dachte, sie könnte sie gebrauchen, als sie wieder anfing auszugehen, doch jetzt stellte sie fest, dass sie sich etwas vorgemacht hatte.

„Für dich", sagte sie schlicht.

Und dann war seine Hitze an ihrem Rücken. Er legte seine Arme um sie, hielt ihre Arme an ihren Seiten fest und sah ihr im Spiegel über der Kommode in die Augen. „Ich erinnere mich an diese Szene." Seine Stimme war rau und belegt. „Du willst Damon?"

Sie antwortete nicht. Sein Tonfall sagte, dass er wusste, was sie beide brauchten.

Er drückte sie auf die Kommode, schob ihre Beine auseinander und drückte gegen ihre Öffnung, wartete. Ihr Puls trommelte in ihren Ohren, die flüssige Hitze laugte sie aus.

„Sag es", verlangte er. „Das Sicherheitswort oder was du wirklich möchtest."

Sie erbebte, erkannte die Worte aus ihrer Fantasie. „Nimm mich."

Er nahm sie mit einem festen Stoß. Sie schrie auf, und dann erbebte sie um ihn, ihr Körper akzeptierte bereits, was ihr Kopf sie nicht haben lassen wollte. Er legte einen Arm um sie, streichelte den süßen Punkt, während er fest und schnell pumpte, so wie beide es sich ersehnten.

„Sag meinen Namen!", befahl er.

„Damon", sagte sie atemlos.

Die Antwort gefiel ihm nicht. Er senkte seine Zähne seitlich in ihren Hals, und sie verkrampfte sich um ihn, eilte ihrer Erlösung entgegen. Er hörte auf, sie zu streicheln, und beruhigte ihren Hals mit seiner Zunge, ließ alles etwas langsamer gehen. Sie stieß vor Frust ein winziges Jammern aus.

„Warum willst du Damon so sehr?", fragte er und streichelte sie ein wenig, während er sich fast ganz herauszog und dann wieder hineinrammte.

Ihr stockte der Atem. Er hielt inne, tief in ihr, damit sie ihm genau sagen konnte, warum. „Damon lässt mich nicht im Stich! Sein Text ist ganz klar. Ficken und erlösen. Und wieder ficken."

„Dieses Mundwerk", stöhnte er, fuhr mit seinem Finger über ihre Unterlippe und schob ihn dann in ihren Mund. Sie saugte daran, schmeckte ihr Verlangen nach ihm. Sie spreizte ihre Beine weiter und hob ihre Hüfte. Er stieß in sie hinein, traf genau den richtigen Punkt, wodurch ihre Beine bebten, als Lustwellen sie durchströmten. Er zog sie von der Kommode hoch, so weit, dass er mit seinen Fingern an ihrem Hals hinunter streicheln konnte, dann wanderten seine Finger tiefer, um ihre Brüste zu umfassen und dann ihren Nippel zu zwicken. Sie bog ihren Rücken durch, die Lust durchstrahlte sie, während seine andere Hand ihre Hüfte packte und sie festhielt, um langsam zuzustoßen. Sie keuchte, war in einem Lustnebel verloren.

„Öffne deine Augen", sagte er mit rauer Stimme.

Das tat sie, und sie sahen einander im Spiegel in die Augen. Seine waren überraschend wild.

„Ich werde dich brechen", knurrte er.

Sie schloss die Augen, schloss ihn aus. „Ich bin bereits gebrochen."

„Nicht so, wie ich es will. Nicht so, wie du es brauchst." Seine Finger waren magisch, streichelten sie auf eine Art, die sie verrückt machte. Entlockten ihr sehnsüchtiges Wimmern. „Jede Wand kommt–"

Sie schrie auf, als ihre Erlösung sie mit erschreckender Wucht traf. Das Wort „kommen" von seinen Lippen war alles, was sie brauchte, um über den Rand gestoßen zu werden. Sie erbebte und sank hinunter, legte ihre Wange auf die Kommode.

„Mehr", knurrte er, packte sie und zog sie wieder an sich. Sie hob den Kopf, schnappte nach Luft, als er mit festem Griff ihre Scham umfasste, während er pumpte, jeder Stoß schob sie auf seine festen Finger, ließ sie zucken, elektrisierte sie, bis es nichts mehr gab, als das unglaubliche Gefühl der Inbesitznahme, während er sich nahm und gab, sie höher und höher trieb. Ihre Knie gaben nach, doch er hielt sie fest und drängte sie weiter, während er in schlüpfrigen Details sagte, was er von ihr wollte, was sie sich mittlerweile ersehnte. Sie brach zusammen, und das Zimmer wurde dämmrig, als sie kam. Er pumpte in sie hinein und brachte ihr intensive Nachwehen, bevor seine eigene Erlösung hereinbrach. Schließlich hielt er inne.

Sie konnte sich nicht bewegen, war fest in seinem Griff. Ihr stockte der Atem, ihr Herz hörte auf zu schlagen. Sein Atem klang rau an ihrem Ohr. Er konnte sie jetzt nicht verlassen. Er konnte nicht, denn Damon kam immer wieder für mehr. Er ließ sie los, und sie blieb so wie sie war, schlapp und befriedigt, über die Kommode gebeugt. Das hier war besser als das Bett. Keine schlechten Erinnerungen.

Er hob sie hoch und trug sie zum Bett. Sie war so entspannt, ihre Augen schlossen sich bereits. Er legte sich neben sie, seine Hitze lullte sie ein.

„Bleib", murmelte sie, dann driftete sie davon.

Als sie kurz darauf aufwachte, war er weg.

Sie setzte sich auf. „Angel?"

Keine Antwort.

Alle verließen sie – ihre Mutter, Brad, sogar Angel –, doch sie hatte gedacht, dass es dieses Mal anders sein würde. Sie dachte, Damon wäre anders. Und zum ersten Mal, anstatt sich hilflos und traurig zu fühlen, weil sie allein gelassen worden war, spürte sie nichts als Wut.

Sie entdeckte einen Zettel auf dem Nachtschränkchen: *Ich lasse dich nicht im Stich. Ich brauche nur etwas Raum, um über uns nachzudenken.*

Argh! Nur, weil du sagst, dass du mich nicht im Stich lässt, heißt das nicht, dass du es nicht tust! Damon brauchte keinen Raum, musste nicht nachdenken. Sie zerriss diese dumme Nachricht, bis es nur noch kleine Fetzen einer Lüge waren. Dann nahm sie ihr Handy und schrieb ein einziges Wort – Taradiddle. Sie wollte, dass er losließ und wusste, dass er ein verdammter Lügner war. Er *ließ* sie im Stich. Wenn er so sehr über sie nachdenken musste, hätte er es mit ihr tun müssen, damit sie hätten reden können.

Sie warf das Handy aufs Nachtschränkchen, schnappte sich ein Kissen und versetzte ihm einen K.O.-Schlag.

13

___

Angel erschien nach seiner turbulenten Nacht und dem Morgen mit Julia beim sonntäglichen Familienabendessen und gab sein Bestes, um bei der Sache zu bleiben. Alle sprachen über Lukes und Kennedys Hochzeit am Samstag. Der Junggesellenabschied war am Donnerstagabend, die Probe am Freitagabend. Angel, zusammen mit seinen Brüdern und Kennedys Brüdern – insgesamt fünf – waren Brautführer. Sein älterer Bruder Nico war Trauzeuge. Nur zwei Tage später würde er Brautführer bei Allys Hochzeit sein. All dieser Hochzeitskram pisste ihn an. Er schob ein paar Kartoffeln auf seinem Teller herum. Warum fanden alle anderen ihre ewige Liebe und ließen es vor Gott und den Menschen anerkennen, und er musste seine finstere Seite herauskehren, um nur einen Teil von dem zu bekommen, was er von Julia wollte? Und ihre Nachricht, dass er seine Hände von ihr lassen sollte, pisste ihn nur noch mehr an. Kein Sicherheitswort der Welt würde diesen Flaschengeist zurückzaubern können. Sie hatten die Grenze überschritten, an der es kein Zurück mehr gab, und er hatte schon zu lange darauf gewartet, sie zu haben, um jetzt zurückzuweichen.

Das Problem war, er hatte sich leer gefühlt, nachdem sie Liebe gemacht hatten. Na ja, es war mehr Ficken gewesen als Liebe machen. Sie hatte Damon ihren Körper hingegeben.

Doch Angel wollte alles – Körper, Herz und Seele. Er war gegangen, brauchte eine lange Autofahrt, um sich darüber klar zu werden, wie er die Dinge so drehen konnte, dass sie sich richtig anfühlten.

Er pikste eine Kartoffel auf und schob sie sich in den Mund. Er konnte es nicht fassen, dass sie ihm vorgeworfen hatte, sie im Stich zu lassen, während sie doch diejenige war, die ihn im Stich gelassen hatte! Natürlich war er nicht geblieben, als sie das letzte Mal, als sie miteinander geschlafen hatten, einen verdammten Zusammenbruch gehabt hatte. Ihre schluchzende Trauer hatte ihn abgekühlt. Er wusste, dass sie trauern musste, sich nicht auf ihn einlassen durfte. Außerdem hatte er angerufen. Das sollte doch wohl zählen, richtig?

Ein nagender Zweifel zerrte an ihm. Sie hatte Probleme damit, verlassen zu werden, weil sie adoptiert worden war, und dass er sie im Stich gelassen hatte, nachdem Brad sie im Stich gelassen hatte (obwohl es nicht sein Fehler gewesen war), musste besonders schwierig gewesen sein. Sie hatte ihn gebraucht, und er war nicht da gewesen. Schlicht und einfach. Doch er war auch nur ein Mensch, Distanz war die einzige Möglichkeit, die ihm einfiel, wie er nach dieser explosiven Nacht seine Hände von ihr lassen konnte. Er hatte damals sein Bestes gegeben, doch jetzt begann er, es anders zu sehen.

Er dachte zurück an das erste Mal, als sie damals im College miteinander geschlafen hatten. Er hatte sich rar gemacht, hatte gedacht, sie hätte sich entschieden, als sie an Brads Seite ins Krankenhaus geeilt war. Er konnte es nach dem Wochenende nicht ertragen, sie zusammen zu sehen. Doch als er es jetzt durch Julias Augen betrachtete, war alles, was sie gesehen hatte, dass er verschwunden war, als sie zurück zum Campus kam. Erst einen Monat später hatte er sich wieder zu ihrer kleinen Gruppe gesellt. Er hatte sie zu sehr vermisst, um ganz wegzubleiben.

Er unterdrückte ein Ächzen, als ihn die Wahrheit traf – er hatte sich zurückgezogen, als er hätte vortreten sollen. Das erste Mal, als Brad sie um eine Verabredung gebeten hatte, hätte Angel ihr sagen müssen, was er für sie empfand, anstatt monatelang zu verharren und darauf zu warten, dass Brad sie leid wurde. Und dann, als er und Julia der Versuchung endlich nachgegeben hatten, nachdem sie ein Jahr lang befreundet gewesen waren, hätte er bleiben und um sie kämpfen müssen. Das war ein Fehler gewesen, dass er es verdeckt hatte. Denn dann hatte Julia unter ihren Schuldgefühlen gelitten, und Brad war Unrecht geschehen, und Angel konnte immer noch nicht mit der Frau zusammen sein, die er liebte. Danach war die ganze Sache ein Schneeballeffekt gewesen – sein Schmerz hielt ihn auf Distanz, Julias Schuldgefühl und die Sorge um Brad, der zu seinem Einsatz ging, Brads selbstvergessener Plan zu heiraten, bevor er ins Boot Camp aufbrach.

Beinahe zwei Jahre verpasste Gelegenheiten, Fehltritte, Fehler. Und dann war sie verheiratet gewesen, und Angel würde diese Grenze nicht überschreiten. Die Ehegelübde waren ihm heilig. Das eine Mal, als er und Julia sich einander an jenem Abend, als Brad aufgebrochen war, genähert hatten, hatte er einen Rückzieher gemacht, weil sie verheiratet war.

Sie brauchten einen verdammten Neustart für ihre ganze verfickte Beziehung.

Konnte sie denn nicht endlich einsehen, dass sie immer wieder zueinander fanden, weil sie Seelenverwandte waren? Sie zogen sich gegenseitig an, waren füreinander geschaffen, und selbst Brad mit seinem Erstschlag auf Julia hatte damals die Verbindung nicht brechen können.

Er blinzelte, konzentrierte sich wieder auf seine Familie, die alle angeregt über das Hochzeitsessen sprachen. Kennedy hatte eine riesige, mehrstöckige Hochzeitstorte bestellt, dazu ein Dessertbuffet aus Süßgebäck und natürlich den italienischen Hochzeitskeksen ihrer Schwiegermutter. Was ironisch war, denn das erste Mal, das Kennedy diese köstlichen, halbmondförmigen Hochzeitskekse voller Puderzucker gegessen hatte, die irgendwie dafür gesorgt hatten, dass von seinen Brüdern Hochzeitsanträge nur so losgeschossen wurden, hatte sie sie ausgespuckt. Jetzt hielt sie sie für heilig. Alle neckten sie deswegen, vor allem Luke.

„Diese Kekse sind magisch", sagte Luke, machte ganz

große blaue Augen und wackelte mit den Fingern in der Luft. „Ein Bissen, und Kennedy war im Bruchteil einer Sekunde eingefangen."

„Nicht ganz, Reynolds", erwiderte Kennedy. Sie war ein zärtlicher, blonder Feuerball, der genauso gut austeilen wie einstecken konnte.

Alle lachten, selbst Angel wurde von ihrem Geplauder angesteckt. Luke hatte wirklich seinen Deckel gefunden. Zu schade, dass Angel seinen zu früh gefunden hatte. Mittlerweile meinte er, dass das Wichtigste bei Beziehungen das richtige Timing war.

„Hast du Julia zur Hochzeit eingeladen?", fragte Emily Angel.

Er sah sie gedankenverloren einen langen Moment an und erinnerte sich an Julias Geständnis, dass sie die Fierce-Trilogie geschrieben hatte. Emily war die Freundin gewesen, auf die Julia so eifersüchtig gewesen war, dass sie erotische Romane geschrieben hatte. Sein verdrehtes Leben wurde gerade noch verdrehter. Plötzlich stellte er fest, dass es im Raum still geworden war. Was schon eine ganz schöne Leistung war an einem überfüllten Esstisch mit seinem Dad, seiner Stiefmutter, seinen fünf seit Kurzem domestizierten Brüdern, fünf starrsinnigen Schwägerinnen und einem Kleinkind.

Angel setzte ein Grinsen auf, versuchte es auf die scherzhafte Art. „Ich dachte, Dad hätte vielleicht einen Bann über den Namen verhängt."

„Das habe ich, mein Sohn", erwiderte sein Dad. „Ich wollte dir Zeit geben, damit du ohne Kommentare von den billigen Plätzen vortreten oder zurücktreten konntest, aber es ist mittlerweile mehr als einen Monat her." Er sah ihn an und wartete still darauf, dass Angel die Lücke füllte.

„Ich bin vorgetreten", sagte Angel.

Alle jubelten. Angel schüttelte lächelnd den Kopf. „Danke, aber es ist kompliziert." Er sah sich am Tisch um, auf die Menschen, die er liebte und von denen er wusste, dass sie es gut meinten, doch er konnte die verdrehte Geschichte zwischen sich und Julia nicht erklären. „Wir sind noch nicht da."

„Bring sie zur Hochzeit mit", befahl Kennedy. Er zögerte, sie Brautzilla zu nennen, dafür hatte sie ein zu weiches Herz, doch sie hatte auf jeden Fall dafür gesorgt, dass für ihren besonderen Tag alles perfekt war. Kennedy beugte sich über den Tisch in seine Richtung, ihr Gesichtsausdruck war angespannt. „Lass sie einen Keks essen. Sag ihr gar nicht warum. Der Rest läuft dann von allein."

Luke lachte bellend an Kennedys Seite.

Kennedy drehte sich um und sah ihn finster an.

Luke küsste sie geräuschvoll auf den Mund. „Ich liebe dich, Babe." Er hielt ihr Kinn und sah ihr in die Augen. „Liebe, Liebe, Liebe." Kennedy blinzelte rasch, und Luke zog sie an sich, legte ihren Kopf an seine Brust.

Angel sah Jared in die Augen. Der Ausdruck seines Bruders strahlte Sorge aus und vielleicht auch ein wenig Mitleid. Er hatte Jared immer besonders nahegestanden, da sie, seit sie acht Jahre alt waren, gemeinsam aufgewachsen waren, ihre Eltern, ein Zimmer und einen Klassenraum geteilt hatten. Sie waren beide entspannt genug gewesen, um mit der Veränderung klarzukommen.

Angel starrte einen Moment auf seinen Teller und stand dann plötzlich auf. „Ich kümmere mich um das Geschirr. Macht ihr nur weiter und besprecht den Hochzeitskram."

Die Unterhaltung wurde wieder aufgenommen, als Kennedy plötzlich einfiel, dass die Farbe der Brautjungfernschuhe nicht ganz richtig war, und sie sich fragte, ob sie noch Zeit hatten, damit alle Frauen Schuhe einkaufen gehen konnten. Angel nahm so viele Teller, wie er tragen konnte und ging in die Küche nebenan. Jared folgte ihm einen Moment später mit einem weiteren Stapel Teller.

„Wie kann ich dir helfen?", fragte Jared. Er meinte Julia. Jared hasste Küchenarbeiten.

„Ich schaff das schon." Er ließ Wasser über die Teller laufen.

Doch Jared ließ sich nicht so leicht abschütteln. „Du kannst mich um alles bitten, ich werde es tun. Ich hätte Emily niemals für mich gewonnen, wenn du nicht mit mir über Gefühle gesprochen hättest."

Angels Kehle zog sich zusammen. Er stellt das Wasser aus. „Jare."

„Ich meine es so."

Er sah in die grünen Augen seines Stiefbruders. „Du hättest das schon hinbekommen."

Jared stupste ihn an der Schulter an. „Ich kann Emily hinzuziehen, wenn du meinst, dass das hilft. Vielleicht ist es eine Frauensache."

„Nein!", platzte Angel hervor. Himmel, das wäre ein Desaster, schließlich war Emily seine Ex, und die Fierce-Trilogie war wegen dieser Beziehung entstanden. Plötzlich fiel ihm Julias beiläufige Bemerkung wieder ein, dass sie diese Bücher geschrieben hatte, weil *ihr Vibrator* ihr nicht reichte. Nach all den Jahren gab es nicht viel, womit Julia ihn überraschen konnte, doch das war für ihn neu gewesen. Wenn er sie nicht so sehr für sich allein gewollt hätte, hätte er sie um eine kleine Demonstration damit gebeten. Vermutlich hätte er sie dazu überreden können, denn nach all diesen Jahren vertraute sie ihm vollkommen. Also warum konnte sie ihm nicht ihr Herz anvertrauen?

Ja, es waren Fehler gemacht worden, von ihnen beiden, doch das lag in der Vergangenheit. Es musste einen Weg für sie geben, gemeinsam weiterzugehen. Er war sich nur noch nicht sicher, wie.

„Doppeldate?", fragte Jared.

„Das ist mehr so eine Sache vom Reden über Gefühle", sagte Angel. „Meine Spezialität."

Jared neigte seinen Kopf. „Okay, dann mach dein Ding."

Er biss die Zähne zusammen. „Das versuche ich ja."

Jared warf ihm einen stillen, mitleidigen Blick zu, die Art, in der er durch seine Arztausbildung so gut war. Angel suchte nach Worten, das Problem zu erklären, ohne Julias Geheimnisse preiszugeben.

„Es ist, als bräuchte sie Absolution von ihren Sünden", sagte Angel endlich.

Jareds grüne Augen weiteten sich. „Moment mal. Sprechen wir über dasselbe Mädchen von nebenan, Lehrerin im ersten Schuljahr, Witwe? *Sie* ist eine Sünderin?"

Vergiss nicht Autorin von erotischen Romanen.

Angel zuckte mit dem Kinn.

„Dann erteil ihr doch Absolution. Du bist doch der Heilige Angel."

Angel stieß Jared hart. „Fick dich." Er war es so leid, dass seine Brüder ihn einen Heiligen oder einen Priester nannten. Er war genauso ein Sünder wie Julia, obwohl er sich kein bisschen schuldig dafür fühlte, weil er sich nahm, was er wollte. Er hatte ihr das schon einmal gesagt, und er glaubte es von ganzem Herzen, nichts, was sie jemals gemeinsam getan hatten, war falsch. Ja, die Umstände hätten besser sein können, doch nichts änderte etwas an der Tatsache, dass sie zusammengehörten.

„Er ist tatsächlich unser hauseigener Priester", sagte sein älterer Bruder Vince und stellte einen Stapel Teller auf die Arbeitsfläche neben der Spüle. Er war ein großer Typ, der immer Scherze reißen musste und ein weiches Herz hatte.

Angel sah Vince finster an. „Halt die Klappe."

Vince drückte Angels Kopf hinunter und zerzauste ihm die Haare. „Du bist der letzte Junggeselle, den wir noch haben."

„Ich weiß das", sagte Angel, „glaub mir."

Jared und Vince, die links und rechts von Angel standen, tauschten einen Blick aus. Sie sprachen gleichzeitig. „Ich kümmere mich darum."

Angel stieß einen Atem aus. Manchmal war es wirklich ätzend, der Jüngste zu sein. Jared war nur zwei Monate älter, doch er hatte immer seinen Status als großer Bruder für sich beansprucht. Als er noch ein Kind gewesen war, hatten seine Brüder immer auf ihn aufgepasst, aber das würde jetzt nicht mehr funktionieren. „Ihr könnt da nichts tun."

Vince rieb sich den Nacken, warf einen Blick ins Esszimmer, wo immer noch hitzig über die Details der Hochzeit debattiert wurde, und sah zurück zu Angel. „Vielleicht solltest du einen wirklichen Priester aufsuchen. Soph hat Pater Munson ins Gespräch gebracht wegen Mom, und es hat geholfen." Offensichtlich hatte Vince Schuldgefühle, weil er das Grab ihrer Mutter nicht besuchte.

„Ja", meldete sich Jared auf Angels anderer Seite zu Wort. „Vielleicht muss sie bloß zur Beichte gehen."

Angel konnte sich nicht vorstellen, wie Julia einem Priester beichten sollte, was sie getan hatten, geschweige denn das mit der Fierce-Trilogie erklären. „Ich werde ihr Beichtvater sein."

„Uiuiuih!", gluckste Vince. „Von was für einer Buße reden wir?"

Jared grinste. „Auf jeden Fall muss sie auf die Knie gehen."

„Ihr werdet beide in der Hölle landen", sagte Angel mit breitem Grinsen.

Jared stieß Angel mit der Hüfte an, wodurch er gegen Vince stolperte. „Wir sehen dich dann da."

Angel ging am Montagmorgen zur selben frühen Zeit zur Arbeit, setzte sich in sein eigenes Büro und fuhr den Laptop hoch. Er sah sich gerne noch einmal den Stundenplan und seine Notizen an, bevor die Schüler eintrafen, damit er, falls erforderlich, immer kurzfristig zur Verfügung stand. Er hatte sich gerade eine Tasse Kaffee geholt, als Julia hereingeschlendert kam und ihn erschreckte. Sie kam nie früh zur Arbeit. Er stellte den Becher wieder hin. Sie trug den dunkelblauen Pullover, der sich so an ihre Brust schmiegte, und einen Rock mit nackten Beinen, die in flachen Schuhen steckten. Hohe Absätze wären ihm lieber gewesen, aber schließlich war sie bei der Arbeit. Sie würde den ganzen Tag im Klassenraum auf ihren Beinen sein. Seine Gedanken wanderten zu dem, was sie unter diesem Rock trug, als ihm auffiel, dass sie erschreckend still war.

Zum ersten Mal sah er ihr in die dunkelblauen Augen und stellte fest, dass sie ihn anstarrte, als wollte sie gleich einen Mord begehen. Er hätte lügen müssen, wenn er behauptet hätte, dass ihn das kaltließ. Sie war eher der Typ, der sich lieber entschuldigte, als zu kämpfen. Das Feuer in ihren Augen war einnehmend.

„Guten Morgen", sagte er, wobei er meinte *Grundgütiger, gib's mir.*

Sie schloss die Tür hinter sich und verriegelte sie. Er sah fasziniert zu, all dies war in ihrer gemeinsamen Arbeitsgeschichte an der Eastman Elementary noch nicht vorgekommen. Ihre Hände waren zu Fäusten geballt, und sie überwand die Distanz zwischen ihnen. Sie hob eine Hand über ihren Schreibtisch und bestreute ihn mit weißem Konfetti.

„Nur weil du behauptest, dass du mich nicht im Stich lässt", blaffte sie, „heißt das nicht, dass du mich nicht doch im Stich gelassen hast."

Wieder sah er auf das Konfetti, sah Tintenstriche und stellte fest, dass es seine Nachricht war. „Nett", murmelte er. „Hör zu–"

„Nein, du hörst jetzt zu!" Ihre Augen blitzten und entflammten ihn. Es gefiel ihm, dass sie wutentbrannt und nicht traurig oder verletzt war. „Ich hoffe, du hast meine Nachricht verstanden, die du *ignoriert* hast. Genauso, wie du mich ignoriert hast." Sie schlug mit ihren Handflächen auf den Tisch und beugte sich zu ihm vor. „Von jetzt an Hände weg."

„Tut mir leid", erwiderte er ruhig, „dein Sicherheitswort ist in dem Moment ungültig geworden, als ich dich über die Kommode gebeugt habe, deine Beine gespreizt und dich gefi–"

Sie hob eine Hand, um ihn zu schlagen, und er schnappte sich ihr Handgelenk, bevor sie ihn traf. Sie bemühte sich, sich loszureißen, und er packte sie noch fester, sah, wie ihre Wangen und ihr Hals rot anliefen. Verdammt, sie machte ihn heiß, und das hier war wirklich nicht der richtige Ort dafür.

„Lass uns tanzen", sagte er.

Sie hörte auf, sich zu wehren, und sah ihn ausdruckslos an, vermutlich, weil sie niemals tanzten, wodurch er genügend Zeit hatte, um den Tisch herum zu ihr zu kommen. Er legte einen Arm um ihre Taille. „Hey, Darling." Er schob sie langsam zu der geschlossenen Tür, als wäre das ein Tanz, bei dem sie gemeinsam gingen, Becken an Becken.

„Ich bin nicht dein Darling", blaffte sie. „Und wir tanzen nicht."

„Irgendwie schon", sagte er.

Ihr Rücken schlug gegen die Tür, und er keilte sie ein, seine Hände waren beiderseits ihres Kopfes, er drang ganz eindeutig in ihren Nahbereich ein. Ihre Augen blitzten, woraufhin er steinhart wurde.

„Damon lässt niemanden im Stich", sagte sie mit genervter Stimme. Als wäre ihm der wichtigste Punkt in der Damon-Mia-Sache entgangen.

In dem Moment wurde ihm klar, wie er die Dinge richten konnte. Das hier war die klassische Zwei-Fliegen-mit-einer-Klappe-Situation. Er würde nicht aufhören müssen, mit ihr zu schlafen, und endlich würde er sie beide von *Heißer Sehnsucht* zu *Heißer Liebe* befördern. Er würde all ihre Fantasien bis hin zu Mias und Damons Happy End mit wahrer Liebe nachspielen. Damon machte ihr am Ende sogar einen Antrag, und Mia sagte glücklich ja. Auch das war ihr geheimer Wunsch. Mit ihm.

Er beobachtete sie, als er langsam seine Position veränderte, ihre Schultern packte und dann mit seinen Händen an ihren Armen hinunterglitt. „Was macht Damon stattdessen, wenn er niemanden im Stich lässt?" Er wusste es, doch er liebte es, wenn sie ihre geheimen Wünsche laut aussprach.

„Ficken und erlösen und noch einmal ficken." Sie verengte die Augen. „Er verspricht immer, dass er wiederkommt."

Er drückte ihre Hand und schob seine andere zu ihrem nackten Knie hinab, hob den Saum ihres Rockes. „Aber er bleibt nie über Nacht, oder doch?" Langsam schob er seine Hand höher an ihrem weichen Innenschenkel entlang, wartete darauf, dass sie ihn stoppte. Bald würden die anderen Angestellten und Schüler kommen.

Doch sie stoppte ihn nicht. Stattdessen wurde ihr Blick ganz sanft, und sie befeuchtete sich die Lippen. Er kam an ihrem Höschen an und fuhr mit seinem Finger über den feuchten Baumwollstoff. Sie erbebte. Er schob ihr Höschen beiseite und ließ einen Finger in sie gleiten, entlockte ihr ein leises Stöhnen. Er zog ihn heraus und schob noch einen weiteren Finger hinein, während er an ihrem Ohr sprach. „Ich werde dein Damon sein, und ich verspreche dir, dass ich wiederkomme." Mit seinem Daumen streichelte er ihre Klitoris, während er seine Finger hineinstieß.

„Ja", zischte sie. Er wusste nicht, ob sie der Fantasie zustimmte oder einfach nur seine Hand unter ihren Rock genoss, doch es war egal, denn er würde beides tun. Er drehte seine Hand, drückte gegen die Innenseite, um ihren G-Punkt zu streicheln, während er mit seinem Handballen gegen ihren Oh-ja-mehr-Punkt drückte. Bei ihren leisen Lustlauten wurde er dicker und härter. Sie war fiebrig heiß, machte seine Finger klitschnass, verkrampfte sich um ihn herum und ließ wieder locker.

„Jede Nacht", sagte er ihr, während er sie streichelte und rieb, und sie sich an seinem Hemd verkrampfte. „Jede erotische Szene in diesen Büchern."

„Versprich es", sagte sie atemlos.

„Ficken und erlösen–"

Sie schrie auf, erbebte bei ihrer Erlösung, und er erstickte den Laut mit seinem Mund auf ihrem. Er streichelte sie noch etwas mehr, schluckte ihre sexy Schreie, während sie jede Lustwelle ausritt. Schließlich wurde sie wieder ruhig, und er zog seine Hand weg, beobachtete sie, um zu sehen, was sie als nächstes tun würde. Ihre Wangen und ihr Hals waren leuchtend rot. Sie schien nicht mehr wütend zu sein.

Sie richtete ihren Rock und warf ihm einen misstrauischen Blick zu.

Er nahm ihre Wange und küsste sie zärtlich. „Gute kleine Mia. Ich komme heute Abend wieder zu dir. Und jeden Abend. Das verspreche ich."

Ihre dunkelblauen Augen leuchteten auf. „Ich werde das Sicherheitswort nicht benutzen."

Er grinste. „Du hast kein Sicherheitswort."

Sie erbebte, schenkte ihm ein kleines, sexy Lächeln und segelte zur Tür hinaus.

Das war doch mal ein Plan. Ein guter Plan. Er ging für einen kurzen Spaziergang nach draußen, während er an

Besprechungen und anderen Mist dachte, damit seine Hose
wieder etwas bequemer saß.

~

Angel hielt sein Versprechen. Jeden Abend fuhr er zu Julia
nach Hause und sorgte dafür, dass jede ihrer Fantasien wahr
wurde – an einer Vielzahl von Orten – im Bad, an der Wand,
im Bett (nur nicht in Missionarsstellung), dem Sessel, der
Küchenarbeitsfläche, über das Sofa gebeugt ... *Verdammt*,
diese Frau hatte eine ganz schöne Fantasie. Nur, dass sie die
Esszimmerszene nicht nachspielen konnten. Sie hatte keins.
Er hatte versucht, sie zu sich nach Hause zu bringen, wo ein
Esstisch bequemerweise auf sie wartete, doch sie widerstand,
und als er sie drängte, lenkte sie ihn damit ab, dass sie sich
auf ihre Knie fallen ließ und den Reißverschluss seiner Hose
öffnete. Fuck, es gab nichts Besseres, als zuzusehen, wie ihr
süßer Mund ihn aufnahm.

Doch jetzt war Donnerstagabend, und er musste zu Lukes
Junggesellenparty. Nico hatte den hinteren Raum im Lombar-
di's, einem italienischen Restaurant in Eastman, das seine
Familie so mochte, reserviert. Angel holte sich ein Bier an der
offenen Bar und setzte sich an einen der runden Tische, die
eine kleine Tanzfläche umstanden, neben Jared.

„Was für ein Unterhaltungsprogramm gibt es?", fragte
Angel. Luke hatte seine wohlhabenden Freunde eingeladen,
darunter auch seinen größten Klienten, Bentley Williams,
deswegen hoffte er, dass Nico keine Stripperinnen bestellt
hatte. Angel machte sich immer Sorgen um die Stripperinnen
und sprach am Ende mit ihnen über alternative Berufsmög-
lichkeiten. Oft waren es alleinerziehende Moms, und er hatte
in der öffentlichen Verwaltung und bei allgemeinnützlichen
Organisationen Kontakte, die helfen konnten.

„Wirst du schon sehen", sagte Jared und nahm einen
langen Schluck von seinem Bier.

„Was, ist das eine Geheimnis?"

In dem Moment hörte man Glöckchen klingeln, und eine
Gruppe von Frauen in paillettenbesetzten goldenen Bikinio-

berteilen und goldschwarzen Haremshosen kamen hereingeschlendert.

Jared grinste. „Bauchtänzerinnen. Lily hat sie gefunden."
Das war Nicos Frau.

Die Frauen richteten ihre Musik ein, und eine setzte sich
auf einen Stuhl, der mitten auf der Tanzfläche stand. Eine
Frau mit langen, lockigen schwarzen Haaren und stark
geschminktem Gesicht sah sich im Raum um. „Der
Bräutigam?"

„Lu-u-ke!", brüllte Nico zwischen seinen Händen, obwohl
Luke gar nicht weit entfernt war.

Luke hob grinsend eine Hand, dann setzte er sich in die
Mitte. Die Musik begann zu spielen, und die Frauen starteten
einen sinnlichen Bauchtanz um Luke, ihre winzigen Finger-
schellen und Glöckchen um ihre Taillen und Fußgelenke
erklangen zu einem angenehmen Rhythmus. Alle pfiffen und
jubelten.

Er sah sich im Raum nach seinen Brüdern um, Lukes
Freunde, selbst sein Dad, waren fasziniert von diesem
komplizierten Tanz. Er nicht. Julia hatte ihn für andere Frauen
ruiniert, und er war noch längst nicht beim Happy End angekommen, wo er ihr einen Antrag machte. Er gab es nur
ungern zu, denn er genoss es höllisch, ihre Fantasie zu sein,
dennoch war es noch nicht richtig. Sie wollte ihn nicht ansehen, wenn sie miteinander schliefen. Wollte ihn immer noch
hinter sich. Er musste dafür sorgen, dass sie ihn ansah, dass
sie sich zu ihm umdrehte, und dann wurde sie wütend,
trotzdem fickten sie, weil eine wutentflammte Julia ihn nur
noch mehr antörnte. Ganz ehrlich, alles, was sie tat, törnte ihn
jetzt an, da er wusste, dass er sie immer, wenn er wollte, nackt
haben konnte.

Er nahm einen langen Schluck von seinem Bier. Er hatte
das Ende von *Heiße Liebe* noch einmal gelesen, und es war
nicht ganz klar, weswegen Mia Damon endlich bei Licht
ansah. Die Autorin hatte diesen Teil nicht zu seiner Zufriedenheit erklärt.

Vielleicht hätte er sie, wie Kennedy gesagt hatte, zu Lukes
Hochzeit einladen und sie italienische Hochzeitskekse essen

lassen sollen. Er hatte das vermieden, denn das letzte Mal, dass er Julia bei einer Hochzeit gesehen hatte, war ihre eigene gewesen, und an jenem Tag war er beinahe gestorben. Natürlich hatten sie dann noch Allys Hochzeit, die sie hinter sich bringen mussten, also warum sollte er noch eine weitere Hochzeit mit ins Spiel bringen? Warum sollte er es nicht über den Weg seiner Stiefmutter probieren? Er würde Julia zur Hochzeit mitbringen, sie einen Keks essen lassen und auf den Zauber warten. Es war armselig und lächerlich, und er war so verzweifelt, dass er es versuchen wollte.

Außerdem wurde es Zeit, dass sie seine Familie kennenlernte. In diese Richtung ging die Sache zwischen ihnen nämlich. Wenn es nach ihm ging, wäre sie bald Teil seiner Familie. Und es ging nach ihm.

Er zog sein Handy heraus und schrieb ihr. *Was machst du am Samstag?*

Allys Junggesellinnenabschied.

Er reagierte gereizt. Es spielte keine Rolle, dass er im Moment bei einem Junggesellenabschied war, trank und zusah, wie halbnackte Frauen sich auf der Tanzfläche wanden. Er wollte nicht, dass sie dasselbe tat. Würde sie männliche Stripper angaffen? So tun, als wären sie Damon? *Vergiss das alles. Konzentrier dich.*

Er schrieb erneut. *Stripper?*

Du kennst Ally.

Also ja. Er knirschte mit den Zähnen. *Um wie viel Uhr?*

Warum? Möchtest du uns Gesellschaft leisten?

Vielleicht werde ich das.

Nur wir Mädchen.

Kannst du – er unterbrach sich. Löschte das. *Wirst du –* löschen. Er rieb sich die Stirn. Das hier war absurd. Er sollte doch wohl mit emotional geladenen Situationen umgehen können.

Er versuchte es erneut mit sorgfältig neutralem Tonfall. *Hättest Du Lust, zu Lukes Hochzeit zu kommen? Samstagmittag.* Er dachte sich, dass Allys Junggesellinnenabschied vermutlich abends stattfinden würde.

Sie antwortete nicht. Vielleicht hätte er das persönlich

machen sollen. Gleich im Anschluss würde er zu ihr nach Hause fahren. Doch was, wenn sie am Ende bloß wieder ficken würden? Er rutschte unbehaglich hin und her. Nicht, dass er etwas dagegen hatte, Julia zu ficken, aber irgendwann würde ihm das noch um die Ohren fliegen. Sein Handy vibrierte, und er sah hinunter.

Bist du dir sicher, dass die Braut nichts gegen einen spontanen Gast hat?

Er war so erleichtert, dass ihm einen Moment schwindlig war. *Sie besteht darauf.*

Warum sollte die Braut darauf bestehen? Sie kennt mich doch gar nicht.

Ich bin der einzige alleinstehende Typ bei der Hochzeitsfeier.

Bin ich dein Date?

Möchtest du das sein?

Keine Antwort. Er nahm sich seine Lederjacke und ging nach draußen, um mehr Ruhe zu haben. Das mit dem Nachrichtenschreiben ging nicht. Er musste ihre Stimme hören. Sein Handy vibrierte mit einer Nachricht.

Ich vermisse dich.

Er drückte über Kurzwahl ihre Nummer und ging weiter vom Restaurant weg. „Ich vermisse dich auch", sagte er, sobald sie sich meldete. Seit ihrer Damon-Mia-Wiedervereinigung vor drei Tagen war das der erste Abend, an dem sie getrennt waren.

„Warum möchtest du so plötzlich, dass ich zu der Hochzeit komme?", fragte sie.

Er stieß seinen Atem aus. „Vielleicht sollten wir uns von Angesicht zu Angesicht unterhalten."

„Von Angesicht zu Angesicht bist du zu verführerisch."

Er stellte fest, dass er lächelte. „Ja?"

„Das musst du wirklich fragen? Bei meinem letzten Orgasmus wäre ich beinahe ohnmächtig geworden."

Er stöhnte.

„Und ich habe drei Bücher über unser eines Wochenende im Bett geschrieben."

Er schob seine Brust vor. „Das hast du."

„Kannst du jetzt reden?"

„Ich bin bei Lukes Junggesellenabschied. Ich komme danach vorbei. Das hier ist zu wichtig, um am Handy darüber zu reden."

„Na schön, aber kein Damon. Ich werde mein Sicherheitswort benutzen."

„Ich dachte, das hätten wir abgelegt." Er schmunzelte. „Okay, lass es mich hören."

„Tara–" Sie kicherte. Er grinste. Er liebte es, dieses sorglose Kichern zu hören. „Ich kann es nicht sagen. Es ist lächerlich."

„Genau aus dem Grund habe ich es ausgewählt. Und wegen seiner geheimen Bedeutung." Das war ein kleiner Hinweis darauf, dass er wusste, welche geheimen Wünsche sie verleugnete. Sie log ihren eigenen Körper an.

„Wie weit würdest du gehen?", fragte sie ganz eifrig. „Würdest du mich an meine Grenzen bringen? Würdest du mich wirklich brechen?"

Er wurde steinhart. Verdammt. Sie würde ihn alles tun lassen. Sie *wollte*, dass er alles tat. Heilige Scheiße.

„Angel?"

„Ja", brachte er hervor.

„Könntest du nicht vielleicht jetzt gleich herkommen?"

Er schob eine Hand in seine Haare. Wie hatte ihm diese Unterhaltung nur so entgleiten können? Sie sollten über sich und ihre Zukunft reden, keinen Telefonsex haben. Er musste die Sache wieder auf die richtige Spur bringen.

Er senkte seine Stimme. „Hol deinen Vibrator raus, lass mich hören, wie du kommst, und dann werde ich für ein ernstes Gespräch da sein."

Sie stöhnte, woraufhin er nur noch härter wurde. „Aber Bob III ist nicht so gut wie du."

Er stieß ein Lachen aus. Bob III? „Du hast drei Vibratoren, die Bob heißen?"

„Nein, nur einen. Die ersten beiden Bobs habe ich verschlissen."

Er lachte bellend. In all den Jahren hatte er nicht gewusst, dass sie solch ein geiles Ding war. Sie hätten um einiges mehr Ficken können, als sie es getan hatten. Ein kleines Zeichen von ihr hätte gereicht, das kleinste, und er wäre gleich auf ihr gewesen.

„Das ist nicht lustig", sagte sie. „Es war sehr schwierig, mit allem fertig zu werden."

Er wurde ernst. „Ich hätte dir aushelfen können, bevor du zu Bob III gekommen bist. Warum hast du so verdammt lang gewartet?"

„Du warst die verbotene Frucht", sagte sie leise.

Schuldbewusstsein und Sünde. Ja, das konnte er verstehen. „Und jetzt?"

Sie seufzte. „Du hast es selbst gesagt, der Flaschengeist ist draußen."

Er merkte, dass er lächelte. „Und wir bekommen ihn nicht wieder hinein, richtig?"

„Sie. Und nein. Sie ist eine anspruchsvolle Schlampe."

Langsam schüttelte er den Kopf. Er liebte es, mehr Esprit in ihrer Stimme zu hören, so lange Zeit war sie nur ein schwaches Flüstern von der Julia gewesen, die er kannte und liebte.

Wieder sprach sie, dieses Mal mit der Stimme einer reizvollen Verführerin, die ihn an den Eiern packte. „Erinnerst du dich daran, was Damon–"

„In ein paar Stunden komme ich zu dir", sagte er zwischen zusammengebissenen Zähnen. „Um mich mit dir zu unterhalten."

„Ich mag deine Stimme am Telefon", fuhr sie seidig fort. Sie wusste, was sie mit ihm anstellte. „Sie ist so *tief* und sexy."

Er stöhnte. „Mach's gut, Julia."

„Tief, tiefer, *oh ja*, tiefer."

„Ich sagte mach's gut!", rief er mit vorgetäuschtem Zorn.

Sie kicherte. „Bye."

Angel legte auf, ging ein paar Mal in der kalten Winterluft schnell um den Block, um sich abzukühlen, und kam dann gerade wieder herein, als die Bauchtänzerinnen gingen und fröhlich plauderten. Sein ältester Stiefbruder, Gabe, hatte ein paar Tische mit Poker organisiert, und einige Jungs spielten im Nachbarraum Pool.

Luke klopfte Angel auf den Rücken. „Hey, wohin bist du denn verschwunden? Du hast das Bauchfinale verpasst." Er machte eine komische Luftbewegung, um es zu demonstrieren.

Angel schmunzelte. „Ich musste telefonieren. Julia kommt am Samstag zur Hochzeit."

„Ja? Hey, dass ist großartig. Kennedy wird sich riesig freuen. Aber pass auf. Wenn du Julia nicht zu den Keksen bringst, wird Kennedy die Kekse zu ihr bringen. Sie ihr vermutlich in den Mund schieben. Sie liebt dich, das ist alles."

„Wer?"

„Kennedy, wer denn sonst?"

Einen Moment hatte er gedacht, dass Luke Julia meinte. Doch das konnte er nicht wissen. Er hatte sie nur ein paar Mal getroffen. Einmal im Sommer, als sie und Brad vorbeigekommen waren. Einmal nach der Beerdigung. Liebte Julia ihn? Ihm fiel auf, dass sie das niemals gesagt hatte. Natürlich hatte auch er das nicht, und definitiv liebte er sie. Das musste sie doch wissen, richtig?

„Also läuft es jetzt besser zwischen euch?", fragte Luke.

„Es wird."

„Ach, Frauen", sagte Luke und schüttelte den Kopf. „Wirklich eine Qual–" Er versteifte sich und zog sein Handy aus der Gesäßtasche. Es musste auf Vibrieren gestellt gewesen sein. „Hey, meine Schöne", schnurrte er ins Handy. „Ich vermisse dich so sehr." Er marschierte davon und murmelte: „Ich vermisse dich mehr."

Mann, seine Brüder standen ganz schön unter dem Pantoffel.

Nur eine Stunde später tauchte Angel an Julias Haus auf, da er absichtlich beim Pokern verloren hatte, um schnell abhauen zu können. Er klopfte, doch sie reagierte nicht. Es war elf Uhr abends an einem Wochentag. War sie eingeschlafen? Er musste sie sehen. Diese Unterhaltung konnte nicht länger warten. Er klopfte noch einmal, etwas fester. Hatte sie den Vibrator benutzt? Sie schlief oft ein, nachdem sie gekommen war, weil sie sich so sehr entspannte. Das war es. Er zog seinen Schlüssel heraus und schloss selbst auf. Im Haus war es dunkel. Er schloss die Tür hinter sich und ging zu ihrem Schlafzimmer.

Sie lag schlafend schräg mitten auf dem Bett, nahm den ganzen Raum ein. Einen Moment lang sah er sie im schummrigen Mondlicht an, das durch die Vorhänge linste. Ihr dunkles Haar war ganz zerzaust, ihre weichen Lippen ein wenig geöffnet. Wie sehr sehnte er sich danach, sich einfach auszuziehen und neben ihr ins Bett zu krabbeln, doch etwas hielt ihn zurück. Wenn er sich zu Julia ins Bett legte, führte das nie dazu, dass sie sich unterhielten.

Stattdessen beugte er sich über sie, schob ihre Haare zurück und küsste ihre Schläfe. Dann nahm er all seine Willensstärke zusammen, die er noch hatte, drehte sich um und ging zur Tür hinaus.

14

Angel stand mit den anderen vor St. Josephs, der katholischen Kirche in Clover Park, für Lukes Hochzeit, und das Ganze kam ihm sehr bekannt vor. Es war gar nicht so lange her, dass er hier für Vinces und Sophias Hochzeit gestanden hatte. Er erhaschte Julias Blick, die neben Emily in der Reihe mit seinen Schwägerinnen saß. Sie lächelte ihn verkniffen an. Sie brauchte immer lang, um mit anderen Menschen warmzuwerden, deswegen hoffte er, dass sie in nächster Zeit mit Emily keine Vertraulichkeiten austauschte. Wie zum Beispiel, dass Emily seine Exfreundin war, genau die, bei der Julia so eifersüchtig gewesen war, dass sie die Fierce-Trilogie verfasst hatte. Emily hatte sich an Julia von einem Kochkurs erinnert, den sie im Dezember besucht hatten, und hatte seitdem auf sie eingeredet. Angel nannte bei Julia nie den Namen von irgendjemandem, mit dem er sich traf, und entsprechend nannte er auch Julia namentlich bei keiner Freundin. Ein Teil von ihm wusste tief in seinem Inneren, dass jede Frau nach Julia den zweiten Platz einnehmen würde.

Er wollte Julia zum Empfang nach Greenport fahren, anstatt in der Limousine mitzufahren, damit sie Gelegenheit hätten, sich zu unterhalten. Bis zu dem Anwesen am Strand, das Lukes Klienten und engem Freund Bentley gehörte, war es eine halbstündige Fahrt, das sollte reichen, um ein paar

Dinge klarzustellen. Die Musik spielte los, und die Brautjungfern begannen, langsam den Gang entlang zu marschieren. Kennedys jüngere Schwestern, Frank und Jamie gingen voraus, gefolgt von Kennedys Freundin Hailey (vom Buchclub, offensichtlich standen sie einander näher), einer weiteren Freundin, die er nicht kannte, und der Trauzeugin, Candy (Bentleys Frau). Hailey hatte Kennedys Hochzeit planen und im Ludbury House stattfinden lassen wollen, wo sie arbeitete, doch Kennedy wollte eine Hochzeit in der Kirche und den Empfang am Strand. Am vorigen Abend hatten sie als Kompromisslösung ihr Probeessen für die Brautleute im Ludbury House veranstaltet.

Endlich waren die Brautjungfern und die Brautführer an ihrem Platz, und der traditionelle Hochzeitsmarsch spielte auf. Kennedy erschien in einem weißen Satinkleid mit einer langen Schleppe. Sie trug keinen Schleier, nur ein dünnes Diamanthaarband in ihren blonden Haaren, die sie zu einer Banane hochgesteckt hatte. Zarte Spitze zierte das Oberteil ihres ärmellosen Kleides, dazu trug sie passende Spitzenhandschuhe. Er wusste, dass das ein Designerkleid war, die Frauen in der Familie waren deswegen mächtig aufgeregt gewesen, und er musste zugeben, es war umwerfend. Ihr Dad stand neben ihr ganz steif da, da er sich immer noch von einer Rücken-OP erholte.

Kennedy glitt geradezu den Gang entlang, ein kleines Lächeln umspielte ihre Lippen. Angel sah Luke an, der strahlte. Als Kennedy bei Luke ankam, strahlte sie ebenfalls.

Pater Munson begann die Zeremonie, eine traditionelle Liturgie, bei der Angel reichlich Zeit bekam, sich an Julias Hochzeit zu erinnern, bei der er als Trauzeuge dabeigestanden hatte, der Trauzeuge, der im Inneren währenddessen starb. Es war so schwierig gewesen, sich seine wahren Gefühle nicht anmerken zu lassen, besonders, weil Julia den Großteil der Zeremonie über ihren Blick auf ihn gerichtet hatte. Zuerst hatte er gedacht, der Grund wäre, dass sie ihn wollte und nicht Brad, doch später, als er sie beim Empfang danach fragte, sagte sie, dass sie, wenn sie sich auf ihn konzentrierte, vergessen konnte, dass alle sie ansahen. Er hatte wissen wollen, warum das nicht auch funktionierte, wenn sie Brad ansah, doch dann hatte Brad dazwischengefunkt und sie zur Tanzfläche geführt.

Er fand nie heraus wieso.

Jetzt warf er Julia einen Blick zu, die einen netten Gesichtsausdruck aufgesetzt hatte, doch er kannte sie gut genug, um zu wissen, dass Hochzeiten für sie auch nicht viel einfacher waren. Sie musste an Brad denken und ihn vermissen.

Endlich verkündete Pater Munson: „Sie dürfen die Braut jetzt küssen."

Luke sah Kennedy an, umfasste ihr Gesicht mit beiden Händen und küsste sie ehrfurchtsvoll. Als er sich zurückzog, brach die Menge in Applaus aus, doch Luke schien es gar nicht zu bemerken. Er stand einfach da, hielt das Gesicht seiner frisch Angetrauten und sah sie an, als betete er sie an. Kennedy brach in Freudentränen aus. Das löste eine Kettenreaktion bei seiner Stiefmutter, seinem Dad und Vince aus, den Softies der Familie. Angels Kehle verengte sich, halb als Reaktion auf ihr Glück, halb wegen seiner eigenen Traurigkeit, weil er Julia noch immer nicht die Seine nennen konnte.

Kennedy und Luke eilten den Gang entlang, Hand in Hand, lächelnd, gefolgt von ihrer Entourage aus Brautjungfern und Brautführern. Er sah auf seinem Weg den Gang entlang zu Julia hinüber, die ihn ein wenig anlächelte. Seine Schwägerinnen, die mit ihr in einer Reihe saßen, wischten sich alle die Tränen beiseite.

Nachdem er und seine Familie dem glücklichen Paar gratuliert hatten, fand Angel Julia bereits an seinem Auto wartend. Sie trug ein blaues Kleid, das ihre Kurven umschmeichelte. Es hatte winzige Ärmel und zeigte viel Haut. Eine kleine weiße Stola über ihren Armen spendete ihr etwas Wärme. Er wollte nichts mehr, als mit seinen Händen über ihre Seiten zu streichen, die sanfte Kurve an ihrer Taille spüren und über ihrer Hüfte. Stattdessen verhielt er sich wie ein Gentleman, schloss den Wagen auf und half ihr beim Einsteigen, damit ihr nicht kalt wurde. Es war keine beißende Kälte, doch der Februar in Connecticut war immer noch kühl.

„Das war eine richtig schöne Hochzeit", sagte sie, als er in den Wagen stieg. „Das sind also alle, richtig? All deine Brüder sind verheiratet?"

Er startete den Motor. „Einer noch nicht. Jared heiratet im Juni."

„Und dann sind es alle."

„Japp." Er fuhr vom Parkplatz und folgte der Reihe von Autos auf die Main Street, bevor er hinzufügte: „Alle außer mir."

Sie stellte das Radio an. „Kennedy sah so schön aus. Genau wie eine Braut an ihrem Hochzeitstag aussehen sollte."

„Ja. Du siehst auch schön aus." Er stahl sich einen Blick auf ihre Beine, wo das Kleid etwas hochgerutscht war.

„Aww … danke dir." Sie zog ihr Kleid herunter. „Das ist mein Brautjungfernkleid für Alice' Hochzeit, du wirst mich also in zwei Tagen wieder darin sehen."

Sie schwiegen. Als er schließlich an einer roten Ampel stehen blieb, entschied er sich, einfach mit dem Kopf voran in das emotionale Schlamassel zwischen ihnen einzutauchen.

„Julia", sagte er zur gleichen Zeit, als sie sagte: „Angel."

„Entschuldige, sag nur", sagte er.

„Du hast bei der Trauung sehr traurig ausgesehen", sagte sie.

„Du auch."

„Hochzeiten sind schwierig für mich."

„Weil du Brad vermisst?", fragte er.

„Nein."

Er wartete schweigend. Eins der ersten Dinge, die man ihm als Sozialarbeiter beigebracht hatte, war, dass er still zuhören sollte.

„Ich erinnere mich einfach an meine Hochzeit", sagte sie endlich. „Wie nervös ich war. Weißt du noch?"

Wusste er nicht. Sein eigener Magen hatte gebrannt und alles mit einem eifersüchtigen Nebel übertüncht. Er erinnerte sich nur daran, wie nervös Brad gewesen war. Er war mit Brad in der Sakristei gewesen. Julia war hinter geschlossenen Türen in der Nähe des Eingangs der Kirche gewesen, damit

Brad ihr Kleid vor der Hochzeit nicht sah. „Hattest du kalte Füße?"

„Ja."

Er starrte geradeaus. Was versuchte sie ihm zu sagen? Hatte sie Zweifel? Oder vielleicht war das nur ihre natürliche Schüchternheit, weil es ihr unangenehm war, im Zentrum der Aufmerksamkeit zu stehen.

„Die Ampel ist grün", sagte sie.

Er blinzelte und trat aufs Gas. „Julia", sagte er langsam, „hattest du Zweifel, ob du Brad wirklich heiraten solltest, oder warst du einfach nur nervös?"

„Beides", sagte sie leise.

Sein Herz zog sich schmerzhaft zusammen. „Warum hast du's dann durchgezogen?"

Sie stieß einen Atemzug aus. „Brad musste verheiratet sein, bevor er ins Kriegsgebiet zog. Er musste etwas haben, zu dem er nach Hause kommen konnte."

Das traf ihn wie ein Schlag. Er fuhr in eine stille Seitenstraße und parkte. Er drehte sich zu ihr um und sah sich ihren Gesichtsausdruck an. „Du hast Brad also aus Pflichtgefühl geheiratet?"

Sie rang mit sich und wandte den Blick ab.

„Julia!", sagte er halb wütend, halb verzweifelt.

Ihr Kopf zuckte hoch. „Ich habe Brad aus demselben Grund geheiratet, aus dem du zugestimmt hast, sein Trauzeuge zu sein, obwohl du nicht wolltest, dass ich ihn heirate." Er hatte das niemals mit so vielen Worten gesagt, doch sie hatte seine Botschaft verstanden. „Weil wir ihn geliebt haben."

Glühend heiße Wut durchströmte ihn. All diese vergeudeten Jahre. All der Schmerz und die Trauer und der Verlust. „Verdammt, Julia! Deine Hochzeit war der schmerzhafteste Tag meines Lebens!"

„Jetzt ist es zu spät!", rief sie aus, bevor sie hinzufügte: „Es tut mir leid."

Er bereute es gleich, dass er sie so angegriffen hatte. Waren sie beide aus einem falschen Pflichtgefühl ihrem besten Freund gegenüber zu dieser Hochzeit gegangen?

Seine Stimme klang heiser. „Ich kann es noch nicht fassen, dass ich das jetzt nach all diesen Jahren höre."

Sie schüttelte den Kopf. „Wir können die Vergangenheit nicht ändern. Es ist zu spät."

Er packte sie an den Schultern. „Es ist nicht zu spät. Ich weigere mich, das zu glauben."

„Sag mir, wie ich das ändern kann, dann werde ich es!", rief sie.

„Ich weiß es nicht! Wenn ich es wüsste, hätte ich es vor fünf Jahren schon getan!"

Der Blick in ihren Augen schmerzte ihn – verletzt und wütend und hoffnungslos. Er nahm seine Hände von ihr und verfluchte sich, weil er die Kontrolle verloren hatte. Er war für so etwas ausgebildet, mit spontanen emotionalen Situationen umzugehen. Warum konnte er bei ihr nicht seine Fähigkeiten als Sozialarbeiter einsetzen? Es war einfach zu nah, zu schmerzhaft, um irgendeine Art professionelle Distanz zu wahren.

Er zog sie in eine Umarmung, und sie lehnte ihren Kopf an seine Brust.

„Ich möchte dir nicht wehtun." Sie seufzte. „Und ich bin es leid, irgendjemandem weh zu tun."

Und dann wusste er, was sie tun mussten – verzeihen. Das war die einzige Möglichkeit, die Vergangenheit hinter sich zu lassen.

„Du musst Brad verzeihen", sagte er ihr, „dass er dich wegen der Adoption angelogen hat. Und dann musst du dir selbst verzeihen, dass du mit mir zusammen warst, obwohl du noch mit ihm zusammen warst." *Und ich muss dir verzeihen, dass du mich verlassen hast,* fügte er in Gedanken hinzu.

Sie löste sich von ihm und verzog das Gesicht. „Ich kann Brad nicht verzeihen. Er hat alles ruiniert. Und du–" Sie stach ihm einen Finger in die Brust „– ich kann nicht so tun, als wäre das nur die Hitze des Gefechts gewesen, als ich das ganze Wochenende damit verbracht habe, mit dir zu ficken. Was ich getan habe, war falsch, und ich kann mir dafür nicht verzeihen. Brad ist im Krankenhaus gelandet, während ich ihn betrogen habe."

„Also, ich habe das Wochenende damit verbracht, Liebe zu machen, nicht zu ficken."

Sie warf die Hände in die Höhe. „Das ist doch dasselbe!"

„Ist es nicht!"

Sie starrten einander an, waren in einer Sackgasse angekommen, deswegen tat er das einzige, von dem er wusste, dass es funktionierte. Er nahm ihren Nacken und zog sie zu einem kräftigen Kuss an sich, die grobe Art, bei der sie unweigerlich reagieren musste, die Art, die sagte, dass das hier eine Lust war, die man nicht leugnen konnte. Und als sie gegen ihn schmolz, löste er sich von ihr.

Er legte einen Gang ein und fuhr zurück auf die Hauptstraße Richtung Empfang.

„Was passiert mit uns?", fragte sie. „Sind wir – sollten wir versuchen, wieder nur Freunde zu sein?"

Unmöglich. „Nein. Wir werden weiter ficken. Du kannst genauso gut dein Höschen jetzt schon ausziehen. Sobald du eine Gelegenheit hast, gehst du beim Empfang zur Damentoilette, und ich werde dich vorbeugen und dich ficken."

Als hätte er die blumigsten und nicht die gröbsten Liebesworte geflüstert, leuchtete ihr Gesicht mit einem Lächeln auf, und sie zappelte auf ihrem Platz herum, zog ihr Höschen aus und hielt das winzige Stück rosa Seide hoch, um es ihm zu zeigen, bevor sie es in ihre Handtasche stopfte. Am liebsten hätte er frustriert seinen Kopf gegen das Lenkrad geschlagen, doch er konnte seinen Körper nicht verleugnen. Er hatte zu lange die Hände von ihr gelassen, um nicht das zu nehmen, was sie ihm anbot.

Julia gehörte nicht zur Hochzeitsgesellschaft, deswegen konnte sie beim ersten Teil des Empfangs nicht bei Angel sitzen, der für die erste Zeit an einem langen Tisch mit den Brautleuten saß. Das Essen wurde am Tisch serviert, und sie landete an einem Tisch mit einigen von Angels Schwägerinnen – Emily, Sophia, Lily und Zoe. Sophia, Lily und Zoe unterhielten sich angeregt über ihre Schwangerschaften (Zoe war nicht schwanger, doch sie hatte Erfahrung, die die anderen beiden gierig aufsaugten). Es gab auch ein paar unangenehme Details, und Julia bemühte sich, die zu überhören. Emily tauschte mit Sophia den Platz, um neben Julia zu sitzen.

„Wir werden hier drüben unsere eigene nicht schwangere Unterhaltung führen", sagte Emily lächelnd. Sie war Jareds Verlobte. Sie und Emily sahen einander ein wenig ähnlich, sie waren beide fast gleich groß und hatten die gleiche Statur, beide hatten glattes, schulterlanges, dunkelbraunes Haar, die helle Haut der Iren, obwohl Emilys Augen braun und nicht blau wie ihre waren. Sie war die ganze Zeit, seitdem Julia gekommen war, supernett gewesen. Sie hatte auch vor ein paar Monaten bei den Kochkursen, die sie mit Angel besucht hatte, mit ihr geredet.

„Klingt gut", flüsterte Julia, die die anderen Frauen nicht beleidigen wollte, die extrem enthusiastisch waren, sich miteinander austauschen zu können.

„Das war eine schöne Hochzeit, nicht wahr?", fragte Emily.

„Absolut. Ihr Kleid war toll."

„Kennedys Freundin Candy kennt die besten Designer. War nicht billig." Emily rieb ihre Finger aneinander. Der livrierte Kellner kam mit ihrem Essen. Sie ließen sich ein Stubenküken schmecken, Röstkartoffeln und französische Bohnen, während Emily Julia von ihren eigenen Hochzeitsplänen erzählte. Julia lächelte nur und nickte, denn sie wusste so gut wie nichts von Hochzeitsplanungen.

Sie aßen ihr Essen zu Ende, und Emily legte eine Hand auf ihren Arm. „Du bist solch eine gute Zuhörerin, ich befürchte, ich habe zu viel geredet."

„Nein, ist schon gut", sagte Julia. „Das ist nett. Also, ich freue mich für euch."

Emily strahlte. „Und ich freue mich so, dich hier mit Angel zu sehen. Aww, er sieht zu dir rüber."

Julia sah Angel in die Augen, und er zwinkerte. Sie wackelte mit den Fingern in seine Richtung.

Emily winkte ihm enthusiastisch zu, bevor sie sich wieder Julia zuwandte. „Er ist so lustig. Großartiger Typ."

„Ja. Er ist seit zehn Jahren mein bester Freund."

„Aber jetzt ist er mehr als das, richtig? Ihr seid zusammen?"

Julia errötete. Es war so schwierig, das zu erklären, ohne zu viel zu verraten. „Ich weiß nicht. Es ist kompliziert."

Emily schnaubte. „Kompliziert, ich verstehe, glaub mir." Sie senkte die Stimme und beugte sich vor. „Ich muss gestehen, in dem Moment, in dem ich euch beide beim Kochkurs gesehen habe – wie er dich ansieht, wie du ihn ansiehst, es ist offensichtlich, dass es Liebe zwischen euch ist."

Julia legte die Hände fest ineinander und starrte auf den Tisch. „Wir haben uns immer nah gestanden."

„Ich meine doch nicht, dass ihr euch so nahe wie Freunde seid. Als ich gesehen habe, wie er dich ansieht, war ich froh, dass er mich hat gehen lassen. Ich wusste, seine Liebe für dich war so stark, dass er in seinem Herzen nie Platz für mich gehabt hätte."

Julias Kopf ruckte herum. „Was meinst du mit *dich gehen lassen*? Ich dachte, du bist mit Jared zusammen."

Emilys braune Augen wurden groß. „Das bin ich auch." Sie verzog das Gesicht. „Es tut mir so leid. Er hat meinen Namen nie erwähnt, stimmt's?" Sie schüttelte den Kopf. „Natürlich hat er das nicht, er hat auch deinen Namen nie genannt. Ich wusste es einfach, als ich euch beide zusammen gesehen habe."

Julias Hände wurden ganz klamm, und sie spürte, wie ihre Wangen brannten. Das hier gefiel ihr überhaupt nicht. Warum hatte Angel sie in solch eine Situation gebracht? Es hatte es zugelassen, dass sie geradewegs in eine extrem peinliche Situation hineinstolperte, mit seiner Exfreundin zusammensaß und plauderte. Sie sah Angel finster an, der das nicht bemerkte, weil er sich gerade angeregt mit Jared unterhielt.

Emily legte eine Hand auf ihren Arm. „Es tut mir so leid! Ich sehe dir an, dass es dich überrascht, aber das muss dir nicht peinlich sein. Angel und ich waren nur vier Monate zusammen, und das ist mehr als ein Jahr her. Er hat mich fallen lassen, weil er eine andere Frau liebte. Dich. Und dann habe ich Jared kennengelernt und mich so heftig in ihn verliebt. Angel ist mein Freund. Jared ist mein Herz. Du darfst mich bitte nicht hassen, okay?"

Julia sagte nichts, war vor Scham wie erstarrt. Die superfreundliche Emily, mit der Julia sich langsam behaglich gefühlt hatte, war die Freundin, bei der Angel letztes Jahr so glücklich gewesen war. Die, wegen der Julia so eifersüchtig gewesen war, dass sie einen erotischen Roman geschrieben hatte, um all ihre unerfüllten Wünsche zu kanalisieren. Angel wusste das alles und hatte nichts gesagt. Hatte es zugelassen, dass sie bei einem großen Familienereignis ahnungslos war. Wie konnte sie Emily jemals wieder in die Augen sehen?

„Julia? Oh nein. Ich sollte Angel holen."

„Nein." Julia zwang sich zu lächeln. „Ich muss nur kurz spazieren gehen."

„Ich werde dich begleiten."

Sie stand auf. „Ist schon okay. Ich brauche ein paar Minuten allein." Sie ging zum überfüllten Barbereich am Ende des Zeltes, damit sie besser untertauchen konnte, denn sie wollte nicht, dass irgendwer mitbekam, dass sie ging, dann schlüpfte sie durch die kleine Öffnung dahinter. In der Ferne sah sie den Long Island Sound. Es war noch Nachmittag, kühl, doch das war egal, die Brise vom Sound fühlte sich wundervoll an. Sie zog ihre hohen Absätze aus und war froh, dass sie keine Strumpfhose angezogen hatte, dann ging sie barfuß über die Wiese zum groben Sandstrand und weiter am Wasser entlang. Die sanft leckenden Wellen beruhigten sie.

Schließlich blieb sie an einem kleinen Felsen stehen und setzte sich, zog die Knie hoch und schlang ihr Kleid um sich. Es war nicht so, dass sie es Angel übelnahm, dass er eine Freundin gehabt hatte. Sie hatte ihm gesagt, er solle jemand anderen finden, denn sie war sich sicher gewesen, dass es für sie beide keine Möglichkeit gab, jemals zusammenzukommen. Doch es so ins Gesicht gesagt zu bekommen. Sie hatte bei zwei Kochkursen und vorhin in der Kirche mit Emily gesprochen, während Angel in der Nähe gewesen war. Er hatte das absichtlich vor ihr geheim gehalten, obwohl er gemerkt hatte, dass die beiden Frauen, mit denen er geschlafen hatte, sich langsam anfreundeten. Obwohl er gewusst hatte, dass sie so eifersüchtig gewesen war, dass sie diese Bücher geschrieben hatte! Und wie fühlte sich denn Jared dabei, wenn er wusste, dass seine Verlobte zuerst mit seinem Bruder geschlafen hatte? Heilige Scheiße. Das musste ja ein ganz schöner Hammer gewesen sein. Und auch davon hatte Angel nichts gesagt. Die Brüder standen einander nahe, trotzdem, eine Frau zu teilen war nichts, was zwei Männer leichtfertig taten. Liebe funktionierte nicht zu dritt. Sie sollte es wissen.

Und Angels Familie! Wussten Sie, dass Angel mit Emily geschlafen hatte? Jetzt war es mehr als merkwürdig. Warum hatte Angel ihr nichts davon erzählt? Das schmerzte mehr als alles andere. Sie hatte gedacht, dass sie einander nahestanden.

Sie rappelte sich auf. Sie wollte nach Hause gehen. Jetzt. Sie marschierte zurück zum Herrenhaus, dann fiel ihr ein, dass sie ja mit Angel gekommen war. Verdammt. Sie würde sich ein Taxi bestellen. Und sie konnte auch wirklich einen Drink gebrauchen.

Sie schlüpfte ins Innere des überhitzten Zeltes und erbebte vom plötzlichen Temperaturwechsel. Sie stand an der Bar und wartete darauf, dass der Barkeeper sie bemerkte. Sie würde sich einen Whisky bestellen, um ein wenig warm zu werden und nicht mehr ganz so aufgebracht zu sein. Das wäre das einzige, was die nächste halbe Stunde erträglich machen würde, während sie auf das Taxi wartete. Sie war sich nicht einmal sicher, wo sie war. Sie musste die Adresse herausfinden.

Jared tauchte an ihrer Seite auf. „Hi, Julia."

Sie verkrampfte sich. „Hi." Sie wollte wirklich nicht mit ihm über diese merkwürdige Situation reden. Sie war sich sicher, dass Emily es ihm mittlerweile erzählt hatte. Sie kannte ihn kaum, hatte nur einmal mit ihm beim Kochkurs geredet, bei dem er gewesen war.

„Emily hat mir gesagt, dass sie dir erzählt hat von–"

„Das ist kein Problem!", rief sie mit schriller Stimme.

Endlich drehte der Barkeeper sich zu ihr um, und sie bestellte ihren Whisky.

Sie spürte, dass Jared sie anstarrte.

„Sie wollte, ähm, deine Gefühle nicht verletzen", sagte Jared.

„Das ist okay. Kein Problem." Ihr Whisky kam, und sie kippte ihn auf ex herunter. Sie hustete und wischte sich die Augen.

„Das ist Schnee von gestern", sagte er.

Sie sah Jared in die Augen. Wow, die waren ja so grün. „Weiß jeder, dass sie zusammen waren?", flüsterte sie. *Und wissen sie, dass ich so eifersüchtig war, dass ich die Fierce-Trilogie geschrieben habe?*

Er senkte seinen Kopf. „Es war ziemlich offensichtlich, als Angel und ich uns nach einem Sonntagabendessen vorne auf der Wiese geprügelt haben."

Ihre Kinnlade viel herunter. Sie hatten sich geprügelt? Auch das hatte Angel nicht erwähnt! Sie schloss den Mund. Sie gestand ihm jedes kleine bisschen, und Angel hatte dieses ganz andere Leben, das er nie erwähnte!

„Oh-oh", sagte Jared, „du siehst wirklich angepisst aus. Es war nicht seine Schuld. Verdammt. Ich mache es nur noch schlimmer, stimmt's?" Er sah sich um und blickte über die Menge, als ein Mann ans Mikrofon trat und verkündete, dass es Zeit für den Hochzeitskuchen war. Er drehte sich zu ihr zurück. „Nach dem Kuchen schicke ich Angel zu dir."

Er ging.

Julia wartete nicht. Sie ging zum Herrenhaus und zur Haustür hinaus, um herauszufinden, in welcher Straße und bei welcher Hausnummer sie waren. Dann ging sie wieder hinein, um ein Taxi zu rufen. So. Mission erfüllt. Sie kam sich so verdammt dumm vor. Und, ganz ehrlich, beschämt. Sie war die Letzte, die in dieser obszön merkwürdigen Situation etwas erfuhr.

Sie hörte, wie Angel sie rief. Sie knirschte mit den Zähnen und verließ leise das Foyer, ging um die Ecke in einen langen Flur. Papierschilder zeigten den Weg zu den Toiletten. Perfekt. Am Ende des Flügels schob sie sich in eine Toilette.

Als sie eintrat, gingen die Lichter flackernd an, deswegen meinte sie, dass sie hier allein wäre. Es gab einen großen Sitzbereich mit deckenhohen Spiegeln über einem roten Samtsofa und passenden Sesseln.

Angels Stimme wurde lauter, kam näher, rief sie. Oh Mist. Warum hatte sie sich in einer Toilette versteckt? Er würde denken, dass sie diese Damon-Fantasie weiterspielte, um an einem öffentlichen Ort zu ficken. Davon war sie so weit entfernt, wie es nur ging. Sie hätte die Tür abschließen sollen.

Die Schritte kamen näher, und sie hielt den Atem an.

„Julia!", rief er und dann extrem nah: „Julia!" Sie biss sich auf die Lippe.

Die Schritte blieben stehen.

Die Tür öffnete sich durch ihren dunklen Angel.

Angel betrat eine Toilette, die so groß war wie sein Apartment, schloss die Tür, und obwohl er von Jared wusste, dass Julia aufgebracht war, spürte er, wie sich ein finsteres Verlangen rührte. Damon und Mia fickten während einer Firmenfeier im Lager. Julia hatte ihm ihr Höschen gezeigt. Doch er schob das Verlangen beiseite, als er den Schmerz in ihren Augen sah. Stattdessen tat er das einzige, durch das sie sich beide besser fühlen würden – er zog sie direkt in seine Arme. Sie versteifte sich, was ihm sagte, dass sie nicht nur verletzt, sondern angepisst war.

Er umfasste ihren Hinterkopf und sprach mit leiser Stimme in ihr Ohr: „Du weißt, dass ich mit jemandem zusammen war, bevor wir–"

Sie riss sich los. „Das ist so beschämend für mich! Jeder weiß es, nur nicht ich! Vermutlich sprechen sie sogar darüber, wie ich dagesessen und mit ihr geplaudert habe, ohne auch nur eine Ahnung zu haben–"

„Niemand spricht über dich, das verspreche ich dir." Auf ihren ungläubigen Blick hin fügte er hinzu: „Jedenfalls sagen sie nichts Schlechtes."

„Du hast mich mit ihr beim Kochkurs gesehen! Zweimal!

Du hast gesehen, wie wir uns in der Kirche unterhalten haben und beim Empfang. Du hast mich absichtlich neben sie gesetzt!"

„Mit der Sitzplatzverteilung hatte ich nichts zu tun."

„Du und Jared habt euch ihretwegen geprügelt!"

„Jared hat auf mich eingeprügelt. Ich habe mich bloß verteidigt."

Sie ließ die Schultern hängen. „Warum hast du mir das alles nicht erzählt? Ich dachte, wir erzählen uns alles."

„Wie du mir das von der Fierce-Trilogie erzählt hast?"

Sie lief leuchtend rot an, doch dann sammelte sie sich. „Ich habe ein Taxi bestellt. Ich fahre jetzt nach Hause."

„Nein, das wirst du nicht."

Sie verschränkte die Arme. „Doch, werde ich."

Er schob ihre Arme herunter und schlang seine Arme um sie. „Das spielt doch keine Rolle. Emily ist Vergangenheit."

„Sie ist nicht Vergangenheit! Sie ist Teil deiner Familie!" Sie drückte gegen seine Brust, doch er ließ sie nicht davonkommen. „Was passiert, wenn deine Familie erfährt, dass ich diese Bücher geschrieben habe, weil ich eifersüchtig auf sie war?"

Das Gefühl von Liebe überflutete ihn. Er küsste sie. Sie widerstand einen Moment, deswegen intensivierte er rasch den Kuss, stieß seine Zunge in ihren Mund und schob eine Hand zwischen ihre Beine. Als er feststellte, dass sie ihr Höschen nicht wieder angezogen hatte, erregte ihn das. Sie schnappte in seinem Mund nach Luft, dann lehnte sie sich gegen seine Hand. Er drehte sie so herum, dass ihr Rücken an seiner Brust war, ein Arm lag um ihre Taille, seine Hand umfasste ihr Geschlecht. „Sieh dir uns beide an."

Er betrachtete sie im Spiegel, sein dunkles Haar an ihrem helleren Ton, seine braune Haut Wange an Wange an ihrer hellen Haut. Ihre dunkelblauen Augen sahen ihm endlich im Spiegel in die Augen, auf halbem Weg zwischen Lust und Abwehr. Er spürte, wie er härter wurde.

Er sprach weiter. „Das ist es, was die anderen sehen. Zwei Menschen, die zusammengehören. Sie denken nicht darüber nach, mit wem du mal zusammen warst oder mit wem ich mal zusammen war."

„Aber–"

Er senkte seinen Kopf, um an ihrem Hals zu knabbern, eine Bewegung, mit der er immer ihre Aufmerksamkeit bekam. Sie wurde ruhig. „Niemand wird von deinen Büchern erfahren oder warum du sie geschrieben hast, es sei denn, du erzählst es ihnen." Er streichelte sie vorsichtig, beobachtete sie im Spiegel. Sie öffnete die Lippen, und ihre Augen schlossen sich flatternd. „Das verspreche ich dir. Habe ich jemals ein Versprechen dir gegenüber gebrochen?" Er verstärkte den Druck an ihrem süßen Punkt, und ihre Hüfte bewegte sich unbewusst, als ein kleines Keuchen ihrer Kehle entwich. Er machte eine Weile weiter, ließ ihren Gesichtsausdruck auf sich wirken, verzückte, süße Hingabe, bevor er sie wieder ansprach. „Antworte auf meine Frage. Habe ich jemals ein Versprechen dir gegenüber gebrochen?"

„Du – oh." Sie erbebte, war schon so nah. „Dein Versprechen ... so gut."

„Komm für mich", knurrte er in ihr Ohr, und sie explodierte. Er liebte es, wie sie auf ihn regierte. Er streichelte sie weiter, ließ sie es bis zum Ende ausreiten. Als sie schließlich ruhig wurde, drehte er sie in seinen Armen um, und sie legte ihren Kopf an seine Brust. Er fuhr mit seinen Händen an ihren Seiten auf und ab, genoss ihre Kurven. „Wir sind noch nicht fertig."

Sie hob ihren Kopf, ihre dunkelblauen Augen erhellten sich vor Erregung. Er legte seinen Mund auf ihren, während er sie gegen die Wand drückte. Sie griff nach dem Knopf seiner Hose, öffnete ihn und befreite ihn, legte ihre Hand um seinen harten Schwanz. Er schaffte es, das Kondom aus seiner Brieftasche herauszuholen, jetzt, da sie diese Grenze überschritten hatten, war er immer vorbereitet, und rollte es sich über. Er hob ihr Kleid und ihr Bein und brachte sich an ihrer feuchten Hitze in Position.

Sie riss ihren Mund los. „Du hast gesagt, du würdest mich nach vorne beugen." Verdammt. Sie wollte immer, dass er sie von hinten nahm. Das war ihre Mia und Damon Fantasie, eine Wiederauflage ihres schuldhaften Wochenendes voller Sünde.

„Ich möchte dein Gesicht sehen, wenn du kommst." Er drückte gegen ihre Öffnung.

Sie drückte gegen seine Brust. „Du hast es gerade im Spiegel gesehen. Beeil dich. Ihnen wird bald auffallen, dass du nicht mehr da bist."

Er trat zurück, obwohl jede Zelle seines Körpers ihn nach vorn drängte. „Was war es, das Mia dazu gebracht hat, Damon anzusehen, ihrer gemeinsamen Zukunft ins Auge zu blicken?"

Sie drehte sich um, beugte sich vor und spreizte ihre Beine als offene Einladung, nahm ihm jeden Gedanken, außer, dass er sich tief in ihr vergraben wollte. Er packte ihre Hüfte und nahm sich, was sie ihm bot, beide stöhnten erleichtert, als sie endlich vereint waren. Ihr leises Stöhnen trieb ihn weiter von einem kleinen Fick zu einem Ritt, der einem das Herz höherschlagen ließ. Sie erbebte um ihn mit einem leisen erstickten Schrei, der seine eigene explosive Erlösung hervorlockte. Er schloss die Augen, ausgelaugt, tief in ihr vergraben.

„Wir sollten zurückgehen", flüsterte sie.

Er packte ihre Hüfte noch fester, war noch nicht bereit, sie schon gehen zu lassen. Er brauchte Antworten. „Sag es mir, was hat Mia dazu gebracht, Damon anzusehen."

Sie wackelte mit der Hüfte und warf ihm über die Schulter einen Blick zu. „Wir müssen zurückgehen."

Er ließ sie nicht los, stattdessen stieß er noch fester zu. Sie stöhnte und senkte ihren Kopf. „Was hat Mia dazu gebracht, Damon anzusehen?", drängte er sie.

„Du kannst mich nicht immer so halten." Sie versuchte, sich aufzurichten, und er schob sie wieder zurück, drückte ihre Handflächen gegen den Spiegel und verflocht seine Finger mit ihren.

„Natürlich kann ich das", sagte er. „Du törnst mich so an, dass ich so lang in dir bleiben kann, wie es eben dauert."

„Du treibst mich in den Wahnsinn." Doch ihr Körper sagte etwas anderes und zitterte unter ihm.

„Beantworte einfach meine Frage. Es ist bloß ein Roman,

nicht wahr?" Er bewegte sich in ihr, dass es ihr den Atem verschlug.

„Als es keine Geheimnisse mehr zwischen ihnen gab", sagte sie eilig.

„Und gibt es Geheimnisse zwischen uns?"

Sie antwortete nicht. Wieder bewegte er sich langsam in ihr, und sie antwortete mit zitterndem Atem. „Das weißt du doch."

Er hielt inne, dachte darüber nach. Was für Geheimnisse?

Sie stieß schnaubend ihren Atem aus. „Du wirst mich nicht noch einmal ficken, lass mich los."

Er zog ihn heraus und ließ ihre Hände los. Sie drehte sich um und starrte ihn finster an, während sie ihr Kleid richtete. Es war ihm egal, dass sie wütend auf ihn war. Ihre neue kämpferische Seite gefiel ihm.

„Was für Geheimnisse?", fragte er. Sie erzählten einander alles. Hatten sie immer getan. Na ja, fast alles. Offensichtlich hatte er ihr gerade nicht von Emily erzählt, doch das war nur, weil er sie nicht hatte verletzen wollen, indem er über andere Frauen sprach, obwohl sie ihn immer angespornt hatte, er solle daten. Und dann wurde ihm klar, dass sie vielleicht dasselbe getan hatte. Sein Kiefer verkrampfte sich, er wollte es nicht wissen und zugleich musste er es wissen.

„Nicht viele Geheimnisse", murmelte sie.

„Bloß eins?"

Sie wich seinem Blick aus. „Eins ist schon viel."

„Warst du mit anderen Männern zusammen?", fragte er durch zusammengebissene Zähne.

Sie sah ihn mit schmerzerfülltem Blick an. „Nein", sagte sie leise. „Lass uns einfach gehen."

Er zermarterte sich das Gehirn, welches Geheimnis das sein konnte, und dann traf es ihn. Die Sache, die ihr solche Scham und solches Bedauern bereitet hatte, dass sie miteinander geschlafen und es vor Brad verborgen hatten. Doch das war kein Geheimnis zwischen ihnen. Das war ein Geheimnis zwischen ihnen und Brad. Der nun nicht mehr da war, um es zu hören.

„Du meinst das Geheimnis, das wir vor Brad hatten, weil

wir miteinander geschlafen haben?", fragte er, um sicherzugehen.

„Ja!", sagte sie, als wäre er extrem begriffsstutzig.

Er wollte schon sagen, dass das Geheimnis keine Rolle mehr spielte, doch er wusste, dass es das tat. Für sie. Bevor ihm eine Lösung einfiel, schob sie sich an ihm vorbei. „Ich lasse mein Höschen aus, wie du es verlangt hast", sagte sie über ihre Schulter, dann ging sie in den Flur hinaus und schloss leise die Tür hinter sich.

Er stöhnte, denn das hatte er nicht verlangt. Damon hatte das in *Heiße Sehnsucht* getan. So langsam bekam er den Eindruck, dass sie sie beide nur in der Fantasie zusammen mochte. Das Schlimme daran war, dass er, wie ein Idiot, es *wirklich* wieder tun wollte, selbst wenn er wusste, dass sie sich damit immer weiter von dem entfernten, was sie wirklich brauchten.

Er schob seine Hände in die Haare und zog daran. Wie konnten sie dieses Geheimnis loswerden, wenn Brad doch gar nicht mehr da war, um es sich anzuhören?

15

Vierundzwanzig Stunden später stand Angel kurz davor, den Verstand zu verlieren. Er hatte es aus allen Richtungen betrachtet, und es gab einfach keine Möglichkeit, das Geheimnis loszuwerden, das Julia verfolgte. Dafür war es zu spät. Er war wütend auf Julia, weil sie solch ein braves Mädchen war, dass es sie immer noch vor Scham und Schuldgefühl belastete. Er war wütend auf sich selbst, weil er Brad die Wahrheit nicht unter die Nase gerieben hatte, als er die Gelegenheit dazu gehabt hatte. Und er war wütend auf Brad, weil er sich zwischen ihn und Julia gedrängt hatte.

Abgesehen von all dem war auch seine dumme Hoffnung auf die Magie der italienischen Hochzeitskekse nicht erfüllt worden. Als er und Julia zurück zum Hochzeitsempfang kamen, waren keine Kekse mehr da.

Und jetzt musste er auch noch Julia gegenüber eine Probe für Allys Hochzeit über sich ergehen lassen, sie als Trauzeugin neben ihm als Brautführer, und irgendwie durfte er sich nicht in Erinnerungen an Julias Hochzeit ergehen, nachdem er es jetzt wusste – Julia hatte Brad aus Pflichtgefühl geheiratet. Und Angel hatte nichts getan, um das zu stoppen. Irgendwie war er, der doch angeblich ein Experte darin sein sollte, Menschen in nicht funktionierenden Beziehungen zu helfen, die Ursache zu all dem geworden.

Und er hatte keine Ahnung, wie er das geradebiegen sollte.

Zum Glück für Julia sah er sie nicht gleich, als er am Ludbury House ankam. Er war irgendwo zwischen sie anbrüllen und sie schütteln, und beides hätte ihm nicht geholfen. Hailey, die er heimlich Miss Kecke Prinzessin nannte, wegen ihres sonnigen Gemüts und ihres hübschen Aussehens (selbst ihre Nase war niedlich), begrüßte ihn im leeren Foyer des großen historischen Gebäudes.

„Herzlich willkommen in Ludbury House!", rief sie und scheuchte ihn mit einem strahlenden, aber aufgesetzten Lächeln hinein. „Keine Zeit zu trödeln! Geh hoch in den dritten Raum rechts zu den anderen Brautführern." Sie gestikulierte die große Treppe hinauf. „Warte auf dein Signal!", rief sie noch, dann eilte sie zur Tür hinaus, um den nächsten zu begrüßen.

Er betrat einen Raum, in dem mehrere Typen in den Zwanzigern waren, die er nicht kannte. Sie sahen aus, als wären sie erst vor Kurzem aus dem College gekommen. Offene Chipstüten und Getränkedosen verunstalteten den Raum. „Hey, alle zusammen. Ich bin Angelo."

Er bekam von den Typen ein Grunzen und zuckende Kinne als Erwiderung.

„Wer von euch ist der Bräutigam?", fragte Angel.

Alle deuteten auf den Typen mit unordentlichen braunen Haaren, der hin und her ging. Das passte. Angel ging zu Mark. „Wie geht es dir?"

Marc erschrak und erstarrte, seine Augen waren ganz groß. Schweißperlen hatten sich auf seiner Stirn und seiner Oberlippe gebildet, als stünde er gefährlich nah an einer Panikattacke.

„Möchtest du dich setzen?", fragte Angel. „Vielleicht etwas Kühles trinken?"

Mark bewegte sich auf seinen Füßen vor und zurück. „Nein, nein, Mann. Ich bin schon cool."

Angel neigte seinen Kopf und gab dem Typen etwas Raum. Am liebsten hätte er gesagt *Verschwinde von hier, solange du kannst! Die Hochzeit ist erst morgen!* Doch er wusste, dass das sein eigener Spruch gewesen wäre. Das hätte er zu Julia sagen sollen, bevor sie den Falschen geheiratet hatte.

Er sah zum Fenster hinaus auf die brachliegende Winterlandschaft und erinnerte sich an den Morgen dieser Hochzeit vor so langer Zeit. Brad war ein Nervenbündel gewesen wie Mark, war über eine Meile pro Minute auf und ab gegangen. In einem Anfall von Nervosität hatte er Angel gestanden, dass er wegen der Adoption gelogen hatte, was Angel bereits vermutet hatte, und er hatte ihn gefragt, ob er es Julia gestehen solle, damit sie ihre Ehe ohne Lügen zwischen ihnen beginnen konnten. Natürlich hatte Angel gleich an die Lüge gedacht, die er und Julia vor Brad geheim gehalten hatten, dass Sexwochenende, das nur acht Monate zurücklag, und er hatte seinen Mund gehalten.

Doch später, beim Empfang, hatte Angel gemeint, dass Brad reinen Tisch machen sollte. Er hatte ihn beiseite genommen und ihm gesagt, dass er Julia die Wahrheit sagen sollte. Denn es würde sie mehr verletzen, es nicht zu wissen, als es zu wissen. Anders als die Sexlüge, die nur Brad wehtun würde.

Brad hatte gegrinst und Angel auf den Rücken geklopft. „Werde ich schon, keine Sorge."

„Wann?", hatte Angel gefragt.

„Nicht jetzt, Mann, das ist mein großer Tag. Bevor ich aufbrechen muss. Such dir eine Brautjungfer, mit der du schlafen kannst." Brad hatte Angel den Ellbogen in den Magen gestoßen. „Ich glaube, der Rotschopf hat ein Auge auf dich geworfen."

Angel drehte sich gerade in dem Moment um, als Julia auf ihn zukam, sie strahlte in ihrem weißen Kleid und dem Schleier und kam mit breitem Lächeln im Gesicht, das ihnen beiden zu gelten schien, geradewegs auf sie zu. Brad ging ihr auf halbem Weg entgegen, und Angel bog zur Bar ab.

Angel unterdrückte ein Stöhnen, er war seine Erinnerungen an Brad leid. Er verließ den Raum und ging im Flur oben auf und ab, er musste Julia wiedersehen, nicht als Braut, sondern als alleinstehende Frau, die für ihn bereit war, wenn er sie nur aus Brads langem Schatten bewegen konnte.

Sie kam mit Ally, die aufgeregt redete, aus einem Nachbarraum. Seine Augen waren gierig auf Julia gerichtet, nahmen jedes Detail wahr, als sie näherkamen, ihren blassrosa Pullover und den grauen Rock, der an ihren Kurven klebte, ihr dunkelbraunes Haar, das in einer sanften Welle über eine Schulter fiel. Sein Herz schlug schneller, als ihre dunkelblauen Augen in seine blickten.

Sie blieb vor ihm stehen. „Ist alles okay?"

Er umarmte sie. „Jetzt schon."

Sie sackte gegen ihn. „Ich dachte, du wärst wütend auf mich. Als du mich gestern abgesetzt hast, warst du so still." Nach Lukes Hochzeit und nachdem sie ihre Fantasie einmal zu oft ausgelebt hatten, war Angel wütend gewesen.

Er löste sich von ihr. „Und was, wenn ich das war?"

„Dann tut es mir leid."

„Du weißt ja nicht einmal, warum ich wütend war."

„Ich weiß. Ich kann es nur einfach nicht leiden, wenn du wütend auf mich bist, deswegen entschuldige ich mich bereits im Vorfeld."

Er stieß seinen Atem aus. Waren sie nicht ein merkwürdiges Paar? „Ich mag es mehr, wenn du mit mir streitest."

Sie sah ihn komisch an. „Wirklich?"

Er flüsterte in ihr Ohr: „Es törnt mich an."

Sie lachte und flüsterte zurück: „Dich törnt alles an."

„Nur du."

Sie sah ihm mit einem zärtlichen Blick, der sich nach so viel mehr als nur nach Lust anfühlte, in die Augen. Genau das hatte er vermisst. Diesen Blick in ihren Augen.

„Julia, ich–"

„Hallo, alle zusammen!", rief Hailey, die mit dem Bräutigam und dessen Begleitern im Flur aufgetaucht war. „Brautjungfern, kommt hierher!"

Die Frauen strömten in den Gang.

Hailey strahlte alle an. „Danke, dass ihr heute Abend alle pünktlich hier wart."

Einige Brautführer jubelten und pfiffen.

Hailey fuhr fort. „Die Hochzeit wird mit einem langsamen Zug der Brautjungfern im Foyer stattfinden, dann kommt die Braut die große Treppe hinunter. Jungs, ihr wartet im Foyer."

Ally hakte sich beim Bräutigam unter, der blass war. „Mein Dad kann heute nicht kommen, um mich nach unten zu begleiten, aber morgen wird er hier sein."

„Dann werde ich seinen Platz einnehmen", sagte Hailey. „Bräutigam und Brautführer, bitte auf eure Plätze."

Die Jungs gingen die Treppe hinunter. Der Bräutigam schwankte ein wenig auf seinen Füßen. Er hoffte, dass Mark auf dem Weg nach unten nicht ohnmächtig wurde. Angel sah zu, dass er direkt hinter dem Bräutigam die Treppe hinunterging, für den Fall, dass er das Bewusstsein verlor. Sie kamen alle sicher nach unten und warteten darauf, dass Hailey die Frauen aufstellte.

Eines Tages würden er und Julia nur für sich in einem solchen Festzug sein. Er musste einfach glauben, dass es für sie noch nicht zu spät war. Plötzlich schwankte der Bräutigam, und Angel eilte zu ihm, um ihn zu stützen. „Geht es dir gut?", fragte er.

Mark drehte sich um, er schwitzte wie verrückt. „Ja. Mir war nur etwas schwindlig."

Er hörte, wie Hailey oben die Frauen herumkommandierte, deswegen meinte er, Mark hätte wohl noch etwas Zeit. „Komm", sagte Angel. „Setz dich und leg den Kopf zwischen die Knie, bis es vorbei ist." Er führte Mark zu einem Sessel im benachbarten Empfangszimmer. Die anderen Brautführer begannen herumzualbern, sie verhielten sich laut und unflätig im Foyer.

Mark ließ sich fallen und steckte seinen Kopf zwischen die Knie. Ein paar Momente später hob er ihn. „Warst du schon mal verheiratet?"

„Nö."

„Meinst du, das ist normal? Das sind bloß kalte Füße, richtig?"

Angel dachte darüber nach. Brad war ein Nervenbündel gewesen am Morgen seiner Hochzeit, voller Aufregung war er auf und ab gegangen. Doch dann dachte er an seine Brüder, die strahlten und enthusiastisch waren und es nicht abwarten konnten, ihre jeweilige Braut am Altar in Empfang zu nehmen. So sollte es sein. Wenn er Julia heiraten sollte, würde er sich fühlen, als wäre alles in seiner Welt richtig. Als wäre ihre Vereinigung unvermeidbar, wie es unvermeidbar gewesen war, dass ihre Körper sich vereinten.

„Liebst du sie?", fragte Angel.

„Klar. Ally ist großartig. Und umwerfend im Bett. Sie hat dieses Buch–"

„Das muss ich nicht wissen. Ich werde Ally holen. Ich bin mir sicher, wenn du erst einmal mit ihr gesprochen hast, wirst du dich besser fühlen."

Mark packte Angels Arm. „Sag ihr nicht, dass ich kalte Füße hab."

„Kein Sterbenswörtchen." Nicht, dass ein verschwitzter Mark, der auf und ab ging und dem schwindlig war, nicht bereits Hinweis genug war. Mark war nicht gerade der Hellste.

Er verließ den Bräutigam und gesellte sich oben zu den Frauen. Julia sah ihn neugierig an, doch er schüttelte nur den Kopf und ging geradewegs zu Ally. „Kannst du eine Minute mit Mark sprechen?"

„Ist das wirklich wichtig?", bellte Hailey. „Wir müssen diese Probe hinter uns bringen."

„Ja, es ist wichtig", erwiderte Angel.

„Oh, okay", sagte Ally, bevor sie nach unten eilte.

Hailey ging zu Julia und gestikulierte Angel zu ihnen. „Ich habe dich mit Julia zusammengetan, damit ihr am Ende der Zeremonie den Gang entlang gemeinsam geht, da ihr euch beide bereits kennt. Okay?"

„Natürlich", sagte er und sah zu Julia hinüber, die rot anlief. Es erstaunte ihn, dass sie, wenn es um ihn ging, immer noch rot werden konnte. Doch vermutlich lag es nur an der Tatsache, dass alle Frauen sie beide spekulierend ansahen. Sie war ungern das Zentrum der Aufmerksamkeit.

Kurz darauf hatte Hailey den Bräutigam in Form gebracht und ihn zusammen mit seinen Begleitern im Foyer aufgestellt, sodass sie nun auf das Herunterkommen der Brautjungfern und der Braut warteten. Pachelbels Kanon in D-Dur spielte, während die Brautjungfern zu Haileys enthusiastischem „Oh" und „wunderschön" hinter ihnen langsam die große Treppe hinunter schritten. Er sah zu, wie Julia herunterkam, und sein Herz zog sich bei ihrem Anblick zusammen.

Sie sah ihm in die Augen und lächelte, wodurch sein Herz passend zur Musik anschwoll. Plötzlich wollte er ihr einen Antrag machen, alles auf den Tisch legen. All dieser Hochzeitskram sollte sie auf das Wahre vorbereiten. Er liebte sie. Er musste es ihr sagen. Hoffentlich fühlte sie dasselbe, nicht nur die Art Liebe, die beste Freunde empfanden, die gerne miteinander fickten. Sondern die Für-immer-Sache zwischen Seelenverwandten.

Julias Blick zuckte zu Hailey und ihrer verkürzten Version der Zeremonie. Julia hatte einen freundlichen Gesichtsausdruck aufgesetzt. Dieser Hochzeitskram wurde nicht einfacher. Zwei Hochzeiten in drei Tagen waren vermutlich zu viel für sie.

Hailey war ein Wirbelwind und dirigierte alle, während sie den Vater der Braut spielte und dann den Standesbeamten, der Braut und Bräutigam miteinander verheiratete.

„Ich werde die heiligen Schwüre nicht entweihen, indem ich sie heute hier probe", verkündete Hailey. Stattdessen sage ich *bla, bla, bla*."

Alle lachten.

Endlich war Hailey zufrieden, dass sie alle wussten, was sie zu tun hatten, und sie waren entlassen. Ally und Mark veranstalteten kein Probeessen. Stattdessen gingen sie die Straße hinunter ins Garner's Sports Bar & Grill. Angel hatte kein Interesse dran, sich zu betrinken.

Er ging mit Julia nach draußen und hielt ihr die große Holztür auf, damit sie vorgehen konnte. Sie ging auf die Veranda und drehte sich zu ihm um.

„Meinst du, sie werden es durchziehen?", flüstere sie. „Der Bräutigam sah so blass aus. Ich dachte, er kippt gleich um."

Angel schmunzelte. Er hatte Mark von dort, wo er bei der Probe gestanden hatte, nicht sehen können, doch er glaubte ihr. „Ich habe keine Ahnung."

Sie gingen in freundschaftlicher Stille zum hinteren Parkplatz, hinter dem Ludbury House. Er begleitete sie zu ihrem Wagen, wie er es abends immer tat. Sie hatte in der Nähe einer der wenigen Lampen, die hinten am Haus leuchteten, geparkt.

Sie drehte sich zu ihm um. „Hast du etwas dagegen, dass du in meinen Geschichten vorkommst?"

Er streichelte ihr Haar und umfasste ihr Kinn, beugte sich zu ihrem Ohr vor. „Ich war extrem geschmeichelt, dass ich deine Fantasie bin."

Sie bebte. „Ich hätte dich erst fragen sollen. Es tut mir leid. Ich dachte nicht, dass irgendjemand das jemals lesen oder es erfahren würde, aber …"

„Aber was?"

„Es verbreitet sich mehr, als ich je für möglich gehalten habe. Ich habe es selbst veröffentlicht, dann haben Agenten angefangen, an meinen Künstlernamen zu schreiben. Jetzt habe ich eine Agentin, die die Rechte fürs Ausland verkauft hat, für Paperback-Veröffentlichungen und Hörbücher. Ich bekomme auch einige Anfragen für Interviews."

„Julia, das ist doch großartig."

„Ja, auf eine bestimmte Art ist es großartig. Ich habe die Schulden meiner Eltern abbezahlen können, da ihr Haus beim letzten Hurrikan beschädigt worden ist. Und jetzt spare ich. Ich schätze, wenn ich es schaffe, ein Fünfjahrespolster beiseite zu legen, könnte ich wohl Vollzeit als Autorin arbeiten." Sie runzelte die Stirn.

„Aber?", versuchte er, sie zum Weiterreden zu bringen.

„Es ist aufregend, aber ich möchte wirklich, nein, ich *muss* meine Privatsphäre bewahren. Ich will nicht, dass man mich oder dich verurteilt. Und ich möchte wirklich, dass sie niemals die Wahrheit erfahren."

„Und was ist die Wahrheit?"

„Dass ich dich begehrt habe, während ich mit Brad zusammen war." Die nächsten Worte flüsterte sie. „Selbst nach der Hochzeit. Das ist mein schmutziges, kleines Geheimnis."

„Dann ist es auch mein schmutziges, kleines Geheimnis,

denn ich wollte dich seit dem ersten Tag, an dem ich dich kennengelernt habe."

Sie machte große Augen. „Was?"

„Du wusstest es nicht?"

„Am ersten Tag, an dem ich dich kennengelernt habe, habe ich dir vollgeheult von der Adoption und dem Tod meiner Mom erzählt. Da hast du mich gewollt?"

„Heiß."

Sie zuckte bei dem Wort zusammen, das er absichtlich gebraucht hatte, denn er wusste, dass es für sie mächtig war. Sie blinzelte und sah ihn verwirrt an. „Aber du hast mich nicht um eine Verabredung gebeten. Brad hat es getan."

„Wir wollten es beide. Wir haben uns deswegen gestritten. Er hat dich geküsst, ehe ich eine Gelegenheit dazu hatte, und ich vermute, das hat dir den Kopf verdreht."

Sie legte die Finger an ihre Lippen. „Das war mein allererster Kuss. Ich war überrascht."

„Das war dein allererster–" Er schob eine Hand in seine Haare. Brad war nicht die Art Mann gewesen, die einen ersten Kuss von Julia verdient hätte. Er hatte seine Zunge geradezu in ihren Hals geschoben.

Er nahm ihr Gesicht in seine Hände. „Wenn ich dir deinen ersten Kuss gegeben hätte, wäre es eher so gewesen."

„Ang–"

Er legte seinen Mund auf ihren, passte sie vorsichtig aneinander an, schmeckte sie und drückte sich etwas näher, legte all die Liebe, die er für sie hatte, hinein, bevor er sich langsam von ihr löste. Er sah ihr in die Augen. „Ungefähr so."

Sie blinzelte, ihre dunkelblauen Augen waren ganz groß.

„Ich liebe dich, Julia. Seit dem ersten Tag, an dem wir uns kennengelernt haben."

Sie löste sich von ihm. „Sag das nicht."

„Warum nicht?"

„Weil das heißt, dass ich alles ruiniert habe!", rief sie.

Er zog sie in seine Arme. „Du hast nicht alles ruiniert. Du hast nur einen Umweg gemacht."

Sie schlug seine Brust. „Warum hast du es mir damals nicht gesagt?"

„Ich hätte wohl mehr tun können", gestand er.

„Das wäre hilfreich gewesen. Ich hatte keine Ahnung."

„Wir waren alle Schuld daran", sagte er zwischen seinen Zähnen hindurch, und es gefiel ihm gar nicht, dass die Vergangenheit immer noch eine Rolle spielte, es gefiel ihm auch nicht, dass sie nicht erwidert hatte, dass sie ihn ebenfalls liebte.

Sie zog die Brauen zusammen, als wäre sie tief in Gedanken. Er löste sich von ihr, um ihren Gesichtsausdruck zu sehen. „Was denkst du gerade?"

Sie schüttelte den Kopf. „Jedes Mal, wenn ich anfange, mich gut zu fühlen, passiert etwas, wodurch ich zurückstrauchle. Diese Briefe, ein kalter Hauch wie ein Geist, eine schmerzhafte Erinnerung. Ich glaube, Brad möchte, dass ich für das, was ich getan habe, leide. Er ist als Held gestorben. Wie kann ich da jemals mithalten?"

Und wie konnte Angel jemals mit dieser Heldensache mithalten?

Er stieß frustriert Luft aus. „Ich sollte besser gehen", sagte er. „Fahr vorsichtig."

Sie schenkte ihm einen verzweifelten Blick, der ihm das Herz brach.

Er drehte sich um und ging davon, einen Fuß nach dem anderen, die Qual war so überwältigend, dass er sich wie taub fühlte. Sie hatte recht. Sie gingen einen Schritt vor und zwei Schritte zurück.

Und der einzige Mensch, der sie jemals wirklich befreien konnte, war für immer fort.

Am nächsten Tag, einem Montag, war Valentinstag, ein besonderer Tag für Julias Schüler, an dem Valentinstagskarten ausgeteilt wurden und es eine Feier mit Safttüten und Muffins gab, doch für Julia war es nichts als eine Erinnerung an all die süßen Geschenke, die Brad ihr immer gemacht hatte – Stofftiere, Süßigkeiten, Rosen –, sodass jeder Valentinstag seitdem eine quälende Erinnerung war. Sie fuhr von der

Arbeit nach Hause, und ihre Gedanken wanderten zu ihrer Besorgnis über die Hochzeit ihrer Freundin Ally am Abend. Ally war wahnsinnig aufgeregt, beinahe zu aufgeregt, vor allem im Vergleich zum Bräutigam.

Julia hatte immer noch das Gefühl, dass Ally das Ganze überstürzt hatte. Ally war zu jung, und ihr Verlobter hatte es gestern kaum durch die Probehochzeit geschafft. Er schien nicht reif genug zu sein, um mit der Ehe klar zu kommen. Julia hätte Ally beinahe gesagt, sie solle die Sache abblasen. Doch sie hatte ihre Zunge gehütet, denn Ally wirkte glücklich, und, mal im Ernst, Julia war nicht gerade eine Expertin, was die Ehe anging.

Sie war gerade in ihre Einfahrt gebogen, als ihr Handy klingelte. In letzter Zeit bekam sie häufig Anrufe von der Maklerin, weil es Interessenten für ihr Haus gab. Julia versuchte, nicht da zu sein, wenn diese Interessenten einen Termin hatten, um es sich anzusehen.

Sie holte ihr Handy aus der Tasche. „Hallo?"

„Hi, spreche ich mit Julia?" Es war die Stimme einer Frau, sanft und sinnlich.

„Mit wem spreche ich denn?"

„Claire Jordan hier." Es folgte eine Pause.

Ja, klar. Claire Jordan, die heißeste Schauspielerin in Hollywood? Sicher.

„Sehr witzig", sagte Julia. „Ich lege jetzt auf."

„Nein, hier ist wirklich Claire Jordan. Aus, na ja aus vielen Filmen. Haben Sie meinen Letzten gesehen, *Nachbarschaftliche Anziehung*?"

Das ergab einfach keinen Sinn. Wie konnte Claire Jordan sie anrufen? Das musste ein Scherz sein.

„Julia? Sind Sie noch dran?"

„Woher soll ich wissen, dass ich wirklich mit Claire Jordan telefoniere?"

„Ihre Agentin, Millie Wachowsky, dachte sich, dass es eine nette Überraschung wäre, wenn Sie von mir hören. Mir hat die Fierce-Trilogie gefallen. Ich habe sie zweimal gelesen, und ich möchte gerne die Filmrechte kaufen und die Hauptrolle darin spielen."

Julias Sicht wurde verschwommen, ihr war plötzlich schwindelig. Keiner kannte ihren richtigen Namen hinter dem Pseudonym, außer ihrer Agentin und Angel. Sie packte das Handy fester. „Was? Sie wollen was?"

Claire fuhr fort. „Ich habe meine eigene Produktionsfirma. Wir setzen Projekte schnell um. Das letzte Buch, für das ich die Rechte erworben habe, war achtzehn Monate später im Kino. Haben Sie *Blauer Nebel* gesehen?"

Julias Mund wurde trocken. Sie und Angel auf der Leinwand? Entblößt?

„Es tut mir leid", sagte Claire nach langem Schweigen. „Ich weiß, das muss für Sie ein Schock sein. Warum ruft Sie jemand an, den Sie gar nicht kennen, richtig? Ich habe Millie bereits gesagt, dass ich mir nicht sicher bin, ob Ihnen das gefallen wird. Wie ich höre, sind Sie jemand, der sehr viel Wert auf seine Privatsphäre legt, und der noch nie mit der Presse gesprochen hat. Ich könnte das Gesicht der Fierce-Trilogie sein und mich für Sie um die ganze Öffentlichkeitsarbeit kümmern. Das Rampenlicht macht mir nichts aus." Sie lachte, ein kehliger, rauer Laut.

Julia drückte ihre Finger an die Stirn, wollte, dass ihr Gehirn zu arbeiten begann. „Wie haben Sie mich gefunden?"

„Ich habe ein wenig gegraben, habe die Agentin gefunden, die sich um den Verkauf ihrer Auslandsrechte kümmert, und sie war so aufgeregt, dass sie gedacht hat, Sie würden sich auch freuen. Möchten Sie das lieber über Millie verhandeln?"

„Wie viel?" Endlich funktionierte ihr Gehirn wieder. Ja, wie viel war eine gute Frage.

„Drei Millionen."

Ihre Stimme versagte. Das war so viel mehr als das Fünfjahrespolster, das sie versucht hatte, sich anzusparen. Das war so viel Geld, dass sie damit in den Ruhestand gehen konnte. So viel, dass sie sich keine Sorgen mehr machen musste. Das Gehalt einer Vollzeitautorin. Ihr Herz raste, als ihr klar wurde, was das bedeutete.

„Julia?"

„Drei Millionen?", bellte sie. Himmel, reiß dich zusammen.

„Ah, Millie sagte bereits, dass sie verhandeln wollen würden. Ich kann Ihnen nicht mehr als vier bieten. Und Sie werden als Produzentin erwähnt."

„Ja", brachte sie hervor. „Ja. Das geht."

„Großartig! Dann lasse ich meinen Anwalt die Details mit Millie ausarbeiten. Ich bin so aufgeregt. Das ist die Rolle meines Lebens! Wenn wir etwas weiter fortgeschritten sind, würde ich mich gerne mit Ihnen zusammensetzen und über Mia reden. Wie tickt sie, ich möchte sichergehen, dass ich gut mit ihren Motiven umgehen kann."

Da traf es sie. Wie würde Angel das aufnehmen? Für sie würde es sehr schwierig sein, unerkannt zu bleiben, wenn es einen Film gab mit Claire Jordan in der Hauptrolle. Die Leute würden die Verbindung zwischen ihr und Angel, Mia und Damon herstellen. Es würde mindestens Spekulationen geben. Angel arbeitete mit Kindern und Familien in manchmal schwierigen persönlichen Situationen. Würden sie ihn für einen finsteren, dominanten Charakter halten und nicht für den guten Mann mit einem Hauch Alpha, der er wirklich war? Die Hälfte der Sachen, über die sie geschrieben hatte, war nie passiert, es waren einfach nur ihre dunkelsten, tiefsten Begierden, die sie dort ausgespielt hatte.

Claire lachte. „Ich glaube, ich habe die ihre Privatsphäre liebende Julia so weit getrieben, wie ich es im Moment kann. Doch ich hoffe, dass wir uns wieder sprechen werden. Wäre das okay?"

„Ja, ja, natürlich. Danke für den Anruf."

„Ciao."

Sie beendete das Gespräch, irgendwo zwischen Euphorie und Panik. Was sollte sie tun? Sollte sie Angel warnen? Ihn um Erlaubnis bitten? Oder wäre es möglich, das Ganze geheim zu halten?

Sie rief ihre Agentin an, Millie, die sich fröhlich meldete. „Hey, meine Lieblingsautorin. Hast du mit Claire Jordan gesprochen?"

„Ja. Überrasch mich bitte nicht mit solchen Dingen. Ich bin nicht gerade spontan. Ich brauche eine Vorwarnung."

„Kein Problem. Also, was denkst du? Film?"

„Ich weiß nicht."

„Oh, warte, ganz kurz." Sie quietschte. „Ich habe gerade eine Mail von Claires Produktionsfirma bekommen. Sie bieten vier Millionen. Yay! Julia, ich ruf dich zurück. Ich versuche mal, ob ich fünf bekomme."

„Ich–"

Millie legte auf.

Julia blinzelte, starrte ihr Handy an, als wäre dort die Antwort. Sie schüttelte sich mental. Sie hatte keine Zeit, dazusitzen und zu grübeln. Es war bereits halb fünf, und Allys Hochzeit war um sieben. Die Brautjungfern mussten bis sechs Uhr da sein. Sie musste noch duschen und sich fertig machen.

Sie eilte ins Haus, und da wurde ihr klar, was vier oder, heilige Scheiße, fünf Millionen Dollar für sie bedeuten konnten. Sie hätte ihre Freiheit. Sie konnte überall leben, sie konnte ihre Tage damit verbringen, Romane zu schreiben. Das war der größte Spaß in ihrem Leben gewesen. Und das als Lebensaufgabe?

Sie führte einen kleinen Tanz auf.

Über die Konsequenzen würde sie sich später Gedanken machen. Jetzt sah sie erst einmal einer großen Gelegenheit entgegen. Solange niemand verletzt wurde.

Vor allem nicht der Mann, der noch keine Ahnung davon hatte, dass er die große Hauptrolle in einer öffentlichen Fantasie spielen würde.

16

Julia traf zu früh zu Allys Hochzeit am Ludbury House ein und raste die Stufen hinauf zu den Räumen der Braut. Ally hatte sie weinend und voller Panik angerufen. Julia hatte sich verkniffen zu sagen, was sie wirklich dachte, nämlich dass Ally alles überstürzt hatte, dass sie eine viel zu junge Braut war, wie Julia es gewesen war. Stattdessen hatte sie ihr gesagt, sie solle bleiben, wo sie war, sie wäre so schnell wie möglich bei ihr. Ally war einfach zu jung, um über die Aufregung, eine Braut zu sein, hinauszusehen. Sie fand Ally in einem Haufen Seide und Tüll, schluchzend, der kleine Schleier, der in ihre blonden Haare gesteckt war, zuckte im Rhythmus. Die anderen jungen Brautjungfern flatterten um sie herum und versuchten, sie zu überzeugen, sich keine Sorgen zu machen.

Julia ging vor Ally in die Hocke. „Ist es Mark?" Nach der gestrigen Probe war sie sich sicher gewesen, dass der Bräutigam einen Rückzieher machen würde. Vielleicht hatte er das bereits, hatte Ally sitzen gelassen, bereits angezogen und nicht ansatzweise im Begriff zu heiraten.

„Nein", schluchzte Ally. „Es ist Dean."

„Dein Ex?"

„Ich liebe ihn noch!" Ally zögerte, dann fing sie erneut an zu schluchzen.

Julia hatte einige Erfahrung mit so etwas. „Hast du Dean gesagt, dass du ihn noch liebst?"

„Nein! Ich hatte gehofft, dass es einfach vorübergeht."

„Sie hat bloß kalte Füße", verkündete Hailey und marschierte mit entschlossenem Blick im Gesicht ins Zimmer. „Ally, alle Bräute machen dieses nervöse, heulende Stadium durch. Du siehst wunderschön aus. Mark ist in seinem Smoking da und bereit, die Liebe seines Lebens zu heiraten. Also, geh zur Toilette, mach dich frisch, und ich werde mich persönlich um dein Make-up kümmern."

Ally nickte und stand auf.

„Warte!", sagte Julia. „Ally, atme ein paarmal tief ein und denke über deine Zukunft nach. Denk an das, was du darin möchtest. Das hier ist für immer." Zumindest sollte es das sein.

Ally nickte. „Das werde ich. Ich werde darüber nachdenken."

Hailey schoss Julia einen finsteren Blick zu und führte Ally den Gang hinunter zur Toilette.

„Meinst du, sie wird es durchziehen?", fragte eine Brautjungfer mit gelangweiltem Blick eine andere.

„Das hoffe ich doch", sagte die andere Frau genauso unbekümmert. „Sonst habe ich meinen Valentinstag für nichts auf einer nicht stattfindenden Hochzeit verplempert. Ich hätte stattdessen schön zu Abend essen können."

„Das Essen hier soll gut sein", sagte eine weitere Brautjungfer. „Shane O'Hares Catering Firma liefert."

„Ooh", sagten die Frauen im Chor.

Julia machte einen kleinen Spaziergang, ging den oberen Flur auf und ab, brauchte etwas Raum. Sie entdeckte Angel im Foyer, er trug einen schwarzen Smoking und sah so gut aus. Sie ging zum Geländer. „Hey, du."

„Hey, Darling." Er zwinkerte. Er hatte heute gute Laune. Vermutlich weil er eine Stunde später in vollem Alpha-Modus bei ihr aufgetaucht war, nachdem sie letzten Abend nach ihrem ernsten Gespräch, das sie beide höllisch deprimiert hatte, allein nach Hause gefahren war. Innerhalb von Minuten, als er in ihr Haus gekommen war, war er in ihr gekommen, hatte sie von hinten gegen die Wand genommen, ihre Hände festgehalten. Ihr wurde ganz heiß, als sie daran dachte. Es war umwerfend, ihre eigene persönliche Damon-Fantasie leibhaftig für sich zu haben. Obwohl er danach abweisend gewesen und schnell gegangen war. Doch wie hätte sie sich beschweren können, da er ihr doch im Gegenzug so viel Lust bereitet und versprochen hatte zurückzukommen? Genau genommen hatte er gesagt: „Ich kann das so lange machen, wie es eben dauert." Aber natürlich meinte er das nicht wörtlich. Kein Mann konnte das ununterbrochen stundenlang tun.

Der Bräutigam und die Brautführer waren laut und aufdringlich, spielten im Foyer die Idioten, wie junge Männer eben sein konnten, doch Angel war nie so gewesen. Er war ein klassischer Typ. Die Leute würden ihn nie wieder so sehen, wenn sie ihn mit Damon in Verbindung brachten. Sie musste es ihm sagen. Wenn Angel Nein zu dem Film sagte, würde sie die ganze Sache stoppen. Sie würde es nach der Hochzeit ansprechen. Wenn es eine Hochzeit gab.

Sie hob ihre Stimme über den Lärm. „Wie läuft es auf der Seite des Bräutigams?"

Angel deutete auf die Jungs, die einander jetzt ohne offensichtlichen Grund schlugen.

Sie lächelte. „Hier oben sieht es genauso aus."

Er verzog das Gesicht zu einem übertriebenen *Mhmm*, worauf sie lachen musste.

„Doch", sagte sie. „Ich seh dich gleich."

Eine Stunde später hatte die Braut sich mit Haileys Hilfe zusammengerissen, und die Hochzeitsgesellschaft der Braut schwebte zu den eleganten Klängen der Musik die Treppe hinunter. Sie spürte Angels Blick, während sie die große Treppe hinunterging, wie sie seinen Blick bei ihrer eigenen Hochzeit gespürt hatte. Ihr Magen drehte sich um. Sie konzentrierte sich auf den Bräutigam, der sichtlich schwitzte, während er das Hochzeitsgelübde sprach. Von dort, wo sie stand, konnte sie Allys Gesicht nicht sehen. War sie glücklich?

Der Standesbeamte drehte sich zu Ally um. „Und wollen Sie, Allison–"

„Ich kann das nicht!", rief Ally, warf ihren Strauß zu Boden und eilte den kleinen Gang entlang und zur Tür von Ludbury House hinaus. Der Strauß roter Rosen landete vor Julias Füßen. Sie hob ihn auf und starrte ihrer Freundin hinterher. Der Bräutigam lief seiner Braut durch die Tür hinterher.

Und dann flippte Hailey aus. „Ich werde einen schlechten Ruf bekommen!" Sie gestikulierte wie wild. „Es kann *nicht* sein, dass zwei Hochzeiten am Valentinstag unter meiner Ägide ausfallen. Alle werden denken, dass ich Pech bringe!"

Auf klappernden hohen Absätzen lief sie den beiden hinterher.

Julia war einfach nur erleichtert. Jetzt hätte Ally ihre Freiheit, mit dem Mann zusammen zu sein, den sie wirklich liebte. Wenn Dean sie tatsächlich zurückwollte. Jedenfalls war Julia von Mark nicht allzu beeindruckt gewesen. Sie strich über ein Rosenblatt. Was, wenn Julia das getan hätte? Was, wenn sie zugegeben hätte, dass sie eine betrügerische Sünderin war? Was, wenn sie Brad von Angel erzählt hätte? Was, wenn Angel Einspruch erhoben hätte, anstatt nur der Trauzeuge zu sein?

Angel tauchte an ihrer Seite auf und lächelte. „Du hast den Strauß gefangen."

„Er ist mir irgendwie vor die Füße gefallen."

Er sah sich zu den plaudernden Gästen um. „Sollen wir gehen?"

„Vielleicht sollten wir bleiben, für den Fall, dass Hailey die beiden überredet zurückzukommen."

„Na gut. Setzen wir uns." Er deutete auf die hintere Reihe im Nachbarraum. Sie setzten sich. Der Rest der Hochzeitsgesellschaft wanderte nach hinten ins Haus. Die kleine Gruppe von Freunden und Familie im Empfangszimmer sprach miteinander.

Was für ein komischer Tag. Zuerst rief sie ein Filmstar an, dann bekam sie ein Angebot über mehrere Millionen, und dann noch eine Braut, die sich nicht traute. Sie wünschte sich irgendwie, sie hätte auch den Mut gehabt, sich nicht zu trauen.

„Denkst du das Gleiche wie ich?", fragte Angel.

Sie versuchte, seinen Gesichtsausdruck zu lesen. „Ich bin mir nicht sicher."

„Was, wenn du von deiner Hochzeit abgehauen wärst?", fragte er.

„Was, wenn du Einspruch erhoben hättest?", erwiderte sie. „In dem Moment, in dem der Priester fragt, ob irgendjemand Einwände gegen diese Hochzeit hat?"

Sein Kiefer verkrampfte sich, ein Muskel zuckte in seiner Wange. Das hätte sie nicht sagen sollen. Es war nicht seine Schuld.

„Tut mir leid", sagte sie.

„Die Entschuldigung nehme ich nicht an." Er packte ihren Arm und zog sie hoch. „Komm, wir werden uns jetzt oben unter vier Augen unterhalten."

Sie folgte ihm, ohne zu protestieren. Sie mussten wirklich reden. Über viele Dinge. Er führte sie in den Raum, in dem die Männer sich fertig gemacht hatten. Hier war es nicht annähernd so unordentlich wie in der Suite der Braut. Nur ein paar Kleiderbügel und Beutel von der Reinigung von den Smokings waren auf einen Stuhl und den Boden geworfen worden.

Angel schloss die Tür mit einem Knall, und sie zuckte zusammen. „Was meinst du damit, wenn ich Einspruch erhoben hätte?"

Sie bewegte sich unbehaglich. „Ich meine–", sie schluckte, „– wenn du nein gesagt hättest, ich werde nicht Trauzeuge sein. Nein, Julia, heirate ihn nicht."

Er näherte sich ihr. „Was, wenn du nein gesagt hättest, ich werde Brad nicht heiraten. Ich werde den richtigen Mann heiraten."

„Du hast mich nie gebeten, dich zu heiraten!"

„Wie konnte ich denn auch? Du hast ja nicht einmal mit Brad Schluss gemacht!"

Sie starrte zu Boden. „Das konnte ich nicht. Er war im Krankenhaus."

Er stellte sich vor sie und hob ihr Kinn. „Zwei Tage später war er draußen."

Sie blinzelte ihre bedauernden Tränen beiseite. „Ich weiß. Ich hatte solch ein schlechtes Gewissen. Und dann warst du weg, und als du endlich wieder da warst, war er so glücklich, mit seinen beiden besten Freunden zusammen zu sein. Weißt du noch?"

„Ja, weiß ich noch." Er nahm seine Hand herunter. „Ich erinnere mich daran, wie ich zugesehen habe, dass du dich an ihn geschmiegt und mir den Rücken zugedreht hast!"

„Ich habe dir nie den Rücken zugedreht. Ich wollte dich immer bei uns."

„Bei uns! Hörst du dir eigentlich zu? Wie wäre es mit bei mir?"

„Ich war mit Brad zusammen. Wie hätte ich ihn denn verlassen und zu dir gehen können?"

„Ganz einfach."

„Es war nicht einfach! Er stand kurz vor seinem Einsatz–" Sie senkte ihre Stimme. „Ist egal. So oder so war das, was wir getan haben, falsch."

„Es war niemals falsch, Julia! Begreifst du das denn nicht? Du hättest immer mit mir zusammen sein sollen!"

„Das war mir nie so klar!", schrie sie.

„Verdammte Scheiße!", brüllte er. „Ich hasse das, hörst du?"

„Jeder kann dich hören! Hör auf, mich anzubrüllen!"

Er trat gegen einen Stuhl, und der kippte um. „Ich bin es leid. Wenn du mich willst, dann musst du zu mir kommen." Er marschierte zur Tür.

„Ich ziehe nach LA!", schrie sie in seinen Rücken. Wo zum Teufel war das hergekommen? Doch da sie jetzt so darüber nachdachte, war das gar keine so schreckliche Idee. Dort kannte sie niemand. Sie konnte, ohne verurteilt zu werden, mit den Filmleuten zusammenarbeiten und würde überhaupt nicht mit Angel zu Hause in Verbindung gebracht werden.

Er drehte sich um. „Du tust was?"

„Sie wollen meine Bücher verfilmen."

„Verfilmen?", sagte er so leise, dass ihr Hals sich zuschnürte. Langsam ging er zu ihr zurück, bis er in ihrem Privatraum stand. „Darüber, wie du und ich *ficken*?"

„Vielleicht merkt ja keiner, dass wir das waren."

„Julia." Er sagte ihren Namen, als wäre sie einfach nur nervtötend. Er trat zurück und verschränkte die Arme. „Ich könnte meinen Job verlieren. Ich habe ständig mit Kindern zu tun, die in Krisensituationen stecken. Weißt du eigentlich, als was für einen Mann du mich darstellst?"

„Ich würde dich nie erwähnen. Ich würde sagen, dass das nur meine Fantasie war."

Er runzelte die Stirn. „Mir war das nach dem ersten Kapitel schon klar." Er hob eine Hand, legte sie zwischen sie, als wollte er verhindern, dass sie zusammenkamen. „Genau das ist das Problem bei dir, Julia. Verleugnen. Und zwar so richtig. Wenn du bereit bist, zu dem zu stehen, was du bist und was du wirklich willst, dann können wir endlich zusammen sein. In einer richtigen Liebesbeziehung. Nicht nur Fantasieficken."

„Aber ich verdiene keine Liebe!", schrie sie, und bevor er ihr zustimmen konnte, raste sie zur Tür hinaus.

„Julia!", rief er. „Verdammt!"

Sie lief weiter, die Treppe hinunter, zur Haustür hinaus, wollte nichts mehr als allein davonfahren, doch als sie auf den Parkplatz kam, blieb sie stehen, ihr eigenes Leid verblasste im Licht des herzerweichenden Anblicks der Braut. Ally lehnte allein und schluchzend an einer riesigen Eiche.

Sie machte Kehrt und lief geradewegs zu Ally. „Hey", sagte Julia vorsichtig. „Geht es dir gut?"

„Er ist weg."

„Mark?"

„Ja."

„Das tut mir leid. Hat er gesagt, warum?"

„Ich habe ihn gebeten zu gehen. Wenn ich keine Liebe wie Damon und Mia haben kann, dann möchte ich keine."

„Ach, Süße, das ist doch bloß eine Fiktion. Eine Fantasie."

„Das ist Leidenschaft." Sie wischte sich die Augen ab, tupfte vorsichtig über die Mascara. „Ich vermisse es. Was ich mit Mark hatte, war nicht annähernd das, was ich früher mit Dean hatte."

Sie hatte es gewusst! Ally konnte unmöglich so schnell

über Dean hinweggekommen sein. Sie waren viele Jahre zusammen gewesen, und Ally hatte sich Hals über Kopf in ihre Beziehung mit Mark gestürzt, anstatt sich mit der Trauer über den Verlust von Dean zu befassen. Julia war sozusagen Expertin darin, sich im Leid zu suhlen. „Hast du mit Dean gesprochen?"

Ally schniefte. „Er hat eine Freundin. Es ist zu spät! Ich bin am Ende! Ich werde niemals heiraten!"

Sie legte einen Arm um sie und drückte. „Du bist doch noch jung! Du hast reichlich Zeit, jemanden kennenzulernen. Wirklich. Es gibt keine Eile."

„Alle meine Freundinnen heiraten!", jammerte Ally.

„Ich bin älter als du, und ich heirate nicht."

„Das ist was anderes. Du hattest deinen Brautmoment."

Julia biss sich auf die Lippe, die Worte taten weh. Sie hatte ihren Moment gehabt, das stimmte, und es war ätzend.

„Tut mir leid", sagte Ally. „Das hätte ich nicht sagen sollen. Im Moment kann ich nicht richtig denken."

Sie schüttelte den Kopf. „Nein, du hast ja recht. Ich hatte meinen Moment. Du wirst deinen haben. Nur nicht heute."

Hailey stürmte an ihnen vorbei, murmelte vor sich hin, schien sie gar nicht zu bemerken. Sie stieg in ihr leuchtend orangenes Mini Cooper Cabriolet und raste vom Parkplatz.

„Ich schätze, Hailey ist wütend, weil es nicht zur Hochzeit gekommen ist", sagte Ally.

„Ich bin mir sicher, in Zukunft wird es noch viele Hochzeiten in Clover Park geben, die sie planen kann", sagte Julia.

„Oder sie wird dafür sorgen", sagte Ally mit wässrigem Lächeln.

Sie lachten.

„Das scheint wirklich die Richtung zu sein, in die sie geht", sagte Julia. „Soll ich dich nach Hause fahren?"

„Nein, ich schaff das schon. Danke fürs Zuhören."

Julia umarmte sie. „Hey, ich habe wirklich Respekt vor dir. Ich wünschte, ich hätte den Mut aufgebracht, eine Braut zu sein, die sich nicht traut."

„Das tust du?"

„Ja. Ich war viel zu jung. Neunzehn. Ich war, genau genommen, eine vollkommene Idiotin."

Ally lachte. „Niemals. Julia Turner ist alles andere als eine Idiotin. Du bist so gefasst."

„Schön, dass du das sagst, aber ich bin einfach nur ... das sieht nur von außen so aus. Ich bin am Ende. Verdammt, von dem Entrümpelbuch hatte ich eine spirituelle Epiphanie."

„Ich hatte eine Epiphanie von der Fierce-Trilogie!"

Julias Lächeln versiegte, als ihr klar wurde, welchen Part sie in diesem Desaster spielte. „Ja. Ich schätze, das hattest du. Pass auf dich auf, Ally."

„Danke, du auch." Ally umarmte sie erneut und ging zu ihrem Wagen. Julia sah zu, wie Ally entschlossen über den Parkplatz ging, der Schleier wehte hinter ihr, sie war in entschieden besserer Verfassung, als Julia es gewesen wäre.

Julia ging zu ihrem Wagen. Nun, welche Art Epiphanie würde die Fierce-Trilogie ihr geben? Könnte sie das bloß erkennen. Das war das Problem, wenn man der Schöpfer solcher Geschichten war. Sie war zu nah dran, um irgendetwas klar sehen zu können.

17

Julias Gedanken sprangen die ganze Woche über zu dem Filmvertrag. Einerseits vollkommen finanzielle Freiheit – Milly hatte die Filmleute auf viereinhalb Millionen hochgebracht. Andererseits, war es Angel gegenüber wirklich fair? Denn selbst, wenn sie ihm die Hälfte des Geldes gegeben hätte, weil er ihre Inspiration gewesen war, würde er immer noch mit den Konsequenzen leben müssen. Sie hatte ihn die ganze Woche nicht gesehen, und er war ihr auch bei der Arbeit aus dem Weg gegangen. Sie fürchtete, dass er wirklich durch war mit ihr. Sie ging ihren Streit bei Allys Hochzeit wieder und wieder durch. Er war sie und all ihre Probleme leid.

Am Samstag hatte sie sich aufs Sofa fallen lassen und das Bild von ihnen dreien angestarrt – sie und Brad und Angel – und hatte gehofft, dort irgendwie eine Antwort zu finden. Sie legte ihre Hand über Brad. Sie blinzelte. Ihr war nie aufgefallen, dass sie sich mehr zu Angel rüberlehnte. Sie war zwischen den beiden Männern eingekeilt und doch leicht zu Angel hingezogen.

Plötzlich hörte sie Angels Stimme in ihrem Kopf: *Wenn du mich willst, dann musst du zu mir kommen,* und ihr wurde klar, dass er ihr diese Woche nicht aus dem Weg gegangen war, weil er fertig mit ihr war, sondern weil er wollte, dass sie die

Initiative ergriff und zu ihm ging. Zu dem stand, was sie wirklich wollte. Es war nicht nur jämmerliche Eifersucht gewesen, die ihre Fantasie inspiriert hatte, es war ihr wirkliches Verlangen, mit ihm zusammen zu sein. Warum hatte sie so lange gebraucht, sich dessen klarzuwerden? Sie stellte den Rahmen zurück ins Regal, nahm sich ihre Jacke und die Tasche und ging zu Angels Apartment. Es war ein ehemaliges Kunststudio hinter einem großen modernen Haus. Sie war schon eine Weile nicht mehr dort gewesen. Für gewöhnlich kam er zu ihr, weil ihr Haus größer war. Und seitdem sie wusste, dass Brad noch einen weiteren Brief in die Baseballkartensammlung gesteckt hatte, die er in Angels Obhut gelassen hatte, hatte sie es erst recht vermieden, dorthin zu gehen. Doch Angel wiederzusehen, war jetzt alles, was zählte.

Sie klopfte an die Tür und wartete, war plötzlich nervös davor, welche Art von Empfang sie von ihm bekommen würde.

Keine Antwort. Vielleicht war er noch bei seinem samstäglichen Nachhilfeunterricht. Sie sah auf die Uhr. Er sollte bald zurückkommen. Es war fast Mittag. Sie wartete in ihrem Wagen auf der Straße vorne, denn es war draußen immer noch ziemlich kalt. Als sie seinen Wagen in die Einfahrt biegen sah, stieg sie aus und folgte ihm.

Er stieg in seiner schwarzen Lederjacke, der abgenutzten Jeans und mit einer Tasche voller Papiere aus dem Wagen, und ihr Herz brannte vor Liebe.

„Hi!", rief sie.

Er drehte sich um, schien aber nicht weiter überrascht zu sein, sie zu sehen. Hatte er ihren Wagen bemerkt und war weitergefahren? Er musste immer noch wütend auf sie sein.

„Hey", sagte er ausdruckslos.

„Können wir reden?"

„Klar." Er öffnete die Tür und bedeutete ihr hineinzugehen. Das Apartment bestand hauptsächlich aus einem großen, offenen Raum mit einer Küche, die durch eine halbhohe Mauer abgetrennt war. Sonnenlicht strömte durch die großen Fenster und zwei Dachfenster. Die Möbel waren schlicht und funktional – ein Esstisch aus Holz mit Rattanstühlen, ein

Futonsofa, das man zu einem Bett ausziehen konnte, ein alter Koffer als Sofatisch und ein Fernsehgerät auf einem kleinen Tischchen.

Sie legte ihre Handtasche ab und betrachtete seine vertrauten Gesichtszüge, die ihr so lieb und ihr gegenüber doch so verschlossen waren. Und da wusste sie, was sie zu tun hatte. „Ich werde den Film nicht drehen. Ich lehne es ab."

„Warum?", fragte er mit vorsichtig zurückhaltendem Tonfall.

„Ich möchte nicht, dass du deinen Job riskierst. Du hattest recht. Mein eigenes Leugnen hat dich zu einer erotischen Fantasie gemacht, weil ich im wahren Leben mit meinen Gefühlen für dich nicht umgehen konnte."

Er verschränkte die Arme, und ihre Brust zog sich zusammen. Er war distanziert. Hatte sie ihn jetzt ganz verloren?

„Du hast also Gefühle für mich?", fragte er schließlich.

„Ja", kreischte sie durch den Kloß in ihrer Kehle.

„Und wie lange hast du diese Gefühle schon?"

Ihre Augen brannten. „Ich habe das Gefühl, als liebe ich dich schon mein ganzes Leben", flüsterte sie.

„Julia." Er zog sie in seine Arme. „Ich liebe dich seit dem Tag, an dem wir uns kennengelernt haben."

„Es tut mir so leid, dass ich alles ruiniert habe."

Er streichelte ihr die Haare. „Es ist alles etwas durcheinandergelaufen, aber jetzt haben wir doch zueinander gefunden." Er hob ihr Kinn, damit sie ihn ansah, und küsste sie vorsichtig. „Es ist nicht zu spät."

Sie warf sich an seine Brust und drückte ihn ganz fest. „Ich dachte, ich hätte dich verloren."

„Du könntest mich niemals verlieren. Weißt du das denn immer noch nicht? Dir gehört mein Herz." Er küsste sie oben auf den Kopf. „Ich habe dir einfach nur meine raue Seite gezeigt."

„Und es hat funktioniert."

Er löste sich von ihr. „Hör zu, ich möchte, dass du diesen Film drehst. Sie bieten dir vermutlich eine Menge Geld, richtig?"

„Viereinhalb Millionen."

Er stolperte rückwärts. „Whoa. Und darauf wolltest du für mich verzichten?"

Sie nickte.

Er packte sie und wirbelte sie herum. „Nimm es! Wir leben einfach von dem Geld. Ich werde nicht mehr als Sozialarbeiter arbeiten müssen. Du wirst keine Lehrerin mehr sein müssen. Ich weiß, du hast immer davon geträumt, Autorin zu sein."

„Aber was wirst du tun?", fragte sie.

„Vielleicht gehe ich zurück zur Uni und mache meinen Doktor in Psychologie. Oder vielleicht bin ich einfach dein Manager. Kümmere mich um die Öffentlichkeitsarbeit für dich. Ich weiß nicht. Wir lassen uns etwas einfallen."

„Und es macht dir nichts aus, wenn die Leute meinen, dass du Damon bist?"

„Verdammt, das ist doch ein Kompliment. Ich bin ein verdammter Hengst."

Sie lachte. „Aber ich dachte, du machst dir Sorgen darum, was die Leute von dir denken."

„Als Sozialarbeiter mit heiklen Klienteninformationen über Kinder. Aber wenn ich etwas anderes mache, vielleicht mit Erwachsenen oder für dich arbeite, ist das okay."

Hoffnung durchströmte ihr Herz. „Und wo sollen wir wohnen?"

„Hier. In unserer Heimat. Wir kaufen gemeinsam ein Haus." Er gestikulierte um sich herum. „Diese Wohnung ist zu klein für eine große Autorin."

Sie sah sich in seinem Studioapartment um, das so aufgeräumt war wie immer. Ihr Blick fiel auf den alten Koffer, den Angel als Sofatisch benutzte. Auch im College hatte er den schon gehabt, das erinnerte sie an Brads Brief. Sie musste das aus dem Weg räumen. „Hast du noch Brads Baseballkartensammlung?"

Er sah plötzlich genervt aus. „Klar, warum?"

„Unten in der Schachtel liegt ein Brief. Wir sollen ihn gemeinsam lesen."

Angel stieß ein langes Seufzen aus. „Julia."

„Egal. Wir müssen ihn nicht lesen."

„Ich möchte nur nicht, dass es dich wieder runterreißt. Endlich habe ich dich dazu gebracht zuzugeben, dass du Gefühle für mich hast."

„Ich liebe dich." Ihr ganzer Körper kribbelte, war aufgeregt vor Liebe, die sie empfand und endlich ausdrücken konnte. Sie lächelte breit und musste über das Ganze plötzlich loslachen.

Angel strahlte und umarmte sie kurz. „Ich liebe dich auch. Okay. Ich werde den Brief lesen. Und wenn ich denke, dass er dich nicht traurig macht, gebe ich ihn auch dir zu lesen. Abgemacht?"

Sie nickte. Sie vertraute Angel, dass er auf sie aufpasste. Das Letzte, was sie wollte, war, dass Brad eine weitere Bombe auf sie fallen ließ. Das letzte Mal hatte er gestanden, dass er wegen der Adoption gelogen hatte. Was würde er als nächstes sagen? *Hey, wisst ihr was? Ich war die ganze Zeit schwul.* Sie konnte nicht mit weiteren Geständnissen umgehen.

Angel ging geradewegs zum Koffer und öffnete ihn. Whoa. Es war, als hätte sie gespürt, dass der Brief da drin war. Er zog die Schachtel heraus, schloss den Koffer und stellte sie obendrauf. Sein Mund verkrampfte sich beinahe unmerklich, bevor er die Schachtel öffnete und die Baseballkarten herausholte, die wahrscheinlich mittlerweile etwas wert waren. Endlich murmelte er: „Idiot."

Vorsichtig zog er den Umschlag heraus, öffnete ihn und holte ein Bild und einen Brief aus dem gleichen linierten Papier heraus, auf dem auch die anderen beiden Briefe geschrieben waren. Angel ließ sich aufs Sofa fallen und starrte das Foto an. Einen Moment konnte sie nicht atmen. Was war es? Angel legte das Foto verkehrt herum aufs Sofa und öffnete den Brief. Sie beobachtete seinen Ausdruck, während er las, und er sah entsetzt aus. Sie biss sich auf die Lippe. Es musste schlimm sein.

Sie konnte die Spannung nicht ertragen. „Was steht da?"

„Komm her."

Sie setzte sich an seine Seite, und er reichte ihr das Bild. Oh! Das waren sie und Angel am Silvesterabend. Angel hatte sie auf die Wange geküsst, und Brad hatte das Bild gemacht, während sie strahlte, die Augen geschlossen und den Moment genossen hatte. Die Liebe zwischen ihr und Angel war überdeutlich. „Ich erinnere mich daran. Unser erstes Silvester. Brad war so betrunken."

„Lies den Brief", sagte er mit belegter Stimme.

Sie legte das Bild zurück auf den Koffer und nahm ihm den Brief aus der Hand. Sie schloss die Augen und nahm einen tiefen, beruhigenden Atemzug. So schlimm konnte es nicht sein, richtig? Angel würde nicht zulassen, dass sie noch mehr verletzt wurde. Doch er selbst schien entsetzt zu sein. Angel legte beruhigend eine Hand auf ihr Bein und drückte vorsichtig. Sie öffnete die Augen und las:

Liebe Julia, lieber Angel,

Überraschung, ihr untreuen Rattenbastarde! Ich wusste es. Habe es immer gewusst. Als ich nach dieser langen Sache mit dem Drüsenfieber wieder an die Uni kam, hat Angel sich rar gemacht. Was nicht leicht war, wenn man bedenkt, dass wir zwei Kurse zusammen hatten, und verdammt verdächtig war. Und, Julia, du warst so traurig, obwohl du versucht hast, es zu verbergen. Und ihr wolltet mir beide nicht sagen, was zum Teufel passiert war. Ich habe zwei und zwei zusammengezählt. Seht euch beide für mich jetzt einmal finster an. So. Fühlt ihr euch jetzt besser? Ja, ich war angepisst, aber ich habe euch vergeben, euch beiden, denn ich wusste, dass Angel dich von Anfang an gewollt hat, und trotzdem habe ich mich an dich rangemacht. Julia, ich war schon immer ein Versager, doch ich wollte der Mann sein, den du verdient hast, deswegen bin ich zur Army gegangen. Ich wollte das sein, was Angel schon immer war – stark, verlässlich, alles aus seinem tiefsten guten Inneren, von dem ich immer gewünscht habe, dass ich es bin. Ich weiß, dass du mein hübsches Gesicht und mein nettes Geschwätz gemocht hast, doch es war immer nur Show. Eine Maske für alles, was mir fehlte. Ich habe Angel gebeten, sich um dich zu kümmern, wenn ich nicht zurückkomme. Ich weiß, wenn du das hier liest, hat er das getan. Danke dir, Angel, tief aus meinem Herzen. Ich kann dir niemals zurückzahlen, was du getan hast. Ich habe das Haus in Fieldridge gekauft, damit Julia in deiner Nähe bleiben konnte. Ich wollte, dass ihr zusammen seid (wenn ich nicht mehr bin). Ich liebe euch, Leute. Vielleicht habt ihr jetzt Gelegenheit, das passende Set zu sein, das ihr immer hättet sein sollen.

In Liebe

Brad

P.S. Küss sie, Junge! Und nehmt das Geld vom Verkauf des Hauses in Fieldridge und kauft euch zusammen ein Haus. Verdammt, muss ich mich denn um alles kümmern?

Sie schlug sich eine Hand auf den Mund. Sie konnte es nicht fassen. Er wusste es. All die Jahre hatte er es gewusst und ihnen verziehen. Angels Augen waren wässrig. Sie warf ihre Arme um ihn, und sie hielten einander nur, während die Sonne durch das Dachfenster über ihnen strahlte und sie in ihrem heilenden Nachmittagslicht badete.

Nach einer Weile brannte die Sonne auf Julias Wange, was ungewöhnlich war im Februar. Sie sah zum Himmel, wo ein paar Sonnenstrahlen durch die Wolken brachen, wie eine Hand, die ihr vom Himmel entgegengestreckt wurde. Vielleicht war es Brad, der sich ein letztes Mal von ihnen verabschiedete. Sie schmiegte ihr Gesicht an Angels Brust. Selbst Brad hatte gewusst, dass sie zusammengehörten. Seelenverwandte waren.

Endlich hob sie ihren Kopf, um dem Mann, den sie liebte, in die Augen zu sehen. Angel küsste sie zärtlich und nahm ihr Gesicht in beide Hände. „Meine Julia, endlich und nach all der langen Zeit, wirst du mich heiraten?"

„Ja!", rief sie, und dann küssten sie einander, und der Rest war ein heißes Durcheinander fliegender Klamotten. Sie fielen aufs Sofa, der Brief flatterte zu Boden und gab ihnen die Freiheit, so zusammen zu sein, wie sie es immer gesollt hatten.

EPILOG

Angel war ganz eifrig, Julia am nächsten Tag mit zum sonntäglichen Familienabendessen zu bringen. Endlich wäre er nicht der einzige Single in der Bande von vernarrten Brüdern. Endlich konnte er die Liebe seines Lebens zu einem dauerhaften Teil der Familie machen. Wenn Julia sich nur *endlich* etwas zum Anziehen aussuchen würde.

„Was hältst du hiervon?", fragte sie und kam mit ihrem fünften Outfit an dem Abend ins Wohnzimmer. Sie trug einen weichen, dunkelblauen Pullover, den er mochte, weil er so an ihren Brüsten klebte, und einen grauen Rock. Der Rock hätte etwas enger sein können, aber …

„Perfekt", sagte er.

Sie wedelte mit den Händen durch die Luft. „Nein. Ich habe dein Gesicht gesehen, als du dir den Rock angeschaut hast. Das passt nicht." Sie drehte sich um und ging zurück ins Schlafzimmer.

Er rieb sich mit einer Hand über das Gesicht. „Julia!", rief er. „Wir kommen noch zu spät. Diese Sachen waren alle vollkommen okay." Er wusste, dass sie nervös war, doch bei diesem Tempo würden sie das Abendessen noch ganz verpassen. Sie hatte alle bereits bei Lukes Hochzeit kennengelernt, doch sie hatte nicht wirklich mehr als eine kurze Begrüßung herausgebracht, weil sie wegen der Situation mit Emily beschämt war, und weil alle so beschäftigt waren mit Tanzen und Feiern.

Sie kam nur im Pullover und einem passenden blauen Höschen wieder heraus marschiert, das ihn aufblicken ließ. „Das ist wichtig! Ich bin mir sicher, dass sie eine Menge Fragen an mich haben und sich wundern, warum wir nach all den Jahren nicht schon längst zusammen sind." Sie biss sich auf die Lippe. „Vermutlich haben sie Mitleid mit mir, weil ich Witwe bin–"

„Stopp!" Er stand auf und ging zu ihr. „Sie werden dich lieben." Er küsste sie lang und tief, bis sie an ihn schmolz. Er löste sich von ihr und sah in ihre dunkelblauen Augen. „Niemand wird dir irgendwelche schlimmen Fragen stellen. Das verspreche ich dir."

Sie umarmte ihn fest. „Hast du sie gewarnt, dass ich die Autorin der Fierce-Trilogie bin?"

„Nein. Das ist deine Aufgabe, sobald du es den Leuten erzählen möchtest."

Sie löste sich von ihm. „Ich werde bis zur letztmöglichen Minute warten."

„Ach nein, das klingt ja so gar nicht nach dir", neckte er sie.

Sie schürzte die Lippen. „Das ist für uns beide das Beste. Wenn es den Film wirklich geben wird, und Milly meint, dass es so sein wird, können wir beide kündigen, das Schuljahr beenden und es dann allen erzählen."

„Das klingt nach einem guten Plan."

Sie strahlte. „Ja, nicht wahr? Wir sollten im Juni heiraten, wenn das Schuljahr um ist."

„Abgemacht."

Sie strahlte und ging zurück ins Schlafzimmer, um sich umzuziehen. Einige Augenblicke später kam sie wieder, trug immer noch den eng sitzenden blauen Pullover und dazu einen figurbetonten schwarzen Rock.

„Ja!", rief er. „Perfekt! Das gefällt mir!"

Ihre Brauen schossen in die Höhe, weil er wegen ihres Outfits so ungewöhnlich enthusiastisch war. Ihm war immer egal, was sie trug. Wenn es nach ihm ginge, wäre sie die ganze Zeit nackt. Doch jetzt mussten sie wirklich gehen. Er nahm sie an der Hand und zog sie zur Tür.

„Warte, mein Mantel!", sagte sie. „Ich brauche den Schönen."

Er nahm den langen schwarzen Wollmantel und ihre Handtasche, die er bereits zu seinem Mantel gelegt hatte, und schob sie zur Tür hinaus.

„Dir hätte alles gefallen, was ich als nächstes angezogen hätte, stimmt's?", fragte sie, als sie am Auto ankamen.

Er lächelte sie teuflisch an. „Ich stelle mir dich immer nackt vor, also ist es eigentlich egal."

Ihre Wangen liefen rosa an, was er anbetungswürdig fand, wenn er daran dachte, wie vollkommen sie sich im Schlaf-zimmer hingab. Er gab ihr einen schmatzenden Kuss auf den Mund. „Und jetzt los."

Er fuhr die kurze Strecke zum Haus seines ältesten Bruders Gabe in Clover Park. Auf dem Weg war Julia ganz still, und er unterbrach ihre Stille nicht mit Reden. Er wusste, dass sie davon genug bekommen würde, sobald sie das Haus mit seiner großen Familie betraten.

Als er vor dem Haus parkte, sah er an den Autos, dass alle bereits da waren. Er wollte nicht beim Essen stören, deswegen öffnete er die nicht abgeschlossene Haustür selbst. Ein grau-silberner Fellball kam ins Foyer und bellte wie verrückt.

„Hey, Fred", sagte Angel und kraulte den Hund hinterm Ohr.

Fred beruhigte sich, dann drehte er sich zu Julia um und versuchte, seine Nase unter ihren Rock zu bekommen. Angel schob Freds Kopf beiseite.

„Da seid ihr ja!", rief Zoe und kam herbeigeeilt, um sie zu begrüßen. Sie war mit Gabe verheiratet, eine quirlige Frau mit leuchtend braunen Augen. Sie blieb vor Julia stehen und hielt sie an den Armen. „Es ist so schön, dich wiederzusehen! Wir freuen uns wirklich, dass du da bist!"

Julia lief leuchtend rot an. „Danke. Ich freue mich auch hier zu sein."

„Wartet, ich nehme euch die Mäntel ab", sagte Zoe. „Ich bin übrigens Zoe, für den Fall, dass du dich bei der Unmenge an Gesichtern, die du auf der Hochzeit gesehen hast, nicht an mich erinnerst. Und, PS, da sind noch einige mehr, die es nicht abwarten können, dich zu sehen."

Julia packte seine Hand ganz fest. Er führte sie zum Esszimmer, wo seine ganze Familie saß – sein Dad, seine Stiefmutter, seine fünf Brüder, seine Schwägerinnen und der kleine Miles. Überraschend war das Essen auf dem Tisch – zwei Auflaufformen mit Lasagne, Knoblauchbrot und gemischter Salat – noch unberührt.

„Hey, ihr", sagte er, „ihr musstet nicht für uns mit dem Essen warten."

Seine Brüder starrten Julia neugierig an. Seine Schwägerinnen waren da etwas subtiler, jede lächelte sie an, doch sie musterten sie ebenfalls. Julias rosa Wangen waren jetzt fast weinrot bei all der Aufmerksamkeit, die sie bekam.

Sein Dad stand auf und schüttelte Julia die Hand. „Es ist so schön, dich wiederzusehen, Julia. Herzlich willkommen."

Seine Stiefmutter tauchte an Julias anderer Seite auf und zog sie in eine warme Umarmung. „Ich kann dir gar nicht sagen, wie viel es uns bedeutet, dass du zum Sonntagsabendessen gekommen bist."

Was würden sie erst sagen, wenn sie ihnen erzählten, dass sie heiraten würden. Er hatte das für sich behalten, um es ihnen persönlich mitzuteilen.

Julia schluckte sichtlich. „Tut mir leid, dass wir so spät gekommen sind."

„Überhaupt nicht", sagte sein Dad. „Bitte, setzt euch."

Jared deutete auf die leeren Plätze neben Miles, der jetzt auf einer Sitzerhöhung direkt am Tisch saß. Julia eilte hin und setzte sich neben Miles.

Angel blieb hinter ihr stehen. „Setz dich nicht dahin. Nimm den anderen Platz."

Über die Schulter warf sie ihm einen finsteren Blick zu. „Angel, es ist okay. Ich liebe Babys." Sie beugte sich zu Miles vor. „Und wie heißt du?"

Platsch! Miles bedachte Julia mit einer Hand voll, wie es aussah, Bananenpudding, der sich jetzt hauptsächlich an ihrer Nase befand, aber rasch zu ihrem Mund und ihrem Kinn hinuntertropfte. Das Gelb bildete einen starken Kontrast zum Rot ihres Gesichts, als sie sich eine Serviette nahm, um es abzuwischen.

„Ich hab's dir gesagt", sagte Angel und unterdrückte sich ein Lachen.

Alle Männer mussten sich das Lächeln verkneifen, die Frauen starrten ihre Männer finster an.

„Ah!", rief Zoe, als sie zurück ins Esszimmer kam, nachdem sie ihre Mäntel aufgehängt hatte. „Das tut mir so leid! Er hört einfach nicht auf, Essen zu werfen." Sie eilte hin und versuchte, Julias Gesicht mit einer Serviette abzuwischen, doch Julia lehnte sich zurück.

„Ist schon okay", sagte sie. „Ich mach das schon. Könntest du mir einfach nur zeigen, wo ich mich frisch machen kann?"

„Natürlich."

Julia ging mit Zoe, und Angel hatte zum ersten Mal ein schlechtes Gewissen, als sich Stille auf seine ansonsten so laute Familie senkte.

Jetzt setzte er sich selbst in die Essenswurfzone. „Nicht cool", sagte er zu Miles.

„Ich werde ihn nehmen", sagte seine Stiefmutter. Sie nahm Miles hoch und setzte ihn auf ihren Schoß. „Und jetzt werden wir ein paar Manieren lernen, junger Mann."

Natürlich war sie diejenige, die sie ihm beibringen würde. Sie hatte ihnen allen gute Manieren beigebracht und ihnen gezeigt, wie man respektvoll war, selbst, wenn seine Brüder noch etwas grob geschliffen waren.

„Heißt das also, ihr seid zusammen?", fragte Emily.

Er lächelte. „Ja, wir sind zusammen. Ich hätte sie nicht hergebracht, wenn es nichts Ernstes wäre."

„Es ist ernst", flüsterte seine Stiefmutter seinem Dad zu.

Im Raum wurde es still, als Julia zurückkam, alle Blicke wandten sich zu ihr. Augenblicklich kam das Rot auf ihre Wangen zurück. Dann konnten sie die große Ankündigung auch gleich hinter sich bringen, da sie ohnehin schon das Zentrum ihrer Aufmerksamkeit war.

Er stand auf und ging ihr auf halbem Weg entgegen. „Ich

liebe dich", sagte er, das war die einzige Warnung, die sie bekommen würde.

Sie strahlte und sagte leise: „Ich liebe dich auch. Aber sollten wir uns nicht setzen? Keiner isst. Ich glaube, sie warten auf uns."

Er legte seinen Arm um ihre Schultern und wandte sich an seine Familie, die sie alle neugierig ansahen. „Wir werden im Juni heiraten."

Seine Stiefmutter schnappte vernehmlich nach Luft, und dann sprachen alle gleichzeitig, gratulierten ihnen. Die Frauen eilten zu Julia, umarmten sie und hießen sie in ihrer Familie willkommen. Seine Brüder klopften ihm auf den Rücken, überwältigten ihn mit ihrem Enthusiasmus. Es war ein verrücktes, fröhliches Chaos.

Endlich legte sich die Aufregung so sehr, dass alle sich wieder zum Essen an den Tisch setzen konnten.

„Moment mal", sagte Jared. „Emily und ich wollen auch im Juni heiraten. Am ... wann noch mal, Em?"

„Am vierten Juni", sagte Emily trocken.

„Ja", sagte Jared, „wusste ich doch, dass es Anfang Juni war."

„Und ich bin am siebenundzwanzigsten Juni fällig", sagte Sophia und legte eine Hand auf ihren Babybauch. Vinces Frau war im fünften Monat schwanger.

Nicos Frau, Lily, meldete sich zu Wort. „Und ich am fünfundzwanzigsten Juni." Sie beide erwarteten Mädchen, und er hatte so das Gefühl, dass sie einander so nahe stehen würden wie Zwillinge.

Julia drehte sich mit einem Lächeln zu ihm um. „Wir werden wohl eine Planerin brauchen, die sich um all die Logistik kümmert. Ich denke, Hailey hat gerade ihre erste große Hochzeit bekommen."

Er grinste. „Das wird ein großartiger Juni für unsere Familie."

„Hört, hört!", sagte sein Dad und hob sein Glas. Jeder hob sein Glas. „Auf die Familie."

„Auf die Familie", sagten sie alle im Chor. Sie stießen reihum mit den Gläsern an und tranken.

„Ich möchte gleich eine Familie gründen", verkündete
Julia und überraschte ihn damit. Erstens, weil sie sonst
zurückhaltend war, und zweitens, weil sie darüber noch gar
nicht gesprochen hatten.

Eine weitere Runde von Jubelrufen und Glückwünschen
ging um den Tisch.

Sie drehte sich zu ihm um. „Ist das okay? Ich habe das
Gefühl, dass wir schon so viel Zeit verloren haben. Ich will
nicht warten."

„Das ist mehr als okay." Er küsste sie zärtlich, und sie
schenkte ihm dafür einen liebevollen Blick, der ihn bis zu den
Zehenspitzen wärmte.

„Ich liebe dich so sehr", flüsterte sie.

„Ich liebe dich auch so sehr", sagte er.

„Verdammt", rief Vince. „Und sie hat die Kekse nicht
einmal gegessen."

„Ich aber", sagte Angel, der versuchte, die Gefühle seiner
Stiefmutter zu schonen, die wirklich glaubte, dass die italieni-
schen Hochzeitskekse der Schlüssel dafür waren, dass ihre
Söhne heirateten.

„Wird sie schon noch", sagte seine Stiefmutter. „Sie
warten zum Nachtisch auf uns."

„Du solltest besser einen holen, Ma", sagte Vince. „Lass
sie nicht entwischen."

„Du hast absolut Recht", sagte sie und reichte Miles
seinem Großvater. „Bin gleich zurück."

Ein paar Augenblicke später sah die ganze Familie zu, wie
Angel Julia mit einem italienischen Hochzeitskeks fütterte.
Seiner Stiefmutter bedeutete das viel. Für Angel war es bloß
ein Glücksbringer.

Julia kaute und schluckte, während alle sie erwartungsvoll
anstarrten, obwohl sie keine Ahnung hatte, was sie meinten,
dass sie jetzt sagen würde. Sie hatten doch bereits verkündet,
dass sie im Juni heiraten würden.

Sie grinste ihn an. „Ich glaube, jetzt bin ich schwanger!"
Alle lachten.

„Sie wird hier richtig gut reinpassen", sagte sein Dad.
„Und jetzt lasst uns essen."

Julias und Angels Hochzeit hatte lange auf sich warten lassen, und jetzt war sie endlich da. Julia hatte elegant und dezent im Clover Park Ludbury House heiraten wollen, eine sehr feine Angelegenheit, die passend dazu war, dass sie nun endlich mit der Liebe ihres Lebens zusammen war, und sie bekam genau das. Sie bezahlte selbst dafür mit dem Geld, das sie vom Verkauf der Filmrechte bekommen hatte. In den letzten Monaten hatte sie sich eng mit ihrer neuen Schwägerin Emily angefreundet, da sie beide aufgeregt eine Hochzeit im Juni planten (Emilys Hochzeit war eine Woche vor Julias). Emily war die Schwester, die Julia immer gewollt hatte. Sie waren sogar zusammen losgezogen, um das Hochzeitskleid zu kaufen. Natürlich war Hailey beinahe ekstatisch, dass sie Julia bei ihrer Hochzeit helfen konnte, vor allem, als sie hörte, dass auch der Filmstar Claire Jordan anwesend sein würde.

Der Filmdreh für die Fierce-Trilogie würde im August beginnen, und Claire war die letzten Wochen in Clover Park gewesen und hatte Zeit mit Julia und Angel verbracht, um in ihren Charakter eintauchen zu können. Sie hatten ihr nicht erzählt, dass die Charaktere auf ihnen basierten, doch Claire war das wenige Minuten nach ihrem ersten Treffen klar gewesen. „O mein Gott, du bist es! Du bist Mia! Die Anziehung ist elektrisch! Oh, das ist sogar noch besser! Jetzt kann ich in eure beiden Köpfe eindringen."

Julia ließ Claire unterschreiben, dass ihre Identität nicht bekannt gegeben werden durfte, bevor sie es selbst bekannt gegeben hatte. Als sie das festgehalten hatten, unterhielten sie und Angel sich weiter mit Claire. Es war merkwürdig, doch Julias Durchsetzungsvermögen törnte Angel an. Verdammt, in letzter Zeit tat das fast alles. Jedenfalls an dem Abend, nachdem sie der glamourösen Claire Jordan die Stirn geboten hatte, bestand Angel darauf, dass sie die Esstischszene aus *Heißes Verlangen* nachspielten. Die war so schmutzig. Und multiple Orgasmen, schlapp wie eine Lumpenpuppe gut.

Außer Claire hatte sie alle aus ihrem Singlebuchclub zu ihrer Hochzeit eingeladen, die Lehrer und die Direktorin, ihre

Eltern und Angels ganze Familie. Seine Familie hatte sowohl ihre Autorenschaft als auch ihre Inspiration für Damon gut aufgenommen. Tatsächlich waren sie sehr stolz und unterstützten sie beide. Ihre eigenen Eltern waren dennoch entsetzt. Sie hatte so eine Ausstrahlung wie das nette Mädchen von nebenan, das wusste sie, und ihre Eltern versuchten, dieses Bild mit der Realität in Einklang zu bringen.

Sie und Angel hatten gekündigt und eine Woche vor ihrer Hochzeit das Schuljahr beendet. Für das Timing konnten sie nichts. Jared und Emily hatten das erste Wochenende im Juni geheiratet, und sie wollten nicht riskieren, ihre eigene Hochzeit später anzusetzen, für den Fall, dass Sophia und Lily Wehen bekamen. Beide Frauen waren nun im neunten Monat mit den Töchtern, die sie austrugen, und platzten fast. Sie und Angel hatten sich vorgenommen, in der Hochzeitsnacht mit dem Versuch zu starten, ein Baby zu bekommen. Sie wusste, dass er ein fantastischer Dad sein würde, und konnte es nicht abwarten, ihre eigene kleine Familie zu haben.

Sie hatte ihr Haus verkauft und war zu Angel gezogen. Sie suchten immer noch nach einem Haus, doch sie hofften auf ein modernes Haus, das Julia sich immer gewünscht hatte. In letzter Zeit war Angel auf die Suche nach etwas Land gegangen, damit sie ihr Traumhaus einfach selbst bauen konnten. Sie hatten vor, in der Nähe seiner Familie zu bleiben, denn sie wollten, dass die Cousins gemeinsam aufwuchsen.

Jetzt stand Julia allein in der Brautsuite von Ludbury House, weil sie sich einen Moment Ruhe vor der Hochzeit erbeten hatte. Sie sah in den Spiegel und strahlte, platzte fast vor Glück. Das Kleid war modern, ein fließendes weißes Satinkleid mit einem Silberstreifen am Saum. Sie drehte sich um und bewunderte den offenen Rücken mit Reihen von Kristallbändern. Glänzende Knöpfe liefen hinunter bis zur Schleppe. Sie trug keinen Schleier, denn sie zog es vor, Angel von Angesicht zu Angesicht gegenüberzustehen, ohne dass etwas zwischen ihnen war. Ihre Haare hatte sie zu einem Knoten hochgesteckt mit losen Strähnen beiderseits ihres Gesichts. Doch es war nicht das Kleid oder das Haar oder das

Make-up, durch das sie sich strahlend fühlte. Sie hatte Brad verziehen, und Brad hatte ihr verziehen. Ihr Herz war nun offen für all die Liebe, die sie für Angel empfand, und seins für sie. Was überwältigend war.

Hailey platzte wieder in den Raum, das Klemmbrett in der Hand. „Hattest du jetzt deinen ruhigen Moment?"

Julia lächelte verständnisvoll. „Ja, es geht mir gut." Sie wusste, dass es Hailey fast umgebracht hatte, ihr diesen Moment zu gönnen. Sie flatterte herum wie ein verrückter Schmetterling, seitdem sie angekommen waren, kümmerte sich um die Blumen und darum, dass alle Details stimmten. Details, die Julia nur allzu gern geplant hatte, so anders als bei ihrer ersten Hochzeit, alles, was zu ihr und Angel hier und heute passte. Hailey musste sich keine Sorgen machen. Alles war perfekt.

Die Brautjungfern und Brautführer – Angels Brüder und Schwägerinnen, außerdem ihre Freundinnen Ally und Gina gingen paarweise zuerst die große Treppe hinunter. Sophia und Lily, die im neunten Monat geradezu watschelten, hatten darauf verzichtet, Teil des Zuges zu sein. Sie entspannten sich in Polsterstühlen zusammen mit den anderen Gästen im großen Foyer. Weitere Gäste standen auf beiden Seiten des Foyers und sahen vom großen Empfangsraum und dem Wohnzimmer aus zu. Julia hatte nicht gewollt, dass ihr Vater sie übergab. Sie wollte, dass sie und Angel einfach Partner waren, die sich miteinander verbanden.

Endlich waren sie dran. Angel, der in seinem schwarzen Smoking umwerfend aussah, kam ihr auf dem oberen Flur entgegen und sah sie dort zum ersten Mal in ihrem Kleid. Ein Lächeln umspielte seine Lippen, als er sie von Kopf bis Fuß betrachtete. Seine dunkelbraunen Augen waren voller Liebe, als er in ihre blickte. Er küsste ihre Wange, dann flüsterte er: „Du siehst wunderschön aus. Bist du nervös?"

Sie strahlte. „Überhaupt nicht. Nichts hat sich je so richtig angefühlt."

Er blinzelte, und seine Augen wurden feucht. „Dem könnte ich nicht mehr zustimmen", sagte er mit erstickter Stimme.

„Fang nicht damit an", warnte sie ihn und kämpfte mit ihren eigenen Tränen. „Ich muss mich zusammenreißen. Hailey bringt mich um, wenn ich mein Make-up ruiniere."

Er lachte. Die Musik spielte los. Er beugte sich vor, bot ihr seinen Arm an, wie er es das erste Mal getan hatte, als sie sich kennengelernt hatten. Und dieses Mal nahm sie ihn, nahm seine Wärme und Festigkeit in sich auf, die Richtigkeit der Geste zuckte bis in ihre Zehen. Sie gingen gemeinsam die große Treppe hinunter.

Alle Blicke waren auf sie gerichtet, doch Julia konnte nur daran denken, dass sie ihren Schwur sagen würde. Sie hatte ihren eigenen geschrieben, und es sollte ein Überraschungsgeschenk für Angel sein. Die Menge war ganz still, als die Zeremonie begann. Der Standesbeamte von Clover Park war ganz förmlich. Angel war als erster dran, wiederholte den traditionellen Schwur und versprach mit einer Stimme voll reiner Liebe seine feste Absicht, sie in Krankheit und Gesundheit zu lieben, in Reichtum wie in Armut, für den Rest ihrer Tage.

„Die Braut hat ihren eigenen Schwur verfasst", sagte der Standesbeamte.

Angel blinzelte bei der Überraschung nicht einmal, er ging die Sachen meist unbeirrt an, und sagte bloß warm: „Julia."

Sie schluckte über den Kloß in ihrer Kehle. Das Schwierigste wäre, alle Worte herauszubekommen, ohne in Tränen auszubrechen. Sie atmete einmal tief ein. „Angelo Marino, du warst meine andere Hälfte, mein Seelenverwandter, bester Freund und so viel mehr seit dem ersten Tag, an dem wir uns kennengelernt haben. Ich werde den Rest meines Lebens damit verbringen, mich deinem Glück zu widmen." Sie hielt inne. „Ich war so lange verloren, und du warst mein Fels. Jetzt möchte ich das für dich sein, in Reichtum und Armut, Krankheit und Gesundheit, in allen Höhen und Tiefen, die das Leben bringt, binde ich mich an dich, unsere Kinder und Enkelkinder und das glückliche, harmonische Heim, das wir gemeinsam bauen werden."

Angels Augen waren ganz feucht, als sie den Satz beendete. „Danke, Darling."

Sie blinzelte, und eine weitere Träne entkam ihr. Sie nickte, war unfähig zu sprechen.

Der Standesbeamte sprang ein und erklärte sie rasch zu Mann und Frau. Sie warf ihre Arme um Angels Hals und küsste ihn mit all der Liebe in ihrem Herzen. Die Menge jubelte, und als sie sich umdrehte, um ihre Familie und Freunde anzustrahlen, war sie überrascht zu sehen, dass so viele sich die Tränen aus den Augen wischten.

Sie nahmen Gratulationen von allen entgegen, bevor Hailey sie den Gang hinunter zum Empfang im großen Ballsaal hinten in Ludbury House scheuchte. Die Vorhänge waren geschlossen, der Raum mit Kristallleuchtern und glänzenden Votivkerzen auf langen Tischen mit Erfrischungen beleuchtet. Die Presse drückte sich auf dem Grundstück herum und hoffte, einen Blick auf Claire Jordan und die zurückgezogene Autorin des neuen Films zu erhaschen, doch Hailey hatte alles, was in Ludbury House vor sich ging, geheim gehalten.

Sie tanzten, sie feierten, sie liebten. Julia war nie so glücklich gewesen, ihre Zukunft mit Angel war so strahlend.

Gegen Ende des Empfangs beruhigte Hailey sich endlich und umarmte beide und gratulierte ihnen. Josh, der Barkeeper vom Garner's, war Haileys Date, aber Hailey schien ihn weniger romantisch anzusehen als vielmehr wie einen Assistenten. Josh hatte die Ausstrahlung eines bösen Bikertyps an sich, wodurch er besonders komisch im Smoking aussah, während er Haileys Handtasche hielt. Hailey war immer noch mit ihrem Klemmbrett beschäftigt und hakte alle Dinge für den Empfang ab, dabei vergewisserte sie sich, dass alles nach Plan lief.

„Seid ihr beide für den großen Abschied bereit?", fragte Hailey Julia und Angel.

„Japp." Angel grinste. Von hier würden sie direkt zum Flughafen in ihre Flitterwochen in Paris fliegen. Angel stand auf all diesen romantischen Kram. Er sagte, er müsse die verlorene Zeit wiedergutmachen.

„Ich kann es nicht abwarten", sagte Julia. „Ich war noch nie in Paris."

„Ich auch nicht", sagte Angel.

Hailey seufzte glücklich. „Ihr beide seid so süß. Ich muss mehr süße Paare wie euch hierher bekommen." Sie drehte sich zu Josh um. „Das habe ich dir zu verdanken. Wenn es meinen Singlebuchclub nicht gäbe, wären die beiden nicht zusammengekommen."

„Ähm–", hob Angel an.

„Spar dir das", sagte Josh lachend.

Nicht, dass Hailey es bemerkt hätte. Sie strahlte, als wäre sie allein für jede Liebe verantwortlich, die sich in Clover Park ergab. Sie sah zu Josh auf. „Hast du Brüder?"

Er hob einen Mundwinkel. „Keinen, den du gern kennenlernen würdest."

„Warum nicht?", verlangte Hailey zu erfahren.

Er hielt inne, ein Funkeln in den Augen, dann sagte er endlich: „Ich bin der Gute."

Hailey fing an zu strahlen. „Sind es böse Jungs? Ich kann sie umerziehen! Frauen lieben böse Jungs."

„Die Bösesten", sagte Josh trocken.

Hailey schnappte nach Luft. „Du meinst Kriminelle?"

„Schlimmer."

„Was könnte denn schlimmer sein als Kriminelle?"

„Das wüsstest du wohl gern." Josh drehte sich zu Julia und Angel um. „Herzlichen Glückwunsch. Genießt Paris."

„Danke", sagte Julia.

Angel schüttelte Josh die Hand. „Danke."

Josh drehte sich um und ging. Hailey eilte hinter ihm her, weil sie unbedingt von seinen Brüdern hören musste.

„Jetzt steckt er in Schwierigkeiten", sagte Angel.

Julia lachte. „Sie wird schon dafür sorgen, dass er redet."

Angel küsste sie. „Kommen Sie, Mrs Marino, es ist Zeit für uns, unser neues Leben gemeinsam zu beginnen."

„Mir gefällt, wie sich das anhört."

Sie gingen Hand in Hand zur Tür hinaus, mehr als zehn Jahre nach dem Tag, an dem sie einander kennengelernt hatten, aber niemals zu spät.

Finden Sie heraus, wie die Marino-Reynolds Familie ihren Anfang nahm in *Ein Geschenk zum Valentinstag*, Allies und Vinnys Geschichte!

Als Allie Reynolds sich überraschend mit dem Bauunternehmer, der an ihrem Haus arbeitet, Vinny Marino, anfreundet, hätte sie nicht erwartet, wie viel er ihr eines Tages bedeuten würde. Zwischen ihnen steht so viel, dass es unmöglich erscheint – er trauert noch um seine verstorbene Frau, sie ist in einer lieblosen Ehe gefangen. Werden sie die schwierigen Entscheidungen treffen, um sich selbst eine Chance für die Liebe zu geben? Oder wird die Verantwortung ihr Happy End verhindern?

HINWEIS DER AUTORIN: Ich hoffe, diese süße und heiße Novelle, in denen die Eltern der Marino-Reynolds Familie die Hauptrolle spielen, gefällt Ihnen. Außerdem gewährt sie Ihnen einen kleinen Blick auf ihre Söhne, als die noch in die Hosen gemacht haben!

Abonniere meinen Newsletter & verpasse keine meiner Neuerscheinungen: kyliegilmore.com/DEnewsletter

WEITERE BÜCHER VON KYLIE GILMORE

Die Happy End Buchclub Reihe << Die Campbell Familie und ein Liebesromanbuchclub prallen aufeinander!

Hollywood Inkognito (Buch 1)

Ärger im Anzug (Buch 2)

Gewagtes Spiel (Buch 3)

Förmliche Vereinbarung (Buch 4)

Wenn der Bad Boy keiner ist (Buch 5)

Ein Störenfried zum Verlieben (Buch 6)

Schicksalsbegegnungen (Buch 7)

Eine Romantische Chance (Buch 8)

Ein sündhafter Flirt (Buch 9)

Ein unbequemer Plan (Buch 10)

Eine Happy End Hochzeit (Buch 11)

Die Clover Park Reihe << Brüder, für die die Familie an erster Stelle steht!

Das Gegenteil von wild (Buch 1)

Daisy schafft alles (Buch 2)

In den Falschen verguckt (Buch 3)

Ein Weihnachtsmann zum Küssen (Buch 4)

Vermieter küsst man nicht (Buch 5)

Nicht mein Romeo (Buch 6)

Bring mich auf Touren (Buch 7)

Clover Park Braut (Buch 7.5)

Gewagte Verlobung (Buch 8)

Retter in der Not (Buch 9)

Eine verführerische Freundschaft (Buch 10)

Ein Geschenk zum Valentinstag (Buch 11)

Raus aus der Tretmühle (Buch 12)

**Die Rourkes Reihe << Prinzen, bei denen man ins Schwärmen
gerät, und ebenso fantastische Prinzessinnen**

Königlicher Fang (Buch 1)

Königlicher Hottie (Buch 2)

Königlicher Darling (Buch 3)

Königlicher Charmeur (Buch 4)

Königlicher Playboy (Buch 5)

Königlicher Spieler (Buch 6)

Abtrünniger Prinz (Buch 7)

Abtrünniger Gentleman (Buch 8)

Abtrünniger Schlitzohr (Buch 9)

Abtrünniger Engel (Buch 10)

Abtrünniger Fratz (Buch 11)

Abtrünniger Beschützer (Buch 12)

ÜBER DIE AUTORIN

Kylie Gilmore ist die USA Today Bestsellerautorin der Happy End Buchclub Reihe, der Clover Park Reihe, der Clover Park STUDS Reihe und der Rourke Reihe. Sie schreibt unterhaltsame Romanzen, die die LeserInnen zum Lachen und zum Weinen bringen und zu einem Glas Eiswasser greifen lassen.

Kylie lebt mit ihrer Familie, zwei Katzen und einem verrückten Hund in New York. Wenn sie nicht gerade schreibt, Kinder bändigt oder bei Autorenkonferenzen pflichtbewusst Notizen macht, findet man sie beim Stretching – bis ganz nach oben ins oberste Regal, um dort ihren geheimen Schokoladenvorrat zu erreichen.

Melden Sie sich für Kylies Newsletter an, damit Sie keine ihrer Neuerscheinungen verpassen. https://www.kyliegilmore.com/DEnewsletter

Mehr finden Sie auf Kylies Website https://www.kyliegilmore.com